迷宮最深部《ラスボス》から始まる
グルメ探訪記
ぐるめたんぼうき
2
著 愛山雄町
Omachi Aiyama
画 匈歌ハトリ

ゴウ
本作主人公。本名は江戸《えど》川《がわ》剛《つよし》。
迷宮脱出後、グルメに目覚める。
礼儀正しく落ち着いた性格だが、
食のことになると我を忘れる面もある。
ウィズ
千年前、迷宮に封印されるまでは、
災厄竜《ディザスター》と恐れられていた存在。
迷宮脱出時に初めて女性の姿となった。
古風な喋り方をする。

登場人物紹介

アンブロシウス

かつて災厄竜《ウィズ》によってほぼ壊滅《かいめつ》した、魔人族《デーモロイド》の再興を狙う魔王。精鋭を率いてハイランド王都を包囲し、降伏を迫る。

ベリエス

吸血鬼族《ヴァンパイア》で、魔王の側近"四天王"の一人。諜報《ちょうほう》担当であり、偽装や鑑定の能力が高い。

ウルスラ

淫魔族《サキュバス》で、"四天王"の紅一点。精神魔術や遠距離攻撃に特化している。

フレデリック

ハイランド連合王国の王。森人族《エルフ》のため見た目は若々しいが、交渉に長《た》けた実力者。

リチャード

トーレス王国の第二王子。まだ若く、ゴウたちのことはあまり信用していないが……？

一・乱獲

大陸暦一一二〇年四月二十四日。

魔王アンブロシウス率いる魔王軍の精鋭《せいえい》一万五千は、本拠地ストラス山脈から最初の目的地、ハイランド連合王国の王都ナレスフォードに向けて進軍を開始した。

魔王自らが配下に加えた有翼蛇《ケツァルコアトル》や合成獣《キメラ》などの強力な魔物を先頭に、屈強な魔人族《デーモロイド》の戦士たちが魔王に付き従って飛翔する。その力強い姿は、野生の魔物たちが息を潜《ひそ》めて隠れるほどだ。

その日の夜、野営地に設置された豪華な天幕の中で、魔王は玉座《ぎょくざ》に座り、トーレス王国の赤ワインが入ったグラスを傾けていた。

（我が宿願《しゅくがん》を果たす時が来た。豪炎の災厄竜《インフェルノディザスター》によって失った魔人族の栄光を、取り戻す時が来たのだ……しかし、奴は本当に消滅したのだろうか？　もし、万が一誤りであったならば……）

魔王はごく僅《わず》かだが、不安を感じていた。強大な力を誇る魔人族を、一瞬にして逃げ惑う仔羊《こひつじ》の群れにした存在に、本能的に恐れを抱いていたのだ。

（千年間、一度も姿を見せなかったのだ。迷宮で朽《く》ち果てたのであろう……）

楽観的な思考に切り替え、ワインを呷《あお》った。

◆

四月二十五日。俺——ゴウ・エドガーは爽やかな朝を迎えていた。昨夜、俺は迷宮主であった竜のウィズことウィスティア・ドレイクと共に、名料理人カール・ダウナーのビストロ“探索者の台所《シーカーズ・ダイニング》”で肉料理と酒を満喫《まんきつ》した。

定宿にしている“癒しの宿《ヒーリング・イン》”で朝食を食べ終えたところに、支配人バーナード・ダンブレックが籐《とう》の籠《かご》を二つ持って現れた。“肉収集狂《ミートマニア》”たる俺たちは今日も肉を求めて迷宮に入るため、その昼食を持ってきてくれたのだ。

「本日は少し趣向を変えております。温かいものと冷たいものですので、早めに収納袋《マジックバッグ》に入れていただきますようお願いいたします」

中身を聞こうかと思ったが、サプライズもいいだろうと聞かずにおいた。

バーナードから弁当を受け取り、迷宮管理局に向かおうとしたところで、昨日助けた魔銀級《ミスリルランク》の獣人族《セリアンスロープ》の探索者《シーカー》、キースが声を掛けてきた。彼の後ろにはパーティメンバー五人が立っている。

「店を紹介する話なんだが、今時間は大丈夫か？」

助けた際、礼がしたいと言ってきたので、彼らが行く店の情報が欲しいと伝えたのだが、早速教えてくれるらしい。

目でウィズに確認すると大きく頷く。普段なら肉を取りに行くことを優先するところだが、店の話を聞きたいのだろう。

「今から迷宮に行くつもりですが、問題ありませんよ」

宿のロビーにあるソファーに座ると、キースが話し始める。

「昨日も話したが、俺たちは隣のハイランド連合王国の出身なんだ。だから、ハイランド料理の店に入り浸っている。それでもよければ紹介することができるんだが……」

〝ハイランド〟と聞くとどうしてもイギリスのスコットランドにあるハイランド地方が思い浮かぶが、この世界のハイランドがどんなところか分からず、当然料理も想像できない。

「ハイランド料理ですか……詳しくないので教えてほしいのですが、具体的にどんな料理なんでしょうか」

「そうだな。地域によっていろいろ違うから、遠くから来たのなら知らなくても仕方がないだろう……」

そう言って説明を始める。

ハイランド連合王国は様々な種族の王国が連合して作られた国で、そのため、それぞれの種族の好みに合った独特な料理が存在する。

チーズやバターを多用し、地元の淡水魚《たんすいぎょ》や羊肉を使うことが多いらしい。また、森が深く、そこで獲れた野鳥を使ったジビエ料理に近いものもあるそうで、バラエティー豊かという印象だ。

「聞いているだけではよく分かりませんけど、いろんな食材を使う料理ということですね。なら、とても興味があります。ぜひとも教えてください」

俺の一言でキースたちが安堵《あんど》の表情を浮かべる。もしいらないと言われたら、と不安だったのかもしれない。

「俺たちは、迷宮に入ると最低二日は出てこないんだ。だから、よく行く店の情報を書いておいた」

そう言って、キースは紙を手渡してくる。そこには店の名前と場所、主な料理や店主の名前などの情報が書かれていた。

「俺の書いた紹介状なんかが役に立つかは分からんが、一応それも用意した。気が向いたら使ってくれ」と言って封筒も手渡される。

「ありがとうございます。これだけ多くの情報がもらえるとは思っていませんでしたよ。本当に助かります」

そう言って頭を下げると、キースたちが苦笑する。

「俺たちは命を助けられたんだ。未だにこんなことでいいのかって思っているんだが」

「我らにとってこの情報は白金貨などよりよほど貴重じゃや。金など迷宮に行けばいくらでも得られるが、このような情報は我らだけでは得られぬからの」

ウィズの言葉に俺も大きく頷く。

「彼女の言う通りですよ。常連客の情報ほど貴重なものはないんですから」

俺たちの言葉に、キースたちの表情が更に微妙なものに変わる。呆れているのだろうが、顔に出せないという感じだ。

「そう言えば今日も迷宮に入るんですよね」

俺が尋ねると、「そのつもりだが」と突然変わった話にキースが戸惑っている。

「すみません。今思いついたんですが、コカトリスやサンダーバードの出やすい場所が分かるようになったんです。その場所をお教えしようかと思ったんですが……」

キースたちは、コカトリスやサンダーバードといった奇襲《きしゅう》を仕掛けてくる魔物を苦手にしていると感じた。もし魔物が出る場所が事前に分かっていれば、生存確率はグッと上がるのでは、と思ったのだ。昨日会ったばかりだが、言葉を交わした人が死ぬのは寝覚めが悪い。

「魔物が出る場所が分かるようになった？　どういうことだ？」

キースはそう言って自分のパーティメンバーを見る。しかし、他のメンバーも小さく首を横に振るだけで話に付いてこれていない。

それにどう答えようか一瞬迷ったが、適当に誤魔化《ごまか》すことにした。

「何となく美味そうな肉の匂いで分かるんですよ」

「匂いで……さすがは肉収集狂《ミートマニア》だな」

普人族《ヒューム》の槍戦士、パットが納得顔で呟く。キースは若干呆れながらもすぐに真剣な表情になった。

「その情報は喉から手が出るほど欲しい。だが、ただで渡すものじゃない。管理局に言えば高く買ってくれるだろう」

以前、管理官のエリック・マーローに地図の空白場所の情報は買ってもらえるとは聞いていたが、こんな情報まで買い取ってくれるとは思わなかった。

「こういう情報も売れるんですね」と俺は思わず呟《つぶや》いていた。

「ぜひとも管理局に売るべきだ。俺たちだけじゃなく、他のシーカーにも恩恵がある話だからな」

他のパーティとはライバル関係にあるかと思ったが、そうでもないらしい。ゲームであれば情報は秘匿《ひとく》するから、ついそう考えてしまうが、現実では自分たちの命が懸《か》かっている。情報を共有することの大切さは身に染みているのだろう。

「後で管理局に渡します。でも、管理局なら無料で公開するはずですよね。それなら、今ここで教えても問題ないと思いますが」

「確かにそうだが……俺たちが情報を売るとは思わないのか？」

「なるほど。そういう可能性もありますね」

とは言うものの、勝手に売られたら気分はよくないが、高く売れるといっても金には全く困っていないから問題はない。

そのことを伝えると、キースが「なら、自分たちで……」と言いかけたのでその言葉を遮《さえぎ》る。

「いや、いいんです。管理局でいろいろ聞かれて時間を費《つい》やすのは避けたいですから、代わりに情報を持って行ってもらえる方が助かるんですよ」

俺の言葉にキースはこめかみを押さえ、他の五人も微妙な表情を浮かべる。

「今から私の地図に描いて渡しますので少し待ってください」

そう言いながら地図を出し、ウィズと二人でマークを付けていく。

「三百三十階はこの辺りだったな……三百四十三階は……」

「この辺りじゃな……おお、確かここにも出たはずじゃ……」

そんな感じで、五分ほどでマークを付け終える。

「今日はその辺りの地図は使いませんから、写し終えたら管理局の誰かに渡しておいてください。夕方には回収に行きますので」

真面目な彼らなら管理局に正直に渡してくれるだろう。もし金に換えたとしても、元々情報はただで渡すつもりだったから構わない。

呆れているキースたちに挨拶《あいさつ》をしてから迷宮管理局に向かう。

「ハイランド料理か……どのような料理なのじゃろうな」

「そうだな。何となく想像はできるが、全く違うかもしれないから楽しみだ」

「明日にでも行くかの」

「サンダーバードの肉もあるからな……」

そんな話をしながら管理局の出入管理所に入ると、守備隊の兵士、エディ・グリーンがいた。

「昨日はありがとうございました！　ゴウさんたちに紹介する店なんですが、リアと話し合って決めました。今日の夜、マシューさんの店でリストをお渡しします」

彼らも奢《おご》ってもらった礼がしたいと言ってきたので、情報が欲しいと頼んでいた。

「おお、それは楽しみじゃ！　期待しておるぞ！」

ウィズのキラキラとした目を見て、エディがブンブンと首を大きく横に振る。

「カールさんやマシューさんのところみたいなのは無理ですから！　俺やリアが普段行く店なんで！」

若者が行く店ということを主張したいようだ。

こちらとしても、そういう店も興味があるので素直にうれしい。

「むしろそういったお店を知りたかったので楽しみです。では、行ってきますね」

そう言いながら軽く手を振り、転移魔法陣に向かう。

「どんな店じゃろうな。今から楽しみじゃ」とウィズの足取りも軽い感じだ。

「ハイランド料理もあるし、どこから行こうか迷うな」

「我は今からでも行きたい気分じゃ」と目を爛々《らんらん》と輝かせている。

「今日は迷宮でミノタウロスの肉を獲るんだろ。その後もマシューさんの店でブラックコカトリスを食べるんだぞ」

「分かっておる。分かっておるが気になるものは仕方がなかろう」

ウィズはちょっと拗《す》ねた感じでそう言ってきた。やはり、少しずつだが、人間らしい感情が芽生《めば》えてきている気がする。

◆

ゴウたちを見送った後、キースたちは預かった地図を前に相談を始めた。

「管理局に持っていくしかないな。まあ、時間的には問題ないんだが……」

午前中は食料など物資の補給を行い、午後から迷宮に挑む予定でいた。そのため、ゴウたちとすれ違いになることを恐れ、朝一番にハイランド料理の店の情報を渡したのだ。

「それにしても豪快なのか、いい加減なのか迷いますね」

ヒュームの聖職者セリーナが呆れている。

「とりあえず、写し終えたら管理局に行ってくる」

全員で管理局に行くのは効率が悪いため、リーダーであるキースが管理局に行き、他のメンバーは物資の補給を行うことにした。

管理局に到着したキースはミスリルランクの登録証を見せた後、受付の女性職員に用件を伝える。

「三百三十階付近の情報について話をしたい。できれば管理官がいいんだが」

「管理官にですか？」と職員は首を傾げる。このような場合、情報担当の職員が対応することが多いためだ。

「最上級《ブラックランク》のエドガーたちが持ってきた情報を預かっているんだ」

彼がそう言うと、対応していた職員の隣にいたリア・フルードがガタンと音を立てて立ち上がる。

「少々お待ちください。すぐにマーロー管理官を呼んできますので」

ゴウたちをよく知る彼女は、彼らが絡んでいることから大ごとになる可能性を考え、ゴウたちの担当になっているマーローの部屋に走った。

部屋に入ると、書類を見ていたマーローに早口で事情を説明する。

「ミスリルランクのキースさんが受付に来られ、ゴウさんから預かった情報があるとおっしゃっています。できれば急ぎ対応を」

マーローはすぐに事情を察し、書類をデスクに投げ捨てて立ち上がった。

「すぐに応接室に案内してくれ。できれば君も一緒に話を聞いてほしい」

「分かりました」とリアは言うと、すぐに受付に戻っていく。

マーローが応接室で待っていると、リアに案内されたキースが入ってきた。

「エドガー殿から預かった情報と聞いたのだが」

マーローは挨拶もそこそこに話を切り出す。

「その通りだ。まずはこいつを見てくれ」

そう言って、キースはゴウから預かった地図の束をテーブルの上に置いた。

マーローはその地図をパラパラとめくった後、「これにはどういう意味があるんだ」とキースに確認する。

「コカトリスなどが隠れている場所だそうだ。この辺りでは注意しろということらしい」

あまりに突拍子《とっぴょうし》もない話に、マーローはすぐに言葉が出てこない。

「……本当なのか……いや、あの人たちの言うことならそうなのかもしれんが……」

「恐らく本物の情報だ。ちょっと長くなるが、話を聞いてくれるか」

マーローが頷くと、キースは昨日自分たちが全滅しかけたことを話していく。

「……で、その礼としてハイランド料理の店の情報を渡したら、突然これをくれたんだ」

「なぜだ？」と思わずマーローは聞いた。

「正直なところ、理由はよく分からんが、俺たちが苦手にしていると思ったんだろうな」

キースの答えにマーローは「ああ」としか言えない。

「自分たちで売りに行けと言ったんだが、早く迷宮に入りたいから渡しておいてくれと言われて持ってきた。これだけの情報をポンと渡してきたんだぜ。信じられねぇよ」

キースが肩を竦《すく》めると、マーローは「まあ、あの人たちだからな」と苦笑した後、「よく持ってきてくれた」と笑みを浮かべる。

「命の恩人の頼みだからな」

キースは、用件は済んだとばかりに立ち上がろうと腰を浮かせた。

「もう少しだけ時間をくれないか」とマーローが止める。

上げかけた腰を下ろしたキースを確認して、マーローは真剣な表情で話を始めた。

「今回のことは内密にしてほしい」

「何でだ？　情報は公開されるんだろ」

キースが首を傾げて聞く。

「ああ、情報自体は公開するが、あの二人が関与していることは広めたくないんだ」

「どうしてだ？　確かにブラックは貴重だが」

「すまんが事情は話せん。だが、あの二人はただのブラックじゃない。それは分かるだろ」

「確かにそうだな」とキースは大きく頷き、そしてある事実を告げる。

「エドガーが神聖魔術の使い手だとは、この目で見るまで思わなかったよ。それもうちの聖職者より高位で、聖者クラスのようだしな。王国が手放したくないのは分からんでもない」

マーローは思わず反応しそうになった。しかし、精神力を総動員して平静を保つ。

「そういうことだ。あの二人にはいろいろあるんだ。すまんな」

「了解した。あの二人のことはなるべく話さないようにする」

キースはそう言い、応接室を出ていった。

部屋に残されたマーローとリアは一分ほど沈黙し、それからようやく口を開く。

「エドガー殿が神聖魔術を……リア、君は知っていたか？」

話を振られたリアはブンブンと大きく首を横に振る。

「全然知りませんでした。こう言っては何ですけど、人は見かけによりませんね」

その軽口にマーローは反応せず、真剣な表情で「局長の直感が正しかったようだな」と独り言を呟き、リアに視線を向ける。

「あの二人の情報を、どんな些細《ささい》なことでもいいから教えてくれ」

その後、マーローは一時間以上かけてリアから情報を引き出していった。

リアを解放したマーローは執務室に戻り、椅子に深く座ると、大きく溜息を吐《つ》いた。

(当分あの二人からは目を離せないな。私も時間を見て二人と食事に行くべきか。それがあの二人を理解する一番の近道のような気がする……)

首をコキコキと二度鳴らした後、猛然と報告書を書き始めた。

◆

俺とウィズは、迷宮の出入管理所から三百五十階の転移魔法陣に飛んだ。

今日の狙いはミノタウロスの上位種だ。

三百五十一階に下りると、それまでの草原型のダンジョンから洞窟《どうくつ》型に変わる。上の階層にあった洞窟より広く、幅十メートル、高さ十五メートルほどで、天井からは鍾乳洞《しょうにゅうどう》のように鍾乳石が垂れ下がっている。

床もデコボコとしており、それまでよりも歩きにくく、移動だけでも気を使う。

機敏《きびん》に動く必要がある軽戦士には不利な造りに感じるが、転移で移動し魔術で瞬殺するスタイルの俺たちには関係ない。

この階層に出てくる魔物は目的のミノタウロスの他に、オーガとトロールがいる。そして、それらの魔物は階層が深くなるにつれ、上位種に変わっていく。

それぞれの特徴を元迷宮主のウィズに教えてもらった。俺もミノタウロスの最上位種、牛頭勇者《ミノタウロスチャンピオン》とは戦ったことがあるものの、それ以外は見たことすらないためだ。

ミノタウロスは神話に出てくる見た目そのままで、身長二・五メートルほどの牛頭の巨人だ。無駄な脂肪《しぼう》がない見事な肉体を持ち、主に両刃《もろは》の戦斧《せんぷ》を使う。二百キログラムを優に超える体重でありながら俊敏《しゅんびん》な動きを見せる。

また斧術も修得しており、膂力《りょりょく》に頼った闇雲《やみくも》な攻撃ではなく、武術家らしい合理的な動きをしてくる。

レベルは三百程度で、一対一ならミスリルランクの戦士でも充分に対抗可能だ。しかし、その高い耐久力と凄まじい破壊力から油断できない相手として認識されている。

ミノタウロスの上位種だが、レベル三百五十程度の戦士《ウォーリア》と拳闘士《グラップラー》、その上位に当たり、レベル三百七十程度の剣闘士《グラディエーター》と騎士《ナイト》、そしてレベル四百五十程度の最上位種、勇者《チャンピオン》となる。

上位種は通常種より頭半分ほど大きい身長二・七メートルほどで、チャンピオンは更に大きい二・八メートルほどだ。

続いて俺たちの目当てではないオーガだが、こちらもゲームなどに出てくる通りの姿で身長が三メートルほどある醜《みにく》い鬼だ。その上位種は戦士《ウォーリア》、最上位種は君主《ロード》となる。

トロールはオーガと同じく身長三メートルほどだが、オーガよりも肥満型の鬼で、これもゲームなどで知られている特徴とほとんど同じだ。その上位種は狂戦士《バーサーカー》、最上位種は王《キング》だ。

以上がこの階層に出てくる魔物なのだが、ウィズにとってはどうでもいいらしい。

「我らなら一撃で倒せるからどれも同じじゃ。肉を落とさぬオーガとトロールはミノタウロスに数段劣《おと》るがの」

ここでも肉基準だった。


魔法陣から出るや否や、ウィズは気配察知で魔物を探したが、すぐに「ミノタウロスはおるが、上位種はおらぬの」と落胆した声で言った。

「上位種は三百八十階以降で多く出るんだったよな」

「そうじゃ。我の記憶ではウォーリアとグラップラーは三百八十、グラディエーターとナイトが三百九十以降じゃ」

「なら、一気に三百八十階まで行っておこう。今日は四百階まで行って、転移魔法陣を使って何度もチャンピオンを狩りたいからな」

「うむ。我に異論はないぞ」

そう言うと一気に次の階に行く階段前に転移する。

そんな調子で移動し、三百六十階の門番《ゲートキーパー》の部屋の前に到着した。

この階のゲートキーパーはミノタウロス、オーガ、トロールのいずれかの上位種＋通常種三体だ。

運がよければ狙いの一つ、ミノタウロスウォーリアが現れる。

中に入ると二十メートル四方の部屋だった。

部屋の中央に巨大な戦斧を持つ牛頭の戦士が四体いた。情報通り三体が通常種で、一体が上位種であるウォーリアだ。

「当たりじゃな！」とウィズが笑顔を見せ、俺も大きく頷く。

敵は「ブモォ!!」と雄叫《おたけ》びを上げ、一斉に襲い掛かってくる。

しかし、俺とウィズが同時に放った魔術によって、一瞬にして光の粒子《りゅうし》となって消えた。

ミノタウロスたちのいた場所を見ると、魔力結晶《マナクリスタル》と宝箱がそれぞれ四つ落ちていた。

「さて肉はどれかの」とスキップでもしそうな感じで、ウィズが楽しげに近づいていく。

ウィズは宝箱の一つを無造作に開ける。同時に細い針のようなものが飛び出した。

鑑定で見たら毒針が飛び出す罠だったが、彼女は自分に効かないことを知っており、解除しなかったようだ。

一つ目の箱を開けたところで「外れじゃ……」と言ってがっくりと肩を落とす。

中を見ると戦斧が一本と硬貨が数枚入っていた。聞いた話ではミノタウロス系のドロップ品は硬貨だけの外れが五割、硬貨プラス肉が四割、硬貨プラス武器が一割で、その低確率のレアアイテムを引いてしまったらしい。

次の箱は硬貨だけで「これも外れじゃ」とウィズは天を仰いでいる。

「確率的にはこんなもんだろう。次の箱を開けるぞ」

宝箱に手を掛けるが、俺は罠はきちんと解除してから、蓋《ふた》を開ける。

そこには目的の、〝肉〟の塊が入っていた。グレートバイソンのものと同じ五キログラム程度のものだ。

「肉じゃ！」とウィズは喜ぶが、俺は冷静だった。

「通常種の肉だ。ウォーリアが落としたのは、最初に開けた戦斧のようだな」

「何と……ウォーリアの肉が欲しかったのじゃが……」

ウィズはがっくりと肩を落としている。

最後の箱を開けたが、これも外れで硬貨だけだった。

「次に行くぞ！　何としてもミノタウロスの上位種の肉を獲らねばならん」

鼻息も荒く、ウィズはゲートキーパーの部屋を出ていく。

どうしても肉を手に入れたいらしい。もちろん、俺も同じ思いだが、ウィズのこんな姿を見ると、肉収集狂《ミートマニア》の称号が相応《ふさわ》しいのは彼女だけのような気がする。

三百六十階から転移魔術でドンドン進んでいく。あっという間に三百七十階のゲートキーパーの部屋の前に到着した。

「今度こそ肉じゃ！」

そう言って勢いよく扉を開くが、そこにいたのは醜い姿の巨人、オーガだった。

「なぜじゃぁぁぁ！」と叫びながら、風刃の魔術でオーガたちを切り刻む。

オーガウォーリア二体に通常のオーガが三体いたが、豪炎の災厄竜《インフェルノディザスター》と呼ばれた存在の怒りを受け、名乗り代わりの咆哮《ほうこう》すら上げさせてもらえず、一瞬にして消されてしまった。

魔物がいた場所には宝箱が五個残っていた。しかし、ウィズは見向きもせず、「次の階層に向かうぞ」と言って先に進もうとする。

「ちょっとだけ待ってくれ」と言ってマナクリスタルを拾い、宝箱を開けようとした。

「そのようなもの捨てておけばよい。時間の無駄じゃ」

そう言われたが、俺は「もったいないだろ」と返しながら宝箱を開けていく。

金銭的なことを考えればウィズの言う通りだ。今の俺たちは一回の食事に四十万円も使えるほど金を持っている。しかし、貧乏性《びんぼうしょう》である俺としては、換金できるものがあるのに放っておくことはどうしてもできなかったのだ。

時間を掛けずに次々と開けていくが、出てきたのは鋼《はがね》製の巨大なメイスが一本と硬貨だけだった。

「だから言ったであろう。時間の無駄じゃと」

時間の無駄だというが、金貨が三十枚弱あった。これだけでも三十万円近くになる。

それでも反論はせず、「悪かったよ」とだけ言って次の階層に向かった。

三百八十階でもミノタウロスは出ず、トロールの上位種、トロールバーサーカーが四体出てきた。

オーガより肥満型で、不健康そうな灰色の肌と異様に長い腕が、異世界の魔物であると主張している。

バーサーカーという名前に相応しく、俺たちを見ると、「「グォォォ!!」」という低い咆哮を上げ、腕を振り回しながら襲い掛かってきた。

「なぜ外ればかりなんじゃぁぁぁ！」というウィズの叫びが、トロールたちの咆哮を打ち消す。

無詠唱で直径二メートルほどの巨大な炎の球を二十個ほど作り上げると、醜い狂戦士たちはその数に驚き、思わず動きを止めてしまう。

「お前たちなど消えてしまえ！」

その言葉で炎の球がトロールに殺到《さっとう》する。炎の球が収束することにより、真昼の太陽を直《じか》に見たような眩しさを感じ、思わず瞼《まぶた》を閉じてしまった。

耳をつんざくような爆発音の後に熱風を感じ、ゆっくりと目を開けると、高温に晒《さら》されて白く焼けた床の上に、宝箱だけが残されていた。

一応宝箱を開けて回収するが、こいつらは武器すら落とさない。

「今日は調子が悪いの」とウィズがぼやく。

「まだそれほど時間は経っていないんだから、気にするな。これから先はフィールドにも上位種が出るようになるんだ。コカトリスやサンダーバードと違って希少種《レア》じゃないんだから、簡単に見つかるさ」

「そうだといいのじゃが」

珍しく気落ちしているウィズを励ましながら三百八十一階に下りていく。

階段室を出た瞬間、「おったぞ！」というウィズの陽気な声が迷宮内に響く。彼女を見ると、それまでの気落ちした表情が一転し、満面の笑みになっていた。

何がいるとも言わずにいきなり手を掴まれて転移する。そこには武器を持たない大型のミノタウロスが立っていた。上位種であるグラップラーだ。

俺たちを視認すると、「ブモォォォ！」と鼻息も荒く、腕を高く上げて構えを取る。グラップラーの名の通り、素手で俺たちに挑むつもりで気合を入れている。

そんな気合の入ったグラップラーに対し、ウィズは「肉を落とすのじゃ！」という間の抜けた言葉を叫び、無慈悲《むじひ》な攻撃を放つ。

走り出そうとしていたグラップラーは一歩足を踏み出したところで、ウィズの放った巨大な火の玉に呑み込まれてしまった。

「モォォ……」という悲しげな鳴き声が耳を打つ。

その鳴き声は牧場から売られていく牛に似ていると一瞬思ったが、すぐに光の粒子となって消えてしまった。

「あったぞ！　肉じゃ！」

その言葉に世の無常を強く感じた。俺の心の内など完全に無視して、ウィズが拾った肉の塊を天高く掲げていた。その様子に昔テレビで見た、素潜りで魚を獲るお笑いタレントの姿が被る。

「グラップラーの肉じゃ！　どんな味じゃろうな」

「うん。楽しみだな」と答えるが、棒読みのような言い方になってしまった。

それから、この辺りの階層でミノタウロスの上位種を狩っていった。見つけ次第、転移で移動し瞬殺する。まさに見敵必殺《サーチアンドデストロイ》。

そこに今までのような遠慮はなかった。

既にブラックランクシーカーと公表されているだけでなく、〝肉収集狂《ミートマニア》〟なる二つ名まで賜《たまわ》っているから、呆れるほど狩っても問題ないと思い直したのだ。

もっとも、今まで遠慮していたのかと問われれば、返す言葉もないが。

三百九十階のゲートキーパーの部屋ではミノタウロスの上位種すべてが現れ、ウィズが「ついておるの！」と叫びながら魔術を放って瞬殺した。

グラップラーとナイトの宝箱からは肉が、グラディエーターからはミスリル製の剣が手に入った。

ミスリルの剣は滅多《めった》に出ない超貴重《スーパーレア》なドロップ品だが、ウィズは「外れじゃ」とご機嫌斜めだった。

次の階からも同じようにミノタウロスの上位種を狩りながら下っていき、四百階に到着した。

「ここは安心じゃ。必ずミノタウロスチャンピオンが出るからの」

彼女の言う通り、四百階は百階ごとに現れる守護者《ガーディアン》の部屋で、決まった魔物が現れ、ほぼ決まったものがドロップされる。ほぼというのは、稀にプラスアルファでレアアイテムが手に入るということで、目的のチャンピオンの肉は百パーセント入手できる。

ガーディアンの部屋に入ると、最下層で世話になった懐かしいミノタウロスチャンピオンが、上位種を従えて待ち受けていた。

威風堂々《いふうどうどう》たる牛頭の戦士が筋骨隆々《きんこつりゅうりゅう》の上位種を従える姿は、まさに勇者《チャンピオン》だ。

しかし、その威厳《いげん》に満ちた姿も一瞬で消し去られてしまう。

ウィズは「肉じゃ！　これも肉じゃ！」と歓喜の声を上げ、「ここはよいぞ！　肉が容易《たやす》く手に入る！」と〝肉〟という単語を連呼する。迷宮の魔物に感情があったなら、あまりの理不尽《りふじん》さに涙したことだろう。

俺はここまで肉に執着していない。やはり肉収集狂《ミートマニア》の称号はウィズにだけ献上すべきだと思う。

四百階でミノタウロスチャンピオンらを倒した後、三百九十階の転移魔法陣に飛び、また同じようにミノタウロスの上位種を狩っていく。

三百八十階までの不調が嘘のようにドンドン上位種を狩り続け、それに伴い肉も溜まり続けた。

四百階のガーディアンの部屋で再びチャンピオンを狩ったところで、休憩に入る。

「ずいぶん狩ったが、どれほどになったのじゃ？」

嬉々《きき》として狩り続けていた本人が他人事《ひとごと》のように聞いてきた。

苦笑しながらも俺は収納魔術《アイテムボックス》に保管した肉を確認する。

本来なら迷宮管理局から預かったマジックバッグに入れるのだが、それにはカウント機能がないため、数の分かるアイテムボックスに入れてあるのだ。もちろん、迷宮から出る前に移し替える。

「ミノタウロスが三、ウォーリアが五、グラップラーが七、グラディエーターが四、ナイトが四、チャンピオンが二だな。肉だけで百三十五キロか。結構狩ったな」

ミノタウロスがドロップする肉はグレートバイソンと同じ五キログラムだ。但《ただ》し、最上位種であるチャンピオンのドロップする肉は十キロある。

通常種の肉が三個十五キロ、上位種が二十個百キロ、チャンピオンの肉が二個二十キロという内訳だ。

「午後もこの調子で狩り続けるぞ。目標はチャンピオンの肉を十個じゃ！」

さすがにそれは無理だろうと思うが、今日はマシュー・ロスの和食店〝ロス・アンド・ジン〟に行く予定があるので、時間になったらやめるだろうから、今は何も言わない。

「さて、バーナードさんは何を入れてくれたのかな？」

宿で用意してもらった昼食を取り出す。今回は籐の籠が二つあり、確か一つは温かく、一つは冷たいとのことだった。

「何やら香ばしい匂いがするの」

ウィズの言う通り、温かい方の籠から焼けた小麦とバターの香りが漂《ただよ》ってきた。それに加え、肉と香辛料の香りもする。

蓋を開けると、そこには湯気が上がるミートパイがあった。食べやすい八等分にカットされており、手で持って食べることができるようショートケーキのように紙の上に載っている。

「美味そうじゃな」とウィズが手を出してくる。

「まだワインを開けていないんだぞ」と言いながらも一切れ渡す。

続いて冷たい方の籠の蓋を開ける。こちらにはワインが二本と生ハムのスライス、そして密閉された壺《つぼ》のような容器が入っていた。

これは何だろうと思いながら壺の蓋を開けると、とろみのありそうな白いスープが入っていた。

「ヴィシソワーズか！　いろいろと考えてくれるな」

ジャガイモとポロネギの冷製スープ、ヴィシソワーズが入っていたのだ。

早速ワインを開け、ゴブレットに注ぐと、芳醇《ほうじゅん》なブドウの香りが辺りに広がった。

「昨日のワインとは違うみたいだな。果実感が昨日よりある」

紫色にも見える濃い赤で、飲んでみると黒ブドウの果実感に皮の渋みが僅かに加わった味わいの赤ワインだった。

「スペインか南米辺りのワインみたいだな。これにミートパイを合わせてきたか……」

そう言いながらミートパイにかぶりつく。まだ焼き立ての熱さがあり、サクッとしたパイ生地に含まれる芳醇なバターの香りの後に、肉汁の旨味が爆発的に広がっていく。

「これはよいの！　中のひき肉と皮が絶妙じゃ！　端のサクサクとした食感がまたよい！」

ウィズは満面の笑みを浮かべ、手に持ったパイを掲げている。かなり気に入ったようだ。

「このワインもよく合うぞ。脂がきれいに流れるし、後に残るブドウの香りが更に肉を食べたくなるようにしてくれる」

俺の言葉に左手に持っていたゴブレットのワインを呷る。

「うむ。ゴウの言う通りじゃ！　で、その壺の中身は何なのじゃ？」

「ジャガイモとポロネギの冷製スープだと思う。もしかしたら白いんげん豆も使っているかもしれないな。イモとクリームの甘さの中にハーブの香りがあって、いい口直しになるぞ」

スプーンを渡すと、すぐにスープを口に運ぶ。

「これも美味いの。この冷たさがちょうどよい」

その後、生ハムも摘まむが、果実香の強い赤ワインに熟成された生ハムの塩味は最高に合った。

「今日もバーナードには礼を言わねばならんの」

ウィズも大満足のようだ。


それからウィズの宣言通り、四百階のミノタウロスチャンピオンを中心に上位種を狩っていく。

二時間ほどで五周でき、最終的な肉の数は通常のミノタウロス三、ウォーリア十五、グラップラー二十、グラディエーター十一、ナイト九、チャンピオン七の合計六十五個、三百六十キロだ。

この他にもドロップ品の武器が十五以上あり、マジックバッグの収容能力の限界に近づいていた。

ドロップ品以外ではマナクリスタルが百五十個を超え、貨幣は白金貨が三十二枚に金貨が六百枚以上と、現金だけでも九百万円を超える計算になる。

「さて、昨日の肉を回収しなくちゃいけないし、そろそろ出るか」

「そうじゃの。これだけの量があるとエディたちの確認も時間が掛かるじゃろうしの」

狩っている時は特に何も思わなかったが、冷静に考えると多すぎる気がする。

「ちょっと多すぎたかもしれんな。いきなりこれだけの量を卸《おろ》すと価格破壊が起きるかもしれん」

「安くなるならよいのではないか？」

「食う方はいいが、これで生計を立てているシーカーには大打撃だ。どうするかな……王様にでも献上《けんじょう》するか」

市場にそのまま流せば価値が暴落するだろうが、王宮に献上すれば市場に回る分は多少増える程度で済むのではないかと考えた。

「ゴウがそれでよいというなら任せる」

「マーローさんにでも相談するか。仕事が増えるのは気の毒だが」

管理官であるマーローは俺たちの専属のような扱いになっている。仕事を増やすのは悪いが、勝手に行動を起こしてトラブルを招くより予《あらかじ》め相談した方がいいだろう。

その後、出入管理所でドロップ品を提出した。それを見た管理所の職員たちは目を丸くし、言葉を失った。

エディがいち早く我に返る。

「これって全部ミノタウロスの肉ですよね……でも、俺が知っているのと違うのがだいぶ入っているんですが……」

「無論じゃ！　我がただのミノタウロスの肉など集めてくるわけがない」

ウィズが自慢げに胸を張る。

「上位種がほとんどじゃが、チャンピオンの肉も七個あるはずじゃ。そんなことより今日はブラックコカトリスを食いにいかねばならん。早《はよ》う確認せい」

ウィズの言葉で慌てて鑑定担当の職員が呼び出されたが、その職員もエディたちと同じように言葉を失い固まった。しかし、すぐに気を取り直して確認作業を始める。

「まずは肉から確認します。ミノタウロスの肉が三、ウォーリアが十五、グラップラーが二、二十です……」

だんだん声が小さくなり、目のハイライトが消えていくが、俺にできることはない。

「高品位鋼の剣が四本に戦斧が七本、それにメイスが一本……えっ？　ミスリルの剣が三本に戦斧が二本もですか……滅多に出ないはずなんですが……」

ドロップ率から言えば武器が一番出にくいから、彼の言っていることは正しい。

「そうなのじゃ。これほど外れが出るとは思わなんだ。途中から調子よく肉を落とすようになったからいいようなものの、泣きそうになったほどじゃ」

ウィズのコメントに対し、エディをはじめ、職員たちは目を逸らして何も言わない。

俺はその空気を誤魔化すように強引に話題を変える。

「そう言えばマーローさんに相談があるんです。事務所にいらっしゃいますか？」

「ええ、管理官室にいるはずですが、何かトラブルでもありましたか？」

鑑定を行っていた職員が恐る恐るという感じで聞いてきた。

「大したことじゃないんです。これだけの量の肉ですから、一度に市場に流すのはまずいだろうなと思いましてね。それで一部を王宮に献上しようと考えているんです」

「なるほど。それなら管理官より局長に相談した方がよいでしょう。幸い、局長も在席しておりますので、すぐに相談できると思いますよ」

思ったより大ごとになりそうだが、確かに王宮に献上するなら責任者に話した方が早いだろう。

「ではリストができるまでの時間を使って相談してきます。終わったら寄りますので、よろしくお願いします」

そう言って俺は事務所に向かった。

事務所に入ると、受付にはリアが座っていた。簡単に挨拶をした後、面会を申し込む。

「相談したいことがあるのでマーローさんに面会できないでしょうか。もしかしたら局長さんの方がいいかもしれないですが」

俺の言葉にリアが「何かあったんですか……」と不安そうな表情を浮かべる。

「いえいえ、大したことじゃないんですよ」と言ってから、ミノタウロスの肉を献上したいという話をする。

「そういうことですか」

リアは安堵の表情を見せ、「ちなみにどれくらいあるんですか?」と無邪気な表情で聞いてきた。

「全部で三百六十キロじゃ。まあくず肉が十五キロほど交じっておるが、最上級の肉は七十キロあるぞ」

ウィズが自慢げに言った。

「さ、三百六十……最上級ということはミノタウロスチャンピオン……それが七十キロも……ということは七回も四百階に行ったんですか……」

俺たちの行動に耐性がついてきているはずのリアだが、事実を受け止め切れず、途切れ途切れに呟いている。

「そういうことなので取り次ぎをよろしくお願いしますね」

「わ、分かりました……」

リアはそう言って立ち上がり、階段を上っていく。

ほとんど待つことなく、マーローがやってきた。しかし、リアの姿はない。

「肉を献上したいとのご意向と伺いましたが」とマーローが真剣な表情で確認してきた。

「ええ、その通りなんです。それで相談を……」

「では、局長室に参りましょう」

早速局長のレイフ・ダルントンのところに行くようだ。

「いきなりですが、大丈夫なんですか？」

「この後、ロス・アンド・ジンに食事に行かれると聞いています。あまり時間を取らない方がいいのではないですか」と逆に聞かれてしまう。

「そうじゃな。このような些事《さじ》はさっさと済ますに限る」

ウィズにとっては国王への献上は些細《ささい》なことらしい。災厄竜と呼ばれ、神に匹敵《ひってき》する力を持つ存在だからこそ許される言葉だろう。

局長室に入ると、ダルントンの他にリアがいた。彼女が先に説明してくれたようだ。

ダルントンは挨拶もそこそこにすぐに本題に入る。

「ミノタウロスの肉を王宮に献上したいと伺いましたが」

「ええ、調子に乗って少々狩りすぎまして、このまま市場に流すのはいかがなものかと思ったのです。ただ、量が量だけに我々だけで処理するのは……それでご迷惑かとは思ったのですが、王宮に献上すればよいのではと考えた次第です」

「迷惑などとは全く思っておりませんよ。陛下《へいか》もさぞお喜びになることでしょう。それでいかほど献上されるご予定でしょうか」

「ウォーリアとグラップラーの肉を五十キロずつとグラディエーター、ナイト、チャンピオンのものを三十キロずつと考えています」

ダルントンは目を大きく見開き、一瞬絶句した。

「……チャンピオンの肉を三十キロ……ちなみに本日だけですべて狩ったのでしょうか」

「その通りじゃ。あの階層は効率よく狩れるので気に入っておる」

ウィズが腕を組んだ状態で自慢げに答える。

「本当にお二人は規格外ですな」とダルントンは相好を崩して感心するが、すぐに表情を真剣なものに改める。

「それほどの品は他国からも贈られたことはありません。私如《ごと》きが恐縮ですが陛下に代わりまして、お礼申し上げます」

そう言って大きく頭を下げると、マーローとリアもそれに倣《なら》う。

他国からも贈られたことがないという言葉に〝やりすぎたか〟と思ったが、ウィズのことを考えれば力を誇示《こじ》しておくのは悪いことではないと思い直す。

「では、明日の受け取りの時にお渡しします」

そう言って立ち上がろうとしたが、マーローが「少しだけお時間を」と言って止めた。

「今朝、ミスリルランクのキースが迷宮の地図を持ってきました。情報を管理局に渡すようにエドガーさんから言われたと聞きましたが、間違いないでしょうか」

地図を渡したことをすっかり忘れており、少しばつが悪い。

「ええ、確かにキースさんに管理局に提出してもらうようお願いしましたが、何か問題でもありましたか？」

「問題はありませんが、情報の対価についてお話ししたいことがありまして……正直なところ、これほどの情報にいかほどの値段を付けたらいいのか迷っております。局長とも話し合ったのですが、白金貨百枚、十万ソルでいかがでしょうか」

十万ソルと言えば日本円でだいたい一千万円だ。珍しい情報とはいえ、それほどの金をもらっていいのかと思ってしまう。

俺が沈黙していると、ダルントンがマーローに代わって話し始める。

「やはり安すぎましたか……では、その倍の二十万ソルでいかがでしょうか。それ以上は予算的に厳しく……」

そこで話を遮る。

「いや、十万でも充分すぎます。お金に困っているわけでもありませんし、いろいろお世話になっていますから無料で構いませんよ」

正直な気持ちだ。迷宮に入ればいくらでも稼げるし、黒金貨の代金もこれから受け取れるから、本当に金には困っていない。王国に恩を売る意味でも、金はもらわなくてもいい。

「それは困ります。これほどの情報に対価として正当な報酬を支払わなければ、迷宮管理局の存在意義を問われますので」

「しかし……」と更に反論しようとしたが、やんわりと目で制される。

「多くのシーカーがこの情報で助かるのです。中でも、ブラックランクになる直前という極めて優れた才能を持つ者たちが。管理局、いえ、王国にとって、これほど有用な情報は今までになかったと断言できます。その情報に対し対価を支払わないというのは、国家としての信用にも関わります」

重要な情報に金を渋ったと噂《うわさ》になれば、シーカーたちはこの国を見限るかもしれないと言いたいようだ。

分からないでもないが、何となく王国が俺たちを取り込もうとしている気がして受け取りづらい。しかし、ここで遠慮し続けてもますます面倒になりそうだと思い直す。

「分かりました。では十万ソルでお売りします」

「助かります。情報はすぐに公開しても問題ないでしょうか」

「ええ、あの辺りは把握《はあく》していますから、そのまま自由にお使いください」

結局、黒金貨の対価と同じく王国の為替《かわせ》手形でもらうことにした。肉を買い取った時の支払いに使うためだ。

用事が済んだので局長室を後にする。

一緒に出てきたマーローにウィズが声を掛けた。

「そなたも我らと一緒に食事に行かぬか。サンダーバードもミノタウロスチャンピオンもある。美味いものを食って元気を付けねばの」

その言葉に何となくリアが苦笑している気がした。俺たちのせいでマーローが忙しくなったと彼女が言っていたので、その張本人が慰労《いろう》したことがおかしかったのだろう。

「管理局の役職に就いている以上、奢《おご》っていただくわけにはいきませんが、ご一緒させていただけるなら、ぜひともお願いしたいですね」

断ると思ったら意外にも乗ってきた。

「水臭いことを申すな。ゴウも言ったが我らは金に困っておらぬ」

ウィズはマーローが遠慮していると思ったようだが、遠慮というよりけじめなのだろう。このことはきちんと教えておいた方がいいと思い説明する。

「それは違うぞ、ウィズ」

「どういうことじゃ？」と俺の方を向いて僅かに首を傾げてくる。

「管理する側の管理官と、される側のシーカーが馴《な》れ合って見えるのはよくないってことだ。特に俺たちはいろいろと言えない事情があるんだ。俺たちはいいが、マーローさんに悪い噂が立って迷惑をかけることになるかもしれない」

「なるほどの……まあよい。それなら、世話になっておるマーローに払わせた金以上の満足を与えればよいだけじゃ。ゴウよ、頼んだぞ」

「俺に頼んでも仕方ないと思うが、言いたいことは分かった」

俺はウィズにそう答え、マーローに「何かご希望はありますか？」と尋ねた。

「リアから話は聞いていますが、エドガーさんに任せた方がよさそうです。ですので、すべてお任せします」

「そうじゃ。よく分かっておる！　ゴウに任せるのが一番じゃ！」

「では、リアさんかエディさんを通じて日程調整をさせてもらいますね」

そう言って二人と別れ、出入管理所に向かった。

ダルントンたちとの話し合いは三十分ほどだったが、確認作業の方も終わったところだった。

「こちらがリストになります」と言ってエディがリストを渡してきた。

俺が確認していると、鑑定担当の職員が申し訳なさそうに頭を下げる。

「これだけのものですので査定に時間が掛かります。申し訳ないですが、明日の夕方以降の引き取りでお願いできないでしょうか」

「ええ、それで構いませんよ。昨日獲ってきた肉もありますし、明日はエディさんたちに教えてもらう店か、ハイランド料理店に行こうかと思っていますから」

リストを確認しサインをした後、昨日獲ってきたサンダーバードなどの肉を引き取る。

「ブラックコカトリス三キロ、サンダーバード四キロ、コカトリス五キロ、グレートバイソン三十キロです。これだけで税金は白金貨八枚になります。マナクリスタルが……」

結局、税金を払っても白金貨十七枚、百七十万円ほどの収入になった。明日受け取る肉は更に量が多い。買い取りは査定額を支払う必要があるから、赤字になるかもしれない。

肉をすべて引き取った後、ウィズが「遅れるでないぞ」とエディに念を押していた。

マシュー・ロスの和食屋、〝ロス・アンド・ジン〟に向かうため、一度宿に戻った。

◆

ゴウたちがミノタウロスを乱獲していた頃、同じ階層にはあるシーカーパーティがいた。

彼らはブラックランクになるための最終関門、四百階の守護者の部屋を目指して、オーガやミノタウロスたちと死闘を繰り広げていた。

彼らが転移魔法陣で三百九十階に入ってから、既に丸一日が過ぎている。

順調に進み、午後には三百九十五階に達したが、そこでミノタウロスグラディエーターとウォーリアニ体に遭遇した。

何とか勝利したものの前衛が負傷し、いわゆるセーフティエリアで休んでいる。

「俺たちにはまだ早いんじゃないか。グラディエーターとウォーリア相手にこれだけ苦戦したんだ。ミノタウロスチャンピオンと上位種四体と戦えるとは到底思えん」

負傷したタンク役の熊獣人がそう呟く。

「確かにそうね。チャンピオンは指揮官としても優秀だから、取り巻きも普通の上位種より三割増しの強さになるという話だし」

エルフの女性魔術師が同意する。

「でもせっかくここまで来たんだぜ。もう少し粘ってもいいんじゃないか」

斥候《せっこう》役の狼獣人の女が、男勝りな口調でそう反論する。

「無理は禁物だ。もう少し浅い階層でレベルを上げてから再チャレンジすべきだろう」

リーダーである竜人《ドラゴニュート》の魔導戦士が方針を示した。ヒュームの神官の女性はその言葉に頷いた後、今日の戦闘で感じたことを口にする。

「昨日よりミノタウロスの攻撃が激しかったような気がするのだけど、気のせいかしら」

「あたいもそう思ったね。目の色がいつもより赤かった気がする。怒りに燃えているというより、涙目に見えたんだが気のせいかね」

狼獣人がそう言うと、全員が同じことを思っていたのか大きく頷く。

「何か異変が起きているのかもな。そう考えれば撤退するという選択肢は悪くないだろう」

休憩を終えた後、パーティは三百九十階の転移魔法陣に向けて出発した。

何度かオーガやトロールと遭遇したが、斥候が先に見つけたため、戦わずに済んだ。

「それにしてもミノタウロスに遭遇しなくなったな。助かるんだが、さっきまでのことと合わせて考えると何だか不気味だな……」

リーダーの言葉に全員が頷いた直後、もの悲しげな牛の鳴き声が聞こえ、全員がブルッと震えた。

二．肉を味わう

ミノタウロス狩りを終え、午後三時くらいに迷宮から出た俺とウィズだが、いろいろとあったため、宿に戻ったのは四時頃だった。と言っても店の予約は六時だから、充分に余裕はある。

宿に戻ったところで、支配人であるバーナードが「お帰りなさいませ」ときれいなお辞儀《じぎ》で出迎えてくれた。

ウィズがすぐに駆け寄り、「今日も美味かったぞ！　さすがはバーナードじゃ！」と彼の肩を軽く叩いている。そんな馴れ馴れしい行動にもバーナードは「ありがとうございます」とにこやかに応えてくれる。

「本当に美味しかったです。アツアツのミートパイにあのワインの組み合わせは最高でした。それに冷製スープもいい口直しでしたね。また、よろしくお願いします」

「お口に合ったようで安心しました。料理長にもお二人のお言葉を伝えておきます」

籐の籠を返し、部屋に戻る。装備を外し、シャワーを浴びたが、出かけるにはまだ少し余裕があった。そのため、明日以降の予定を確認する。

「鶏と牛の肉は充分に確保できたと思うんだが、明日はどうする？」

「そうじゃの。あとは豚じゃが、オークキングは面倒じゃの」

「二百階のガーディアンの部屋にしか出てこない割に、肉を落とす確率は低いからな」

オークは百五十一階から二百階に出る魔物で、階層が深くなるにつれ上位種が現れる。しかし、最上級の豚肉と言われるオークキングはガーディアンとして二百階に出るだけで、フィールドには現れない。

更に肉のドロップ率は三割程度と比較的低く、効率は決してよくない。

「それならセオール川に行ってみるか？　ここから二、三十キロという話だから飛んでいけばすぐだ。それに一度行っておけば転移魔術で簡単にいけるようになるし」

竜であるウィズはもちろん、俺も風魔術の〝飛行《フライ》〟が使えるから、三十キロメートルの距離でも飛んでいけば二十分も掛からない。

「そうじゃな。カールの言っておった〝切り裂き蟹《リッパークラブ》〟を狩るのも一興じゃの」

シーカーズ・ダイニングのシェフ、カールに聞いたリッパークラブは、甲羅《こうら》の幅が一メートルほどの大型の蟹《かに》だ。鋭い爪と硬い甲羅を持つ厄介な魔物だが、その身はコクがあって美味いという話だった。

「あとはどこに食いに行くかじゃ。キースの言っておった〝ハイランド料理〟というのも気になるが、エディやリアが行く店も気になるの」

「そうだな。まずはエディさんたちの情報を聞いてからだな。この世界に来る前は若い連中が食う脂っこいものは苦手だったが、この身体になってからは何を食っても調子がいい。どんな料理なのか、興味がある」

「それにしても、ここまで楽しめるとは思わなんだぞ。迷宮から解放されてまだ五日しか経っておらぬが、生まれてから五千年で一番楽しい時を過ごしておる」

若い女性の姿をしているから忘れそうになるが、ウィズは五千年という長い時間を生き続けているエンシェントドラゴンだ。迷宮に封じられている時はもちろん、その前も一人でいる時間が長かったらしいから、ワイワイガヤガヤとやる雰囲気は味わったことがないのだろう。

「俺もこれほど楽しめるとは思っていなかった。でもまだ五日なんだな。一ヶ月以上経ったような気がしているよ」

濃い時間を過ごしているからか、時間の流れが遅い気がしていた。

そんな話をして時間を潰した後、宿のロビーでドワーフたちとエディ、リアを待つ。

時間通りに集合し、マシュー・ロスの店〝ロス・アンド・ジン〟に向かった。

店はここ探索者街《シーカータウン》から少し離れた商業地区にある。少し離れたと言っても十分ほどで到着できるため、それほど急ぐ必要はない。

ロス・アンド・ジンは落ち着いた雰囲気のカフェのような外観だ。扉には〝臨時休業〟と書かれており、前回同様貸し切りにしてくれるらしい。

中に入ると、ホールスタッフのタバサが奥の席に案内してくれる。

「オーナーですが、ここ数日、物凄く気合が入っていましたよ。私も味見をさせてもらいましたけど、今まで食べた料理で一番美味しかったですね」

タバサとは、前回訪れた時に意気投合している。

二十代半ばで髪を後ろで無造作に括《くく》った、少し垢抜《あかぬ》けない感じの女性だが、笑顔を絶やさないため、とても感じがいい。

日本酒好きが高じてマシューの店でホールスタッフとして働くことになったらしく、前回も俺が日本酒に詳しいと知り、最後の方は酒の話で盛り上がった。

席に着いたところで、板前らしい紺色の調理衣姿の店主、マシューが顔を出す。

「今日は肉がメインということでいつもと趣向を変えています。純粋なカイセキではありませんが、ご満足いただけると思います」

「さすがに肉ばかりだと会席料理は難しいですよね。どんな料理が出てくるのか楽しみです」

俺の言葉にマシューはニコリと微笑み、皆に尋ねる。

「では飲み物はどういたしますか？　皆さん飲める方ばかりのようですし、こちらで合わせることもできますが」

全員の顔を見ていくと、皆小さく頷き返してくる。

「では、それでお願いします」と頼む。

マシューが厨房《ちゅうぼう》に戻ると、エディがボソリと「俺とリアは飲めるうちに入らないと思うんだけどな」と呟いた。

「そうね。ドワーフのトーマスさんたちは当然だけど、ゴウさんもウィズさんも凄い酒豪《しゅごう》だから」

すっかり飲み仲間となった鍛冶師《かじし》のドワーフ四人組は、「儂《わし》らも驚いたわい」と言って笑う。

そんな話をしていると、タバサが二合徳利《とっくり》を四つ運んできた。

「最初のお酒ですが、ノースハイランドで造られている珍しいサケで、〝ハイスプリングウォーター〟という銘柄《めいがら》です。名前の通り、軽めのきれいなお酒ですよ」

「ハイランドですか？　ウイスキーのイメージが強いのですが、日本酒《サケ》も造っているんですね」

そう言いながら、ぐい呑みに酒を注ぐ。口を付けると、名前の通り透き通ったきれいな酒で、淡《たん》麗《れい》さの中に米の旨味を感じた。

「ハイランドにはドワーフが結構いますから、いろいろなお酒が造られているんですよ。そうですよね、トーマスさん？」

タバサがそう言ってトーマスに話を振る。

「そうじゃ。食い物はこの国の方が美味いが、酒はハイランドの方がよいものが多いと思っておる」

そんな話をしながら飲み始めたところで、マシューが料理を持って現れた。

俺の前に長方形の皿が置かれる。そこには表面が強めに炙《あぶ》られ、中はレア状態の鶏肉、いわゆる〝タタキ〟が載っていた。火の入れ加減は絶妙でギリギリで火が通っているという感じだ。

「一品目は物凄く悩みました」と言いながら全員分の皿を置いていく。

「コカトリスのタタキです。カールさんのところでも肉尽くしだったそうですので、うちも最初から肉で頑張ってみました」

マシューは説明を終えると、次の料理のためにすぐに厨房に下がっていく。

鶏の脂の焼けた香りが空きっ腹を刺激する。細切りのネギと紅葉《もみじ》おろし、ポン酢の他に柚子《ゆず》胡《こ》椒《しょう》のような、やや灰色がかった緑色の調味料も出てきた。

「さっぱり食べるなら紅葉おろしにポン酢が美味しいと思います。ですが、レモン胡椒だけでもいけますよ。特にお酒との相性は一番かもしれません」

タバサが簡単に説明してくれる。柚子胡椒と思ったものはレモン胡椒だった。

「青唐辛子《あおとうがらし》もあるんですね」と言うと、タバサは「これもご存じなんですね。この辺りの方だとほとんど知らないんですが」と驚いていた。

まずはおろしポン酢で食べる。さっぱりとしたポン酢が地鶏のようなしっかりとしたコカトリスの肉の味を和らげ、旨味だけが口に残る感じだ。

「美味いの。じゃが、これはほとんど生肉ではないのか？」

「ギリギリ火が通っている感じだな。魚のタタキなら中が生でもいいんだが、鶏肉はこのくらいの方が好きだな」

日本でも地鶏のタタキは割とメジャーな料理だが、ほとんどの店では表面を軽く炙るだけで出している。焼きすぎると肉がパサつくからなのだろうが、ある程度火が入った方が美味いと思っている。

二切れ目はシンプルにレモン胡椒でいく。

柑橘《かんきつ》特有の爽やかな香りの後にほのかな酸味、そして強めの塩味が広がり、最後に青唐辛子の強い辛みが舌を刺激する。

コカトリスの焼けた脂に酸味と辛み、塩分が加わり、猛烈に酒が欲しくなった。

その状態でハイスプリングウォーターを口に含む。辛みと脂はきれいに流れるが、肉の香りはしっかりと残り、酒の旨味が更に増す。

「これは本当に合いますね。鶏の脂に淡麗辛口だと酒が負けることが多いんですが、これはしっかりと旨味もあるから全然負けません。いいチョイスです」

「ありがとうございます。頑張って選んだ甲斐《かい》がありました」

タタキを食べ終えたところで、酒がなくなった。

見計らったようにタバサが徳利を持って戻ってくる。

「二杯目のお酒は〝ローレルリース〟です。ハイスプリングウォーターより華やかさを感じると思いますが、基本的にはスッキリ系のお酒です」

ローレルリースは大吟醸《だいぎんじょう》らしく、口に含むと純米とは違うスッキリとした味だった。酵母《こうぼ》の香りなのか、米の旨味より華やかさを強く感じる。

酒を飲んでいる間にタバサが「二品目です」と言ってテーブルに小鉢を置いていく。

中にはじっくりと炊《た》かれた牛肉が少量入っていた。どうやら、しぐれ煮のようだ。

「牛肉のシグレニです。次の料理までのつなぎですので、ゆっくり召し上がってくださいね」

「シグレニとは何じゃ？」

ウィズがしぐれ煮をフォークで突き刺して、しげしげと見ながら質問する。

「醤油《しょうゆ》と砂糖、みりんに生姜《しょうが》を加えて煮詰めた料理だな。甘辛さの中に生姜の爽やかさがあって酒にも白米にもよく合う」

「しかし小さいの。一度に何枚か食った方がよいのか？」

「味は思った以上にしっかりしているから、一枚ずつで充分だ。少しずつゆっくりと味わいながら酒を飲んだらいい」

このしぐれ煮だが、スライスした牛肉を一口大に切って炊いたものだ。

箸《はし》で一枚取って口に入れる。濃い甘辛さの中に生姜の香りが効いているが、佃煮《つくだに》ほど炊き込んでいないため、思ったよりしょっぱさはない。牛肉の旨味もしっかりと残っており、噛むほどに肉の味が口の中にあふれてくる。

そこにローレルリースを流し込む。淡麗な酒が甘辛さを流しながらも、牛肉の香りが相乗効果を見せ、更に旨味が増した。

「これはいいな。何杯でも飲めそうだ」

ウィズも同じタイミングで酒を飲み、「うむ。これこそ酒のつまみよの」と満足げに頷いている。

「初めて食ったが、これはありじゃな」とトーマスも満足している。

あっという間に俺もローレルリースを飲み干してしまう。お代わりをするが、しぐれ煮は一人三枚ほどしかないため、こちらもすぐになくなってしまった。

「もう少しあってもよいのじゃがの」

ウィズが零《こぼ》すと、ドワーフ四人組も「儂らには少なすぎる」と賛同している。

「濃い味ですからこのくらいでいいんですよ。次の酒が出てきましたし」

「〝ブルートンホマレ〟です。今度はジュンマイのカンザケです。このお酒はオーナーの師匠が携《たずさ》わったものだそうです」

王都ブルートンで造っている酒で、マシューの師匠ジン・キタヤマ氏が酒造りを監修しており、しっかりとしていながらも香り豊かな、和食に合う酒を目指したものだそうだ。

温度は人肌くらいのぬる燗《かん》で、米の香りがストレートに口に広がった。

そこにマシューが現れ、蓋付きの鉢《はち》を置いていく。

「三品目はコカトリスを使ったチクゼンニです。レンコンは本場マーリアのものですよ」

見た目は日本で見た筑前煮《ちくぜんに》とほぼ同じで、水分を飛ばした野菜と鶏肉の煮物だった。

「コカトリスでチクゼンニなんて初めて作りましたよ。普通はレッサーコカトリスですら使わないんですが、今日はブラックコカトリスがありますから贅沢《ぜいたく》にいってみました」

マシューは笑いながら厨房に戻っていく。

まずはレンコンに箸を付けた。見た目は日本のものとほぼ同じだ。

口に入れるとシャリッという歯ざわりの後にモッチリとした食感。最高級のレンコンは根菜《こんさい》特有の甘味があるが、それに劣らないくらいの野菜の甘味を感じた。

ゴボウやダイコン、ニンジンにもコカトリスと干し椎茸《しいたけ》の出汁《だし》がしっかりと染みており、どれを食べても酒のつまみになる。

「この肉はコカトリスなのじゃな。先ほどのタタキとはまるで違うが」

「そうだな。火の入れ方が全然違うから食感も味も全く違うものになる。さっきのタタキは軽くしか火を入れていないが、筑前煮は最初に具材をすべて炒めてから調味して水分を飛ばすんだ。出汁の旨味が全体に回る分、複雑な味になっていると思う」

コカトリスの肉はカールの店でも食べているが、これほどいろいろと楽しめるとは思わなかった。

「これって野菜が主役なんですか？」とリアが聞いてきた。

聞きたくなる気持ちは分かる。コカトリスの肉も美味いが、野菜が信じられないくらい美味いからだ。

「どうなんでしょうね。私としては具材全部が主役の料理と思っていますけど」

「俺はそんなに野菜が好きじゃなかったんですけど、これはいいですね。これがあれば野菜嫌いの子供なんていなくなると思いますよ」

エディの言葉にリアが笑いながら、「そう言えば子供の頃、野菜を残してお母さんに怒られていたわね」と暴露《ばくろ》する。

その言葉にエディは「昔の話だろ」と真っ赤になって恥ずかしがっていた。

「お二人は仲がいいですね」

俺が言うと、エディがはにかみながら答える。

「家が近いだけの腐れ縁ですけど、一緒に酒を飲むようになったのはゴウさんたちと出会ってからですよ。それまでは部署も違いますし、顔を合わせることはほとんどなかったんですから」

「彼の言う通りです」とリアも大きく頷いている。

若い子をからかいすぎるのも悪いと思い、この話は切り上げ、トーマスたちドワーフに今日の料理の感想を聞いてみた。

「今日の料理はどうですか？　ドワーフの方たちが和食を食べるというイメージがないので」

「美味いが、物足りぬというのが正直なところじゃな。儂らは油の多い、ガッツリとした料理が好みじゃ」

「和食だとそういうのは難しいかも……」と言いかけたところで、ある料理が頭に浮かんだ。

「もしかしたらこの後に、トーマスさんたちが満足するものが出てくるかもしれませんよ」

「どういうことじゃ？」とトーマスが首を傾げながら聞いてきた。

「まあ私の思い違いかもしれませんし、出てくるのを待ちましょう」

そんな話をしていると、タバサが次の酒を持ってきた。

「王都ブルートンの〝ジャーロック〟です。香り豊かなジュンマイギンジョウのナマザケで、これだけで飲んでも美味しいお酒ですね。これもオーナーの師匠が関係していた酒蔵のものです」

それまでのぐい呑みではなく、ワイングラスが置かれる。

「このお酒はワイングラスで飲んだ方が美味しいんです。まずは香りから楽しんでください」

薄い琥珀色《こはくいろ》の日本酒で、ソーヴィニヨン・ブランのライトな白ワインに見えないこともない。しかし、グラスに口を近づけると、その香りはまさしく日本酒のそれであり、花のような吟醸香の後に米の香りが上ってくる。

口を付けると適度に冷やされており、僅かに発泡《はっぽう》していて爽やかだ。舌の上で感じる味は最初甘口と錯覚するほど柔らかいが、辛口のシャープさもあった。

「これは美味い酒ですね。酒米が今までのものと違う気がしますが？」

「さすがですね。ジン・キタヤマさんがマシア共和国で見つけた酒米を改良したもので、キタヤマニシキという名だそうです」

タバサが流れるように説明してくれる。彼女はまだ若いが、酒についてよく勉強しており、知識は豊富だ。

酒を楽しんでいると、鶏の脂が焼ける、いい香りが漂ってきた。厨房の方を見ていると、マシューが皿を持ってやってきた。

「お待たせしました。ブラックコカトリスです」

「ついに来たか！」とウィズが声を上げる。トーマスたちも何が出てくるのか興味津々《きょうみしんしん》という感じだ。

「食べていいのかな」と不安そうなエディに、ウィズが答える。

「もちろんじゃ。まだ三キロほどあるから全く問題はないぞ。それに、奴らならいつでも狩れるしの」

彼女が言う通り、ブラックコカトリスは出現場所が分かるようになったから以前より簡単に狩れるだろう。

「それに今後は他のシーカーたちも狩るでしょうから、もっと流通するようになると思いますよ」

俺がそう言うと、エディは「それはないと思いますよ」とボソリと言い、リアを見る。

「私もそう思うわ」

リアも頷くが、料理が並んだのでその話題はそこで終わった。

料理はシンプルな鶏もも肉の塩焼きに見える。しかし、僅かに香辛料の香りが漂ってきた。

「ブラックコカトリスの山椒《さんしょう》焼きです。と言っても山椒はほとんど使っていません。肉そのものの味を楽しんでください」

山椒もジン・キタヤマ氏が見つけ、トーレス王国に普及させたらしい。

山椒焼きはブラックコカトリスを塊のまま焼いた後、五ミリくらいの削《そ》ぎ切りにしており、断面から透明な肉汁が流れている。

一切れ口に入れたが、その美味さに涙が出そうになった。

「何という肉の旨味だ……塩と僅かな山椒でここまで脂に甘みが出るとは……」

それ以上言葉にならない。

歯触りは上質な鴨《かも》の胸肉。絹《きぬ》のようにきめ細かくしっとりとしていながらも、肉の歯ごたえがしっかりと残っている。

肉を噛んでいくと上質の鶏の脂が岩塩と混じり合い、最高のソースとなった。

特に美味いのは皮だ。表面はパリッと焼かれているが、厚みがあるので充分に柔らかさが残っている。皮から出る脂にべたつきなど一切なく、博多《はかた》の高級店で出される水炊きのスープのようだ。

強い香りと舌に刺激を与える山椒だが、主張しすぎず、脂のコッテリ感を爽やかさに変えてくれる。

シャーロックのグラスを口に運ぶと、キリリと冷えた香りよい日本酒が肉の旨味と融合し、得も言われぬ美味さに変わった。

いつもなら真っ先に声を上げるウィズが黙々と肉を口に運んでいる。トーマスたちも皆無口で、肉を食べては酒を飲むという行為を繰り返していた。

エディとリアもその雰囲気に呑まれたのか、無言で食べている。

「どうでしょうか？」とマシューが恐る恐る尋ねてきた。あまりに反応がなく、気になったようだ。

「素晴らしいです……すみません。これを表現できる言葉を私は知りません」

「そ、そうですか……」

マシューはどう反応していいのかという感じでちょっと引いている。

「一つだけ言えることは、今まで食べたどの肉より美味い、いえ、圧倒的に美味いということです。きめ細かな食感、嫌みが全くない脂、噛むほどに上ってくる力強い肉の香り……秀逸なのは皮です。絶妙の焼き加減で、スープを固めたかのような旨味の塊……確かに最高の鶏肉というのがよく分かりました。ですが、それ以上にマシューさんの腕に感服しました。これほどの食材を完璧に生かしたのですから……」

途中で味を表現していた気がするが、何を言ったのかよく覚えていない。それほどまでに感動していたのだ。

「ゴウと同じ気持ちじゃ。我はここに来て本当によかったと思うぞ」

俺たちの言葉に安堵したのか、マシューはようやく笑みを浮かべた。

「ありがとうございます。私の方こそ、これほどの食材を扱わせてもらえて、料理人としてこれ以上ない幸せです」

トーマスたちも食べ終えたのか、満足げに頷いているが、次の料理が気になるようだ。

「まだ次の料理があるのではないのか。確かに美味かったが、まだまだ食い足りぬぞ」

ブラックコカトリスは一キログラムしかなく、八人で割ると一人百二十五グラムになってしまう。それまでの料理も決して量が多いとは言えず、確かにまだまだ足りない。

「失礼しました。次の料理の準備は既に終わっています。タバサ、セッティングを手伝ってくれ」

それだけ言うとマシューは慌ただしく厨房に戻っていった。

ふと、ずっと黙っているエディとリアが気になり、声を掛けた。

「どうでしたか」

俺の問いに二人は顔を見合わせる。そして、リアが話し始めた。

「月並みな言い方しかできませんけど、とても美味しかったです。こんな美味しいものを食べさせてもらってもいいのかって……私たちにはもったいなさすぎて」

「他のことは気にせず、楽しめばいいと思いますよ。美味しい料理や酒は〝一期一会〟ですから」

「〝イチゴイチエ〟ですか……何となく意味は分かりますけど……」

言語理解のスキルは自動翻訳《ほんやく》に近いが、完璧ではないらしい。

「一期一会は〝一つの出会いは生涯《しょうがい》に一度しかないので、その貴重な出会いを大切に〟という意味です。料理でもお酒でもそうですが、同じものでもその日の体調や気分、気候の違いなどで感じ方が変わります。つまり、今回食べた料理の味には二度と出会うことができません。ですから、その貴重な機会を楽しむべきだと思います」

「よい言葉じゃな。これからは我も〝一期一会〟の気持ちで食わねばならんな」

そんな話をしていると、マシューとタバサが戻ってきた。マシューは五徳が付いた卓上コンロのようなものをテーブルに置くと、再び厨房に戻っていく。

その間にタバサが酒を用意していた。

「〝グリーフマサムネ〟のジュンマイです。生原酒《ナマゲンシュ》ですから少し重い感じがするかもしれません」

次は地元の酒、グリーフマサムネだ。以前リアたちと行った居酒屋ポットエイトでも飲んでおり、この町ではポピュラーな酒らしい。

ぐい呑みに口を付けると生原酒らしい酸と米の旨味を感じる。しかし、これの前に飲んでいたシャーロックが爽やかすぎて、野暮《やぼ》ったい感じは否めない。

だがこの酒を選んだ理由は何となく分かっていた。次の料理が予想できたからだ。

マシューが厨房から鉄鍋を運んできた。醤油とみりんの甘辛い香りが広がる。

「次はギュウナベです。肉はたくさんあるので存分にどうぞ」

濃い醤油味の牛鍋やすき焼きにはきれいな酒より、米の旨味が強い、どっしりとした酒の方が合う。だからこの酒を選んだのだろう。

セッティングが終わると、タバサが生玉子の入った器を配っていく。

「肉は玉子を絡めて食べてください。玉子のお代わりはいつでも言ってくださいね」

マシューとタバサは牛鍋の横に立ち、給仕《きゅうじ》をするようだ。肉を入れ、程よく火が通ったところで、タバサが肉を持ち上げる。

「肉からいきますね」と言いながら、俺の器に入れた。上がる蒸気からも醤油と肉の香りを感じる。

肉にサシはほとんど入っていない。牛のランプ肉のような見事な赤身だ。

アツアツの肉に生玉子の黄金の衣《ころも》をまとわせる。肉の熱で少しトロッとなった玉子が、食欲をそそる。

口に放り込むと玉子のまろやかさを最初に感じ、その後に割り下の甘みとコク、そして凝縮《ぎょうしゅく》された牛肉の旨味が口いっぱいに広がる。

肉を飲み込んだところでグリーフマサムネの入ったぐい呑みを手に取り、クイッと飲む。心地よい酸味が肉の脂と玉子のまったり感を流してくれる。

「こいつは美味《うめ》ぇ！」とドワーフのガルドが声を上げた。

「儂もこれが気に入ったぞ」と同じくルドルフが頷き、酒を呷っている。

「我もこれが気に入った！　ミノタウロスチャンピオンもギュウナベにせねばならぬな」

ウィズが二人に応じるように言った。

その言葉で、迷宮最下層で食べたミノタウロスチャンピオンの素焼きを思い浮かべる。

「確かに興味があるな。グレートバイソンでこれほど美味いんだから、チャンピオンならどうなるのか気になる。あの脂の感じなら、牛鍋じゃなくすき焼きでもいいな」

「スキヤキとは何じゃ？　ギュウナベとは違うのか？」

「牛鍋はこうやって割り下という汁の中で牛肉を煮込むが、すき焼きは油を引いた鍋で先に肉を焼いてから、醤油と砂糖で味を付けるんだ。まあ、予め作っておいた割り下を使うところもあるがな」

「それも美味そうじゃな」とウィズも乗り気だ。

俺たちの会話に、肉を入れ続けているマシューが入ってきた。

「スキヤキと悩んだんです。ギュウナベよりスキヤキの方がダイレクトに肉の香りを味わえますから」

「ならば、なぜギュウナベにしたのじゃ？」と好奇心の塊となっているウィズが彼に聞く。

「ブラックコカトリスからの流れを考えると、グレートバイソンの肉では味が負けるかなと思ったんです。ギュウナベなら肉だけではなく、野菜の旨味も足されますから」

「私も牛鍋で正解だと思いますよ。それにしてもこの割り下はずいぶん拘《こだわ》っているようですね」

割り下は醤油とみりん、砂糖のバランスがよく、他にも何か入っている感じだが、俺にはよく分からない。

「ええ、これは師匠の味なんです。師匠はカンサイという地方で店を出していたのですが、スキヤキも割り下を使う派だったそうです」

すき焼きは、関東では割り下を使い、関西では醤油と砂糖だけで味を付けると聞いたことがある。キタヤマ氏は関西で店を出していたし、すき焼きに一家言《いっかげん》持つ魯山人《ろさんじん》を尊敬していたのに、割り下派だったようだ。

牛鍋は割り下を使うのが一般的だが、すき焼きはどっちもありだ。和牛の本場、三重県《みえけん》松阪市《まつさかし》で食べたすき焼きは、厚めにカットした特上の肉を焼きながら醤油と砂糖で味を付けており、これはこれでありだと思ったことがある。

ただ、味の調整が面倒なので宴会などでは割り下の方が楽でいいし、割り下には出汁が入っている分、旨味も加わるから甲乙《こうおつ》つけがたいと思う。

引き続き牛鍋の肉を存分に楽しんだ後、野菜も味わう。

入っている野菜はポロネギ、菊菜《きくな》のような葉野菜、ポルチーニ茸《たけ》に似たキノコだ。純然たる和食の素材ではないが、これはこれで美味い。

牛鍋を楽しみ、落ち着いてきたところで気になっていたことを聞いてみた。

「生玉子を食べる文化があるんですね」

「玉子なのじゃから生でも食えるのではないのか」とウィズは言うが、それは違う。

海外の鶏卵はサルモネラ菌が付いていることが多く、食中毒になると聞いたことがあった。聞きかじっただけだが、日本のように生食を前提にするのは結構大変だったはずだ。

詳しくは覚えていないが、玉子は単純に洗うだけだと殻の細かい穴から雑菌が入るため、特殊な洗浄をしていると聞いたことがある。

「この辺りでは、昔は食べなかったみたいです。東のマシア共和国《きょうわこく》やマーリア連邦《れんぽう》では食べられていたようですが」

「食あたりなどは起こさないんですか？」

その言葉でエディとリアの手が止まる。

「その点は大丈夫です。この玉子は特別に生活魔術の清潔《クリーン》で洗浄していますから。これも流れ人の知恵らしいです」

生活魔術のクリーンは魔力によって汚れを落とす便利な魔術だ。原理はよく分からないが、汚れと一緒にサルモネラ菌も除去できるのだろう。

それにしてもこの世界は流れ人の知識が多く活用されている。この世界の人がそれだけ合理的で柔軟な考えを持っているからだろうが、これほど受け入れられる背景が知りたいと思うほどだ。

食べきれないほどの量だと思ったが、ドワーフが四人いたため、肉を含め、きれいに平《たい》らげた。

「さすがに腹が膨れたの」とトーマスが満足そうに太鼓腹《たいこばら》を撫でている。

俺も満腹の一歩手前まで食べて、途中から酒を飲みながら野菜を突《つつ》く感じで付き合っていた。

唯一、余裕があるのはウィズだ。

「満足じゃが、もう少し何かあってもよいの」と言っている。

「どこに入るんですか？　そんなに細いのに」

リアが不思議そうに尋ねる。本体の大きさを知っている俺でも、どういう仕組みなのか聞きたい。

「では、締《し》めに麺《めん》でもどうですか？　師匠から習った小麦の麺で、ウドンというのですが、食べられる方の分だけ作りますよ」

締めはうどんのようだ。エディとリアは〝もう無理〟ということで、六人分になった。さすがにドワーフたちも一人前ずつにするらしく、常識的な量だ。

鉄鍋に水と出汁を足し、茹《ゆ》でた後に冷水で締めたうどんがそこに入る。最後にネギが足され、器に盛られていく。

うどんは想像していたより本格的で、コシの強い讃岐《さぬき》うどんに近いものだった。

「この町でもうどんは食べられるんですか？」と聞くと、マシューは小さく首を横に振る。

「麺はパスタが一般的で、ウドンやソバの店はありません。王都なら何軒もあるのですが……ラーメンなら一軒だけありますが、この町の人向けにアレンジしている感じでしたね」

「ウドンというのもよいの。ただ食べづらいのが欠点じゃ」

ウィズはフォークを使っているからそう思うのだろう。

「それがネックなんです。もう少し食べやすければ普及するのでしょうが、器用なドワーフの方たちか、和食好きのヒュームくらいしか箸を使わないので」

締めのうどんを食べ終えて〝和の肉祭〟は終わった。

「今度はサンダーバードとミノタウロスチャンピオンの肉を頼む」とウィズがマシューに告げる。

その言葉にマシューは目を丸くした。

「どちらも使ったことどころか、見たこともありませんよ！　うちの師匠ですら使ったことはなかったと思います。宮廷料理長くらいしか経験はないんじゃないですか」

「大量にありますから、気にせず使ってください。足りなければいつでも補充できますし」

俺の言葉にウィズ以外の全員が絶句する。

「いつでも補充って……どちらもブラックランクのシーカーが命懸けで狩ってくるものなんですが……」

リアの言葉に俺たち以外の全員が一斉に頷く。

「まあ、私たちは狩りが得意ですから。というわけでマシューさん、とりあえずサンダーバードを三キロと、ブラックコカトリス二キロを置いていきますね。ミノタウロスチャンピオンの肉は明日にでも持ってきます」

最初は尻込みをしたマシューだが、使ったことがない食材を遠慮なく使えるということで気合が入ったようだ。

「分かりました！　必ずご満足いただける料理を作ってみせます。ただ、少しだけお時間をください。どんな調理法がいいのか研究しないといけませんから」

調理法が決まったら連絡をもらえることになった。

落ち着いたところでエディがリアに目配せした。リアはそれに頷くと、「前にお約束した、私とエディが行く店です」と言いながら一枚の紙をテーブルに置く。

紙を見ると十軒ほどの店の名前と特徴、それとこの町の簡単な地図に場所が示されていた。

リアがよく行くらしいパン屋やカフェと、エディが行きそうな定食屋や鉄板焼き屋らしき店をまとめてくれたようだ。

「全部庶民的なお店ばかりで申し訳ないんですけど」

リアは声を落としてそう言った。

「いえいえ、そんなことないですよ。マシューさんやカールさんのような腕のよい職人の料理もいいですが、若い方が行く店にも物凄く興味があります。それに分かりやすく書いてくれているので、とても助かりますよ」

「楽しみじゃな。明日にでも巡ってみるか」とウィズは目を輝かせている。

「そうだな。キースさんに教えてもらったハイランド料理も気になるが、こっちも気になる。本当に迷うな」

「本当にお前たちは食うことが好きじゃな。まあ、飲む方もじゃが。ガハハハッ！」

ドワーフのダグが大声で笑い、それに釣られて全員が笑い出した。

四月二十六日。今日は迷宮に入らず、二、三十キロメートルほど離れた場所を流れるセオール川に行き、蟹の魔物、リッパークラブを狩る予定だ。

いつも通り、宿の支配人バーナードから弁当を受け取り、迷宮管理局に向かう。

迷宮には入らないのだが、半日程度とはいえ町を離れることになる。流れ人は国の管理下にあるため、管理官のマーローに一応伝えておこうと思ったのだ。

受付でマーローに取り次いでもらうと、そのまま応接室に案内される。ソファーに座ったところで、すぐにマーローが現れた。

「ご用があると伺いましたが」と少し警戒気味に聞いてきた。

「ええ、町を出たいと思いまして、その許可をいただきたいと」

町を出るという言葉でマーローの表情が曇《くも》る。

「差し支えなければ、町を出る理由を教えていただきたいのですが」

「セオール川というところにリッパークラブという美味い魔物がいると聞きました。とりあえず肉は確保できたので、その蟹を獲りに行こうかと思いまして」

「なるほど、そういうご事情でしたか」

マーローは安堵の表情を見せた。俺たちが一時的な外出ではなく、別のところに拠点を移すと思ったらしい。しかし、その表情はすぐに真剣なものに変わる。

「ただ……これはお願いなのですが、できれば今は控えていただけませんか？」

「どうしてでしょうか？」

「お二人はこの町以外をご存じありません。実力的に魔物や盗賊に襲われるということは考えなくてもよいでしょうが、何らかのトラブルに巻き込まれる可能性は否定できません。例えばですが、詐欺師《さぎし》に騙《だま》されるようなことや、貴族と揉《も》めることなどが考えられます」

襲われたら力で排除すればいいが、貴族とトラブルになれば、確かにややこしい事態になるのは間違いないだろう。

「我らは狩りすら自由にできぬというのか！　ならば、この国と関わりを断つしかあるまい」

不満げな表情でウィズが睨《にら》む。殺気こそ込めていないが、その勢いにマーローは慌てて手を大きく振った。

「い、いえ！　〝今は〟と申し上げました！」

更に早口で補足する。

「後日王都に向かわれる時に町を出ることになりますので、そこで街道の状況や宿場町などを見ていただいた後であれば、私たちも止めるようなことはいたしません。それに、リッパークラブを獲りに行った先で漁師とトラブルになる可能性もあります」

「漁師とトラブルですか？　リッパークラブは厄介者だと聞きましたが？」

「その通りなのですが、リッパークラブ自体は比較的大人しい魔物です。漁の邪魔にならなければ放置しているという話も聞いています。そこにお二人が乗り込み、漁師に断りなくリッパークラブを狩れば、トラブルを招かないとも限りません」

言わんとすることは理解できた。漁業権のようなものがあるのかは分からないが、漁師同士の縄《なわ》張《ば》りのようなものはあるだろう。そこに無断で入っていき、厄介者を獲るのだとしても、勝手に漁をすれば採める可能性は充分にある。

「おっしゃることは理解しました。とりあえず、今回は諦めます」

「行かぬのか？」とウィズが不満そうに言ってきた。

「今日はやめておくだけだ。一度現地を見て地元の人に話を聞いてから、狩りをするか決めよう。王都に行く時に近くを通るはずだから、その時に地元の情報を集めようと思う」

「うむ……ゴウがそう言うなら仕方あるまい」

渋々だが、納得してくれた。

マーローは再び安堵の表情を浮かべているが、忙しい彼に無駄な時間を使わせてしまったことが気になった。

「すみません。私たちのためにお手数をお掛けしました」

「いえいえ。事前にご相談いただき、ありがとうございました。ご不便をお掛けしていることは心苦しいですが、今しばらく我慢していただけると助かります」

応接室を出たところで、この後のことを確認する。

「時間が空いたが、どうする？　迷宮に入ってもいいし、街をブラブラしてもいいが」

「そうじゃな。オークキングを狩るのも一興じゃの」

昨日言っていた通り、鶏肉と牛肉は確保できているから次は豚肉ということなのだろう。

「俺に異存はないぞ。二百階にしか出ないから効率はあまりよくないが、今からなら少なくとも二十回は挑戦できるはずだ」

オークキングは二百階の守護者《ガーディアン》で、専用の部屋以外に現れることはない。

また、ドロップ品も肉だけでなく、武器や防具なども落とすため、肉が出る確率は割と低い。

「ならば行くぞ！」

ウィズは鼻息も荒く、やる気になっている。肉を獲りに行くと決まった瞬間に機嫌が直ったようだが、〝肉収集狂《ミートマニア》〟なら当然かもしれない。

その日は結局、午後三時までに三十回挑戦し、三十体のオークキングを倒した。二百階にはキングの他にウォーリア、アーチャー、プリースト、メイジが現れるため、全部で百五十体のオークを倒したことになる。

最終的にオークキングがドロップした肉は九個だった。キングの肉は一個十キログラムあるため、九十キロ確保したことになるが、この他にもウォーリアなど上位種の肉が百六十キロあり、計二百五十キロの豚肉、否、オーク肉を得た。

ただ、昨日のミノタウロスに比べると重量的には七割程度しかなく、効率はよくない。

ちなみに鋼製の武具、弓、魔術師の杖なども一応回収してあるが、二百階で得られたものだから大した金額にはならないだろう。

出入管理所でオーク肉とその他のドロップ品を預け、査定が終わったミノタウロスの肉を引き取った。

「全部引き取ると結構な金額になりますよ」と職員に言われたが、それでもいいと伝える。

「そうなると買い取り分で八十万ソルを超えますから、それに加えて税金を引くとお渡しできる現金は九万八千五百ソルとなりますが」

「八十万か……」

八十万ソルというと、日本円で八千万円ほどだ。俺の呟きに職員が内訳を教えてくれた。

「ほとんどチャンピオンの肉の分ですね。チャンピオンの肉の査定額は七十万ソルですから」

チャンピオンの肉だけで七千万円の価値があるらしい。

「ご存じの通り、査定額はオークションに出す時の最低価格なんです。まあ、レアな食材だけに、オークションに掛ければ少なくとも三倍以上になるでしょうね」

貨幣以外を迷宮から持ち出す場合、管理局に査定額を支払う必要がある。管理局に引き渡せば査定額をもらえるが、引き取る場合はその分を逆に支払うことになる。

不満に感じることもあるが、迷宮が〝国営鉱山〟として管理されているため仕方ない。

金額が金額なため、職員が念を押してきた。

「本当に全部持ち帰りますか？」

「もちろん全量買い取りますよ」ときっぱりと宣言する。

職員は驚きながらも、「本当に肉がお好きなんですね」と笑った。

思った以上に肉が高かったが、王宮に献上するのだから、このくらいの方がいいだろうと思い直す。

「既にダルントン局長には話しているんですが、王宮に献上するつもりでいるんです。できれば管理局のマジックバッグに分けて入れてもらえると手間が省けるのですが」

「マーロー管理官から聞いていますよ。本来ならマジックバッグは出入管理所から持ち出しはできないんですが、局長室なら管理局内ですし、陛下に献上するためですから問題ないでしょう。それにエドガーさんなら、持ち逃げすることもありませんしね」

マジックバッグは中古であっても数百万円はする高価なもので、迷宮に入る時にだけ貸し出されるものだが、特別に許可してもらった。

「ちなみにどれだけ献上されるんですか？」

「ウォーリアとグラップラーを五十キロずつ、グラディエーターとナイト、チャンピオンを三十キロずつですね」

「そ、そんなにたくさん……凄いですね……」

職員が目を見開いて驚いている。

俺自身、チャンピオンの肉の査定額が十キロ一千万円もするとは知らなかったので、軽く考えていたところはある。

サンダーバードが一キロ五十万円だから、十キロなら五百万円だ。ミノタウロスチャンピオンの希少性を考慮すれば倍であってもおかしくはない。ただ、食材の値段だと考えると、誰が買うのだと思ってしまう。

仕分けが終わったので局長室に行こうと思ったが、さすがに局の高価な備品を自分たちだけで扱うのはばかられる。

「局長室まで運ぶので、どなたか一緒に来ていただけませんか」

そう言うと、一人の職員が同行してくれた。

管理局の受付に向かうが、既に予定に入れてあったようですぐに案内される。

局長室で、局長のダルントンと管理官のマーローが待っていた。

「本日は申し訳ありませんでした」とダルントンが言い、二人で頭を下げてくる。

何のことか分からずに首を傾げると、セオール川に向かうのを止めた件だと言われる。

「お二人に不自由をお掛けしたことを心苦しく思っております」

「気にしなくてもいいですよ。マーローさんのおっしゃった理由はもっともですし、私の考えが至らなかっただけですから」

「そう言っていただけると助かります」

「では、献上する肉ですが、出入管理所の職員さんに無理にお願いして、管理局のマジックバッグに入れてもらいました。中身の確認をお願いしたいのですが……」

そう言うと、すぐに二人は査定担当が記載したメモと肉の数を照合していく。ちなみに肉はどれが何か分かるように、包んである皮膜《ひまく》に名称が書かれたタグが付けてあった。

受取証の発行など手続きを終え、宿へ戻る。

この後の予定は、オークキング討伐の間に既に検討してあった。

「さて、予定通り、エディさんが教えてくれた鉄板焼きの店に行くぞ」

「楽しみじゃ。食ったことがない料理というだけで心が躍《おど》る」

満面の笑みでそう言った後、ウィズは何かを思い出したのか急に立ち止まった。

「そう言えば、ミノタウロスの肉はどうするのじゃ？　マシューとカールに預けるなら先に持っていこうぞ」

「そうだな」と答え、装備を外してカールとマシューの店に向かった。

二人ともその量に目を丸くしたが、いずれも料理に使う分は預かると言ってくれた。

マシューにはミノタウロスの上位種の肉をそれぞれ五キログラムずつ渡した。カールにはミノタウロスの上位種の肉をそれぞれ十キロずつ、それにブラックコカトリス一キロ、コカトリス三キロ、グレートバイソン十キロを渡している。

これだけ渡しても手元にはまだ百キロ以上の肉があるが、他の店にも腕のいい料理人はいるだろうから、その時のために取っておこうと考えている。

肉を渡した後、本日の目的の店、〝鉄板焼きミッチャン〟に向かう。

あまりに日本的な名前だったので、ここも流れ人が関与しているのではないかと考え、最初に行くことにした。

店はシーカータウンの南の外れにある。外れと言ってもグリーフの町自体、南北五百メートルほどと大して大きな町ではないため、五分ほどで到着した。

「ここのようだな」と言って一軒の店の前で止まる。

紺色の暖簾《のれん》に現地の文字で〝ミッチャン〟と書かれている。暖簾の存在が日本的で、流れ人が関与している可能性が更に高くなった。

「よい香りじゃの」とウィズが言う。確かに焼けた油とソースの香りが漂っており、食欲をそそる。

「早速入ってみるか」

引き戸を開けて暖簾をくぐる。

「いらっしゃい！　好きなところに座っておくれ！」

威勢《いせい》のいい中年女性の声が響く。

中に入ると、日本のお好み焼き屋のようにカウンターに鉄板があった。

更に四人掛けのテーブル席が三つあり、そこにも鉄板がはめ込まれている。昔よく行った下町のお好み焼き屋を思い出す。

時間的には営業が始まったばかりのはずだが、テーブル席には若い男が三人座ってお好み焼きを突《つつ》きながらビールを飲んでいる。

カウンターに座ると、先ほどの声の主、恰幅《かっぷく》のいいおかみさんが声を掛けてきた。

「飲み物は何にするんだい？」

そう言って自分の後ろにある手書きのメニューを指差す。

「ビールを二つ。料理は……とりあえず豚玉とイカ焼きそばで」

「あいよ！　ちょっと待っておくれ」

そう言っておかみさんは奥に入っていく。

すぐにジョッキを持って現れ、「はい、ビール二丁ね！」と言いながら、豪快な笑みと共にジョッキをドンと置いた。

「では、とりあえず乾杯」と言って、ジョッキを掲げ、ビールに口を付ける。

まだつまみはないが、店の中の香りだけでも充分に飲める。

ビールはよく冷えており、なかなか状態がいい。

「うむ。仕事の後のビールはやめられぬの」とオッサン臭いことをウィズが言っている。

同感なので、そのことは指摘せず、「そうだな」と頷いておく。

「ところで〝ブタタマ〟とは何じゃ？　〝イカヤキソバ〟というのも気になるが」

「豚玉は豚肉と玉子を使ったお好み焼きだ。お好み焼きの基本中の基本と言っていい。お好み焼きは小麦粉と野菜、肉などを一緒に焼いてソースを掛けたものだ」

「うむ。あれじゃな」

俺の説明を聞いて、ウィズは先客が食べているものに視線を送る。

「イカ焼きそばは海にいるイカという生き物を具にした焼きそばだな。焼きそばは、野菜や肉と一緒に麺を炒めて、ソースや塩、醤油なんかで味を付けた料理だ」

この二つは初めて入るお好み焼き屋ではいつも注文するものだ。

シンプルな豚玉は生地と野菜、そしてソースの味のバランスを見るのに最適だ。また、豚バラ肉も焼き加減によって大きく食感が変わるので、仕事が丁寧か判断しやすい。

イカ焼きそばも料理の腕を見るためだ。イカは焼きすぎると硬くなるし、火の入れ方が甘ければ麺の食感とのバランスが悪くなる。つまり、イカ焼きそばが美味い店は、野菜炒めや海鮮焼きなどの鉄板焼きが美味いことが多いのだ。

俺の経験では、お好み焼きと焼きそばの両方が完璧に美味い店というのは少なかった。どちらかが得意というのは割とあるので、この二つを最初に頼んでおけば、得意なものが分かって次のつまみの選択が楽になる。

俺がウィズに説明しているうちに、目の前でおかみさんがお好み焼きと焼きそばを作り始めた。

「おお！　目の前で料理してくれるのか！」とウィズが感動している。

マシューの店では牛鍋をテーブルで作ってくれたが、最初から目の前で作るスタイルの店は初めてだからだろう。

「姐《ねえ》さんはこういう店は初めてかい。そっちの兄さんは慣れている感じがするね」

「我は初めてじゃ。楽しみにしておるぞ」

ウィズの独特の口調に、おかみさんは「どこかのお姫様かい？　そんなことはあるわけないか。ハハハ！」と豪快に笑う。

「守備隊のエディさんに教えてもらったんです。私たちは見た目以上に食べますから、お勧めがあったら、ぜひともいただきたいですね」

「エディの紹介かい！　なら、腕によりをかけないとね」

しゃべりながらも二本のコテを器用に使って焼きそばの具材を焼いていく。

塩胡椒で調味したところで、続いてお好み焼きを作り始めた。

生地とキャベツ、天かすをボウルの中で豪快に混ぜ合わせた後、勢いよく鉄板の上に広げる。

ジューという音と共に、小麦粉が焼ける香ばしい匂いとキャベツが焼ける甘い匂いが鉄板から流れ

てきた。

お好み焼きの生地を手早く丸く成形し、ボウルに取手が付いたような蓋を被せると、おかみさんは再び焼きそばに向かう。

黄色い蒸麺を鉄板の上に落とし、コテでほぐしながら焼いていく。手際のよい動きを思わず目で追ってしまう。

麺がほぐれたところで具材と混ぜ合わせ、とろみのあるソースを投入する。

ジュッという音と共にソースの焼ける甘くスパイシーな香りが襲ってくる。

「食欲をそそるよい香りじゃ。これだけでビールを飲み切ってしまいそうじゃ」

「うれしいことを言ってくれるね。すぐにできるから、もうちょっとだけ待っててておくれ」

忙《せわ》しなくコテを動かしながら、お好み焼きの焼き具合を確認する。いい感じに表面が乾き始めており、そこに豚バラ肉のスライスを手早く載せる。

更に片手で玉子を割り、コテで黄身を軽く潰すと、お好み焼きをひっくり返しながら玉子の上に置いた。またジューという音が響き、香ばしい匂いが漂ってくる。

その間に焼きそばが焼き上がったのか、鰹節《かつおぶし》と青のりを振りかけ、俺たちの前にコテで押し出す。

「イカ焼きそばができたよ。紅《べに》ショウガはそこの壺に入っているから好きに使っておくれ」

ソースによって茶色に変わった麺の表面はところどころ焼き目があり、イカゲソの赤さと共に食欲をそそる。

まず取り皿に少量取り、味を見る。

「紅ショウガがあった方が美味いと思うが、どうする？」

「ゴウに任せる」と言ってきたのでトングで軽く紅ショウガを摘まんで、麺の上に載せる。

ウィズの取り皿に取ってやるとすぐにフォークで食べ始めた。

俺も皿に取り、ズズズッと音を立てて麺をすする。

「これは美味いな。ソースの酸味とスパイスがいいパンチになっている」

そう言ってビールをゴクゴクと飲む。あっという間になくなり、お代わりをもらった。

「我もこれが気に入ったぞ。これならいくらでも食えそうじゃ」

そう言いながらウィズも俺と同じようにジョッキを大きく傾ける。

「いい飲みっぷりだね。ほら、豚玉もできたよ。こっちの方が熱いから気を付けるんだよ」

いつの間にか、ソースがたっぷりと掛かり鰹節が踊る豚玉ができていた。

「そちらも食いたいぞ」とウィズがせっつく。

「はいはい。ちょっと待て」

そう言いながら、コテを使って四分の一にカットした後、更に半分に切り、彼女の皿に載せる。

俺も自分の皿に取り、箸で持ち上げ、かぶりつく。生地に山芋《やまいも》でも入っているのか、思った以上にふんわりしっとりして柔らかい。また、生地に出汁がしっかり加えてあり、生地だけでも美味い。

ソースは焼きそばのものより甘みがあった。蒸し焼きになっているキャベツは甘く、カリッと焼けている豚バラ肉が香ばしさを演出する。

「これは美味いですね！　生地がふんわりしているし、ソースもいい。それ以上に焼き方が絶妙です」

「褒《ほ》めてくれるのはうれしいけど、何も出ないよ」とおかみさんが笑っている。

次の料理を頼むため、壁に貼ってあるメニューを見る。

お好み焼きと焼きそばの他に鉄板焼きがあった。

「すみません！　追加いいですか！　まずビール二つをお願いします。それからデラックスモダンと鉄板焼きのホルモン焼き、あと海鮮焼きも」

「ビール二つにデラックスモダンと、ホルモン焼きに海鮮焼きだね」

すぐにビールのジョッキが置かれ、飲む度に濃いソース味が流れていく。

何気なく頼んだが、あることに気づいた。

豚玉が一枚銅貨五枚なのはいいとして、海産物であるイカが入ったイカ焼きそばも一人前銅貨五枚とある。

以前、内陸にあるグリーフは流通の関係から海産物が高いと聞いていたので、ちょっと意外だった。

海鮮焼きも、いろいろ入っていそうなのに銅貨七枚と他より少し高い程度だ。

「海鮮焼きも安いですね。最近この町に住むようになったんですが、海産物は高いと聞いたので意外です」

おかみさんは豪快に笑いながら、事情を教えてくれた。

「うちは定期的に大量に仕入れているからね。死んだ旦那《だんな》がマジックバッグを持っていたからできるのさ」

話を聞くと、おかみさんは十年ほど前に料理人だった夫と死別し、その後、このミッチャンを始めたそうだ。数ヶ月に一度、息子が遺品《いひん》でもあるマジックバッグを持って六十キロメートルほど離れた港町に行き、海産物を大量に仕入れているため安くできるらしい。

「儲《もう》けは少ないけど、若い子には安くて美味いものを食わせてやりたいじゃないか」

「その心意気、気に入ったぞ！」

おかみさんの話を、ウィズがジョッキを上げて称賛する。

「うれしいことを言ってくれるね」とおかみさんも満更《まんざら》でもないようだ。

その間に海鮮焼きが鉄板の上で作られていた。

使われる海鮮はイカ、タコ、エビだ。鉄板の上でテンポよく焼かれ、エビの色が鮮やかなオレンジと白のストライプに変わっていく。

それにモヤシと細切りのニンジン、キャベツが混ぜ合わされ、ソースが掛けられる。

目の前にコテで移動されてくると、海鮮の焼けた独特の香りにソースの香りが加わり、自然と唾《つば》が湧き上がってくる。

ウィズの取り皿に適当に取り分けた後、タコを摘まむ。

足先の方なのか、それともあまり大きくないのか、足の太さは一センチほど。茹でダコをさっと焼いただけらしく、口に入れると強い弾力があった。

最初はソース味が強いが、噛むほどにタコの旨味が口に広がっていく。無性《むしょう》にビールが欲しくなる味だ。

タコを呑み込み一気にビールを呷る。

よく冷えたビールの炭酸《たんさん》がソースとタコの味を流し、ホップの爽やかさが口の中を支配する。

「くぅぅ……これも美味い！」

「ほんに美味いの。マシューやカールのところも美味かったが、我はこの味も好みじゃ」

ウィズはそう言うと俺と同じようにビールを呷った。

「ほんとにいい飲みっぷりだね。見ていて気持ちがいいよ。次はホルモン焼きだよ。トウガラシを掛けると、いいつまみになるよ」

目の前に、モヤシとニラと一緒に焼かれた牛の小腸らしきものが置かれる。

「牛の小腸ですか？」と聞きながら、ウィズの皿に取り分ける。

「ああ、うちは牛のしか使っていないからね」

俺も箸で一つ取り、口に放り込む。弾力のある食感の後に熱い脂がにじみ出てきた。

ハフハフと熱さを逃がしながら咀嚼《そしゃく》し、ビールで口の中を冷やす。ソースと味噌っぽい調味料、更に一味唐辛子がアクセントとなり、ビールが更に進む。

「本当に牛の内臓なのか？　もっと臭いのかと思っておったぞ」

ウィズはフォークに刺さったホルモンをしげしげと見つめている。

「鮮度もいいんだろうが、それ以上に処理がいいんだろう。鮮度がよくても処理がいい加減だと臭みが出てくるからな」

「兄さん、よく知っているね。同業者かい？」

「いえいえ、これでもシーカーなんですよ」

「ほんとかい！　全然見えないね」

驚かれるのには慣れているので話を戻す。

「ホルモンはこの辺りでよく食べられるんですか？」

「ああ、近くの村に食肉の加工場があるのさ。この町には大食らいのシーカーがたくさんいるし、肉はいくらでも売れるからね」

おかみさんの説明に頷くが、少し意外な気がした。

「迷宮で獲れる肉を使っていると思っていました」

「魔物の肉は浅いところのものでも家畜より高いからね。うちでも普段使うのは牛と豚、それに親鶏を潰したものだよ。魔物肉だとどうしても銀貨になっちまうから、若い子には厳しいのさ」

庶民的な居酒屋ポットエイトに、大爪鳥《グロールースター》やレッサーコカトリスがあったから一般的かと思ったが、そうでもないようだ。

「それにあたしみたいな素人《しろうと》にゃ、魔物肉なんて高級食材は扱えないよ。ハハハ！」

「焼き方を見る限り、そんなことはないと思いますよ。まあ、安く提供したいっていう気持ちは分かりますけど」

「我もそう思うぞ。確かにマシューの焼いた鶏は絶品じゃったが、そなたの焼いたホルモンも同じくらい美味かったぞ」

「マシュー？　誰だい？」とおかみさんは首を傾げる。

「商業地区にあるロス・アンド・ジンの店主、マシュー・ロスさんです。昨日、食べてきたんですよ」

「あ、あのジン・キタヤマの弟子のマシュー・ロスかい！　おだてるにしても言いすぎだよ」

天才料理人と比べられ、お世辞《せじ》だと思ったようだ。

「世辞などではないぞ。我は本当に思ったことしか口にせぬ」

「彼女の言う通りですよ。もちろん、料理の方向性が違いますから単純には比べられませんが、私もこちらの料理はとても美味しいと思います」

「まあ、そういうことにしておこうか。ほら、デラックスモダンができたよ」

お好み焼きの中から焼きそばがはみ出たモダン焼きが登場した。

「具は豚、エビ、イカ、タコ、牛すじ、油かすだよ」

「油かすがあるんですか！　自家製ですか！」

俺が驚いて早口で聞くと、ウィズが首を傾げながら「油かすとは何じゃ？」と聞いてきた。

「俺が思っているものと同じなら、さっきのホルモンの端をじっくり揚《あ》げたものだ。香ばしさとコク、独特の食感があって大好きな具材なんだが、滅多に出会えないんだよ」

「ああ、うちで揚げているよ。それにしてもほんとに兄さん、よく知っているね。あたしはたまたま旦那が好きだったから知っていたけど、普通は知らないもんだよ」

また呆れられてしまった。

油かすは牛の腸を揚げたもので、関西では割とポピュラーな食材だ。大阪に取材に行った時食べて一時期はまったことがあったが、関東ではなかなか出会えなかった。

モダン焼きを取り分け、ウィズと俺の皿にそれぞれ載せる。

「モダン焼きというのは、お好み焼きと焼きそばを合わせたものなのじゃな……これも美味いの！」

「焼きそばより麺がしっとりしているし、ソースの味も変わるから、ただ合わせただけじゃない。これも俺の好物の一つだ」

モダン焼きを食べながらおかみさんに話を聞いた。

「物凄く本格的な鉄板焼きなんですけど、流れ人に教えてもらったんですか？」

「いや、あたしと旦那は王都の出身でね。そこで覚えたんだよ。王都に行ったことはあるかい？」

「いいえ、まだ」

「あそこにはいろんな店があるんだ。さっき話に出たジン・キタヤマの店みたいな高級料理店もあれば、うちみたいな庶民的な店もね。他にも流れ人が伝えた料理がいろいろあるから、一度食べに行ったらいいよ」

俺の勝手なイメージでは、王都ブルートンはもう少し洋風なところだと思っていたが、まさかお好み焼き屋まで普通にあるとは思わなかった。

「それにしては、店の名前が流れ人の世界の付け方みたいなんですが？」

「ああ、あれかい。あたしの名前はミッシェルっていうんだ。流れ人の世界じゃ、鉄板焼きやお好み焼きの店は、店主の名前の二文字に〝チャン〟を付けた店名にするのが流儀だって聞いたからね。それでミッチャンって付けたのさ。あたしも意味はよく分かっちゃいないんだけどね。ハハハ！」

豪快な笑い声に釣られて俺たちも笑い、更にビールと料理を追加したのだった。

三．魔王軍侵攻

魔王アンブロシウスは、ハイランド連合王国への侵攻を決めると、飛行可能な戦力を集めた。その数は一万五千。その多くがレベル三百を超える精鋭だ。

四月二十四日の午後、魔王軍はハイランドの王都ナレスフォードに向け、堂々たる布陣で出発し、三日後の二十七日の午前十時頃に到着した。

突如姿を見せた魔王軍に、ナレスフォードの人々はパニックに陥った。

千年以上前、魔人族は災厄竜によってほぼ全滅しており、多くの人々はその存在そのものを疑っていた。だからそんな存在が大軍で侵攻してくるとは夢にも思っていなかったのだ。

国王フレデリック・エルフォードは、宰相《さいしょう》バクストン・グレンヴィルと共に小バクリー湖に面する王宮のバルコニーから、空中に浮かぶ魔王軍を見つめていた。

二人は森人族《エルフ》で、国王は二百四十八歳、宰相は四百八十七歳であるが、見た目は二十代半ばの美青年と三十代後半の美男子だ。

二人は長きにわたり連合王国を守ってきた名コンビであったが、この状況に顔から血の気が失《う》せ、握っている拳《こぶし》は僅かに震えている。

「完全な奇襲だな……トーレス王国に援軍を要請する。準備せよ」

国王は宰相に命じ、親書を認《したた》め始める。

すると宰相は、片膝を突き進言した。

「既に伝令が転移魔法陣にて待機しております。ですが、申し上げたき儀がございます。陛下《へいか》並びに王族方の速《すみ》やかな脱出を。今ならまだ間に合います」

国王は親書を書く手を止め、宰相を見下ろす。

「余は逃げぬ。王都の戦力で市民たちが逃げる時間を稼ぐ」

「しかし……」と宰相が言い募《つの》ろうとするが、国王はそれを片手を挙げて遮る。

「余が前線に立てば兵たちの士気も上がろう。時間を稼ぐ間に民《たみ》たちを避難させるのだ」

「御意《ぎょい》」と宰相は短く答えると、王の命令を実行するため、その場を離れた。

その直後、空中に浮かぶ魔王軍が左右に広がった。そして、その間から妖魔族《デーモン》の偉丈夫《いじょうふ》が現れ、降伏勧告を行う。

『ハイランドの者たちよ！　余は大陸の正統な支配者、アンブロシウスである！　無駄な抵抗はやめて我が軍門に降《くだ》れ！　そうすれば命だけは助けてやる』

風属性の魔術である伝声魔術を使い、その声はナレスフォードにいる者すべてに届いた。ハイランド王の耳にも当然その声は届き、その最後通牒《つうちょう》にどう対応すべきか悩んだ。

（近衛《このえ》騎士と王都守備隊だけでは、民たちを逃がす時間すら稼げまい。我が身を差し出し、民の安全を約束させねばならん。そのためには交渉の準備が必要だ。何としてでも時間を稼がねば……）

ハイランド王は、王都の明け渡し準備をするから時間が欲しいという手紙を書き、魔王に届けさせた。

魔王は封蝋《ふうろう》の施された手紙を開くと満足げに頷いた。

「時間が欲しいと言うなら、明日の朝までくれてやろう。だが、王都から誰一人出ることは許さぬ。もし、脱出する者が一人でも見つかれば、王都はこのようになる」

そう言った直後、魔王は右手に炎の玉を作り、直径一メートルほどになったところで、湖面に向けて無造作に放つ。

〝ドーン!〟という爆発音と共に巨大な水柱が立った。

「フレデリックに伝えよ。余は本気であるとな」

魔王が不敵に笑うと、手紙を届けた宮廷魔術師は慌てて王宮に戻っていく。

「王都を取り囲め」と魔王は臣下《しんか》に命じ、自らは王都を望む湖畔《こはん》にある瀟洒《しょうしゃ》なホテルに向かって下りていった。

◆

魔王軍襲来直後にかろうじてナレスフォードから転移した伝令は、ハイランド南部の都市ヘストンベックで竜騎士に親書を渡した。竜騎士は直《ただ》ちにトーレス王国の王都ブルートンに向かった。ヘストンベックからブルートンまでは約二百キロメートル。飛竜《ワイバーン》の速度をもってしても三時間ほど必要だ。

午後一時頃、竜騎士はブルートンに到着すると、トーレス国王アヴァディーンに親書を手渡した。

親書を見たアヴァディーンは目を見開いたまま、しばらく言葉を発することができなかった。長い沈黙の後、ようやく口を開く。

「フレデリック殿は王都から脱出されたのか」

「いえ、王都に残られたと聞いております」

竜騎士は敬愛する主君のことを思い、沈痛な面持《おもも》ちで答えた。

王は竜騎士に小さく頷くと、控えていた騎士団長に援軍の編成を命じ、主要な閣僚《かくりょう》を集めて対策会議を開いた。

しかし、援軍を出すという王の方針に対し、否定的な意見が多く出される。

地上軍が主体のトーレス軍がナレスフォードに到着するのは、順調にいっても二ヶ月後になる。時機を逸《いっ》するだけでなく、圧倒的に兵力が劣るため、合流できずに撃破されるという意見が多かった。

議論が行き詰まった時、宮廷書記官長のアンドレアス・リストン伯爵《はくしゃく》が発言した。

「少数の精鋭を、魔導飛空船と転移魔法陣を用いて送り込んではいかがでしょうか。幸い、グリーフに最強と呼ばれるシーカーがおります。彼らならフレデリック陛下の救出も可能ではないかと」

しかし、王は疑問を口にする。

「確かにそうだが……彼らが受けるとは思えぬが？」

「私が得た情報では我が国に好意的であり、協力する可能性は高いと思われます」

「うむ。しかしそれだけで受けるだろうか」と王はまだ納得していない。

「彼らはハイランドのウイスキーをこよなく愛しているという情報もございます。蒸留所が危《あや》ういと匂わせれば、協力してくれるのではないかと」

二人の会話に付いていけない者たちは首を傾げているが、今は疑問を口に出せる雰囲気ではなかった。

「よかろう！　ランジーよ。卿《けい》に全権を委《ゆだ》ねる。彼《か》の者たちの協力を取り付けてまいれ」

国王の側近で迷宮を管理する内務卿《ないむきょう》のレスター・ランジー伯爵は「御意。必ずや連れてまいります」と頭を下げると、転移魔法陣がある部屋に向かった。

◆

俺とウィズは昨日、鉄板焼きミッチャンでお好み焼きや焼きそばなどを堪能《たんのう》した。その後、いつも通り、エルフのライナス・アンダーウッドが営《いとな》むバー〝ドワーフの隠れ家《ドワーフズ・ヒドゥンバー》〟でウイスキーなどを楽しみ、宿に戻っている。

今朝は昨日までとは異なり、どんよりとした曇り空が広がっていた。

宿のラウンジで朝食を摂《と》りながら「今日はどうする？」とウィズに尋ねる。

「ハイランド料理じゃな。いや、リアやエディの勧める他の店も捨てがたい」

この後の行動について聞いたつもりだったが、食べに行くことしか興味がないようだ。

「夜はおいおい決めるとして、昼はどうする？　迷宮に入るか、町を散策するくらいしか選択肢はないが、今日は天気が崩れそうだし迷宮に入るか？」

「そうじゃな。今日はバーナードに昼食を頼んでおるし、迷宮に入るのがよいの。食べ歩きは明日にしようぞ」

「なら、昨日は豚肉だったし、今日は鶏肉にするか」

狙いをサンダーバードとブラックコカトリスに決め、迷宮に向かう。

出入管理所にエディがいたので、昨日の礼を言っておく。

「いい店を紹介していただきありがとうございました。物凄く美味しかったです」

「我も満足したぞ。ミッチャンはよい店じゃ」

俺たちの言葉にエディは安堵の表情を浮かべる。

「よかったぁ……いまいちだと言われたらどうしようかと思っていたんですよ」

「明日も教えてもらった店をいろいろ覗くつもりですよ」

そんな話をしながら手続きを行い、転移魔法陣で三百四十階に飛ぶ。この辺りが最も効率よくサンダーバードたちを狩れるのだ。

今日も大量に狩った。戦果はサンダーバードが五、ブラックコカトリスが八、コカトリスが二十二、グレートバイソンが三十だ。狩ろうと思えばグレートバイソンは更に二十ほど狩れたが、牛肉は充分に在庫があるため、鶏肉を優先した。

昨日狩ったオークキングの肉などを回収し、宿に戻ろうとしたところで、迷宮管理局の局長レイフ・ダルントンが慌てた様子でやってきた。

「エドガー殿とドレイク殿に折り入ってお願いがございます。申し訳ございませんが、応接室まで来ていただけないでしょうか」

額に汗を浮かべ、必死の形相《ぎょうそう》で頼んできたため、断れる雰囲気ではない。

まだ午後四時にもなっていない時間であり、余裕はある。

「一時間ほどなら構いませんが……」

「ありがとうございます！」と俺の言葉を遮って頭を下げてくる。そしてすぐに踵《きびす》を返して事務所に向かった。

その様子に出入管理所の職員たちは顔を見合わせている。

「何があったのじゃ？」とウィズも首を傾げながら聞いてくるが、俺にも分からないため肩を竦めるしかない。

応接室に入ると、三十代半ばくらいの文官らしい普人族《ヒューム》の紳士が立って待っていた。

「アヴァディーン陛下の名代《みょうだい》として参りました、レスター・ランジー伯爵と申します」

そう言って優雅に頭を下げる。伯爵という上級貴族が頭を下げたことに驚くが、宮廷の作法《さほう》に疎《うと》いのでどう対応していいのか戸惑う。

「ゴウ・エドガーと申します。こちらはウィスティア・ドレイクです」

そう言いながら右手を差し出す。伯爵に対してこれでいいのかと迷ったが、すぐに俺の右手を取り握ってきた。

「お忙しいところお時間をいただき、かたじけない。お二人に折り入ってお願いがあるのです」

最初は気づかなかったが、伯爵の表情にも焦りが見える。

「先ほど、ハイランド連合王国より使者が参りました。魔人族の軍勢が王都ナレスフォードに現れたそうです。魔王を名乗るアンブロシウスをはじめ、一万以上の大軍です。それも飛行能力を持った精鋭とのことでした」

「魔王じゃと……」とウィズが呟く。その目には険《けん》があり、殺気が漏れそうになっている。

『殺気を抑えろ』と念話で伝え、更にどういうことなのか確認する。

『魔王を含めて、魔人族はお前が滅ぼしたんじゃなかったのか？』

『我もそのつもりじゃったが、奴らはコソコソと隠れることに関してはゴキブリ並みじゃ。すべて踏み潰したつもりでおったが、どうやら我の目を掻《か》いくぐって生き残っておったようじゃな』

魔王と呼ばれる存在をゴキブリ並みと言い切ったことに笑いそうになるが、同時に言われた相手に対し憐《あわ》れみを感じた。

ウィズと魔王は因縁《いんねん》が深い。先代の魔王は魔人族を含めた人族による大陸の支配を目指して、知性を持つすべての魔物を滅ぼすべく戦いを挑んだ。多くの魔物を討伐したものの、竜種に手を出したところで始祖竜であるウィズの逆襲に遭《あ》った。

彼女からは、魔人族は徹底的に追い詰めたので、生き残りはいないはずと聞いていた。

「それで、私たちにどのような依頼があるのでしょうか？」

「お二人に、ハイランド王フレデリック陛下と、可能であれば王家の方々の救出の手伝いをお願いしたいのです」

「一万の魔王軍に包囲された町からですか！」

俺たちなら可能かもしれないが、レベル四百五十程度に偽装しているので、一応驚きの声を上げておく。

「確かに真正面から行けば、お二方でも難しいかと思いますが、ナレスフォードの王宮には転移魔法陣がございます。魔王は魔法陣に気づいていない様子。それを使えば潜入も脱出も可能なのです」

「それなら国王陛下や王家の方々が脱出するだけでよいのではないですか？」

「その通りなのですが、フレデリック陛下をはじめ、ハイランド王家の方々は民を見捨てて逃げることをよしとされないでしょう。ですので、我が国の代表が説得し、それでも聞き入れないようでしたら、力ずくで脱出させていただきたいのです」

最後の手段は脱出させるというより拉致《らち》に近い気がする。

「では、代表の方の護衛も任務のうちということですね」

「そうなります」

そこでウィズが「魔人族など滅ぼしてしまえばよいのじゃ」と呟く。

その言葉にランジー伯が首を小さく横に振った。

「確認されたわけではありませんが、噂では魔王のレベルは七百を超えているそうです。他にも六百を超える幹部が複数いるという情報もあります。我が国が総力を挙げても、勝てる見込みは少ないと言わざるを得ないのです」

「その程度の者なら……」

ウィズが言いかけたので、念話で『それ以上言うな』と命じ、ランジー伯に確認する。

「だからハイランドの国王陛下を救出し、ハイランドとトーレスが万全の状態で魔王軍に当たれるようにしたいということですか？」

「ご明察の通りです」

そこで目を瞑《つむ》って考えるふりをしながら、ウィズに念話を送る。

『断るつもりだが、それでいいな』

『いや、魔人族は許せぬ。せっかく出てきたのじゃ。積年《せきねん》の恨みを晴らさせてもらうぞ』

最近料理と酒に目覚めて落ち着いたと思ったが、迷宮に封じられる原因となった魔人族への恨みは、容易には消えないようだ。しかし、ここで押さえつければ不満が溜まってしまう。だから、コントロールできる範囲で認めることにした。

『分かった。だが、俺たちがやったと分からないようにしたい。作戦を考えるから、勝手なことは絶対にするな。すれば、二度と一緒に飲みに行かん。その覚悟がないなら認めんぞ』

僅かな沈黙の後、ウィズは『……分かった』と答えたが、注文も付けてきた。

『そなたと一緒に酒と料理を楽しめぬのは辛いからの。だが、我が納得する方法を考えるのじゃぞ』

ウィズの説得が終わったところでゆっくりと目を開ける。

「お受けします。ハイランドは美味い酒を造るよい国ですから、守らないといけませんので」

その言葉に伯爵が「受けてくださるのか！　ありがたい！」と喜びをあらわにする。

「報酬については陛下より全権を与えられています。我が国にできることであれば、何なりとおっしゃってください」

「では、ブルートンの美味しい料理店を紹介してください。他の都市の情報もあると更にありがたいです」

伯爵はどう答えていいのかといった様子で言葉に詰まったが、すぐに立ち直る。

「承《うけたまわ》りましたぞ。我が国の総力を挙げて、貴殿《きでん》らの満足する情報を集めてみせましょう！」

俺たちの情報は把握済みらしい。

その後、これからの行動について説明を受けた。

「まずは王都まで転移魔法陣で移動していただき、待機している魔導飛空船でハイランド南部の都市、ヘストンベックまで飛びます。そこから転移魔法陣でナレスフォードの王宮に入り、フレデリック陛下と共に逆のルートでブルートンに戻っていただきます」

出発を急ぐということで、宿には戻らず転移魔法陣の部屋に向かった。

その途中、ある管理局の職員とすれ違ったが、雰囲気が違うことに違和感を持った。

姿はヒュームの文官そのものだが、纏《まと》っている魔力が異常すぎる。鑑定してみると、レベル六百を超える吸血鬼族《ヴァンパイア》の魔術師で、名はベリエスとあった。明らかに職員ではない。

迷宮外で見た者の中では最も高いレベルだが、俺より三百以上低く、取り押さえることは容易だと思った。

縮地《しゅくち》のスキルを使い背後に回って左腕を掴み、「魔人族が紛れ込んでいますが」と声を上げたところで、男は大胆にも自らの腕を魔術で切り落とし、俺の拘束から逃れた。

俺が唖然としていると、その男は隙を突いて転移魔術を使った。追おうと思えば追うことはできたが、自分にも転移魔術が使えることや探知能力の高さを知られたくなかったので、そのまま逃がすつもりだった。

「すみません。逃げられてしまいました」

そう言いながら残された魔人族の左腕をマーローに渡し、ダルントンに謝罪して終わらせようとしたが、彼は部下の職員に指示を出しており、俺の言葉が聞こえなかったようだ。

「怪しい者が入り込んでいる！　警戒を強めるよう、直ちに守備隊に指示を出せ！」

管理局の職員は「直ちに！」と答え、すぐさま行動を開始する。

マーローも「この腕を鑑定させます！」と言って立ち去った。

ダルントンの横ではランジー伯が言葉を失っている。

「我は少し外すぞ」とウィズが言って管理局内の奥に向かった。

その方向にはトイレがあるが、このタイミングで場を離れることに違和感を持ち、念話で確認する。

『何をしに行くんだ？』

『逃げた魔人族を追うのじゃ。焦って転移したからまだ町のすぐ外におる』

このまま逃がそうと思っていたのだが、ウィズにそのつもりはないらしい。

『追ってどうするつもりなんだ？　あの程度の能力なら俺たちにとって危険でも何でもないが』

『警告するだけじゃ。魔王と称する愚か者に、我が怒りは収まっておらぬと伝えさせる』

嗜虐《しぎゃく》的な雰囲気を感じる。魔人族に恐怖を与えるつもりなのだろう。

魔人族の軍勢がどの程度の力を持っているのかは知らないが、魔人族の全盛期であっても〝豪炎の災厄竜《インフェルノディザスター》〟に一矢報《いっしむく》いることすらできなかった。彼女がハイランドに向かうと聞けば、撤退する可能性もあると考え、認めることにする。

『あまり時間を掛けるなよ』

『分かっておる。軽く脅《おど》すだけじゃ』

軽く脅すと言っているが、その程度では済まない気がする。

ウィズの姿が見えなくなったところで、ダルントンたちに視線を戻す。ようやく落ち着いたのか、事実関係を確認してきた。

「エドガー殿にお尋ねしたいが、あの者が魔人族というのは間違いないのでしょうか」

「恐らくは……あまりに魔力が強力で異質だったので、そう思っただけです」

鑑定で確認しているが、能力を晒すつもりはないので誤魔化しておく。

そこへマーローが戻り、青い顔で報告する。

「あの腕を鑑定した結果ですが、魔人族、それもヴァンパイア族のものでした……」

魔人族と確定したことで、ダルントンらの表情が更に曇った。

「こんなところにまで魔人族の手が及んでいるとは……早急に対策を打たねばならん……」

混乱は収まったが、どう対応していいのか考えつかないようだ。

魔人族の軍勢がハイランドに現れたタイミングで、迷宮管理局の奥にまで潜入されていたことから、何らかの陰謀が進行している可能性は否定できない。王国政府としてどう対応していいのか迷う気持ちは、分からないでもなかった。

「とにかく、早急に王宮に向かうべきだ」と混乱から脱したランジー伯が提案する。

「そうですな。この事実はすぐにでも陛下のお耳に入れねばなりません」

ダルントンがそう答えている間にウィズが戻ってきたので、念話で何をしてきたか確認する。

『魔人族の男はどうなった？』

『情けないことに、少し殺気を当てたらブルブルと震え出しおったわ』

当然の結果だ。ウィズの殺気を受けて震えない者がいたら、その方が驚きだ。

魔力感知を使ったが、既に感知できる範囲内にはいない。転移魔術で逃げたのだろう。

「お二人とも、予定通り王都に向かいます」とランジー伯が言ってきたので了解する。

管理局内の転移魔法陣の部屋に向かい、ランジー伯と三人で魔法陣の中に入った。

伯爵という地位の者が護衛も付き人も連れていないことに違和感を持つが、転移魔法陣を起動するためのコストの問題らしい。

魔法陣を起動するには、レベル四百以上の魔物のマナクリスタルが複数必要となる。そのコストは距離によっても変わるが、直線距離で六十キロほどしかない王都に一人転移させるだけで十万ソル以上、日本円で一千万円以上掛かるそうだ。

「それでは起動します」と担当職員が言った瞬間、別の部屋に転移した。

部屋には鋼鉄製の頑丈な扉が一つあり、そこに鉄格子のはまった小さな窓が付いていた。

その窓から声が掛かる。

「身分証明書の提示をお願いします」

ランジー伯が格子窓に向けて身分証明書となるカードを提示する。それに倣って俺とウィズも漆《しっ》黒《こく》の探索者証を見せた。

〝ガチャリ〟という鍵を開ける音が響き、ゆっくりと扉が開いていく。その奥には全身鎧《フルプレートアーマー》を身に纏った兵士が十人ほどと、杖を構えた魔術師が五人待機していた。

王国の中枢《ちゅうすう》に直接転移できる設備なので、警戒しているのだ。

王宮内にわざわざ設置しなくてもと思わないでもないが、緊急脱出用に使うことを想定しているので理解はできる。

「こちらへどうぞ」と兵士の一人が俺たちを扉の向こうに招き入れる。

「暗黒魔術などで精神を乗っ取られていないか、鑑定で確認します」

そう言うと、魔術師が俺たちの前に立つ。

ウィズが嫌そうな顔をしたので、念話で『我慢しろ』と伝える。

ランジー伯から鑑定し、最後のウィズが終わるまでに五分ほど掛かった。

「ご不快な思いをさせてしまい、申し訳ありませんでした。安全を考えての必要な措置《そち》ですので、ご理解のほどを」

そう言って伯爵が頭を下げる。ウィズが露骨《ろこつ》に嫌な顔をしたことを気にしたようだ。

「国王陛下の安全を考えれば必要な措置だと思っていますので、お気遣いなく」

近くの応接室らしき場所に案内される。

「陛下に先ほどの魔人族のことを報告してまいります。暫《しば》しお待ちください」

それだけ言うと伯爵は部屋を出ていった。入れ替わるように女官が現れ、茶を並べていく。

二十分ほど経ち、伯爵は煌《きら》びやかな鎧を身に纏った騎士と、五人の兵士を連れて戻ってきた。

豪華な装備からして近衛騎士か何かなのだろう。

「陛下がお二人にお会いしたいと仰《おお》せです」

伯爵の言葉に驚き、「今から謁見《えっけん》ですか……」と口に出してしまった。

迷宮から出たまま着替えもできていないので、安物の革鎧を装備した状態だ。間違っても一国の支配者に会うような服装ではないし、それ以前に心の準備ができていない。

「謁見と申しましても非公式なものですし、時間がないことは陛下も理解しておられます。今回お二方に危険な任務をお願いすることに対し、陛下としても思うところがおありのようです」

聞けば魔導飛空船の準備も完了していないらしく、謁見で時間をロスするわけではないらしい。

近衛騎士の先導で王宮内を歩いていく。

何度か文官や女官とすれ違うが、皆俺たちに頭を下げてくる。といっても俺とウィズにではなく、ランジー伯に対してなのだろう。それほどの大物が俺たちに対し、丁寧な対応を崩さないことに驚きを隠せない。

分厚い絨毯《じゅうたん》が敷かれた廊下を歩いていくと、徐々に調度品が豪華になっていく。

マホガニーのような美しい木の扉の前で伯爵が止まった。扉の両脇には、磨き上げられた鎧を身に纏った兵士が二人立っていた。

「エドガー殿とドレイク殿をご案内しました」

伯爵が扉の前で言うと、重厚な扉がゆっくりと開かれていく。

伯爵に先導されて中に入ると、壁には美しいタペストリーや絵画、壺などが飾られていた。

部屋の中央には王冠を被り、金糸《きんし》で刺繍《ししゅう》を施した純白のマントを纏った壮年《そうねん》の男性が、ビロード張りの豪華な椅子に座っている。

その横には二十歳くらいの貴公子と四十代後半くらいの文官が二人、更に近衛騎士が一人立っていた。

国王は俺たちの姿が目に入ったところでゆっくりと立ち上がった。

「トーレス王国の国王、アヴァディーン・トーレス陛下です。お隣が第二王子のリチャード殿下です。こちらがゴウ・エドガー殿とウィスティア・ドレイク殿でございます」

ランジー伯が双方を紹介し、続いてその横にいる文官と近衛騎士を紹介する。

「宰相であるジャーメイン・ドブリー侯爵閣下《こうしゃくかっか》、宮廷書記官長のアンドレアス・リストン伯爵、白騎士団長グラディス・レイボールド子爵《ししゃく》です」

内務卿であるランジー伯も加えれば、目の前に国の重鎮《じゅうちん》が揃っているということになる。

その事実に驚くが、それと同時に、俺たちのことを信用しすぎていることに呆れた。

もし、俺たちが魔王の手先なら、トーレス王国を混乱に陥《おとしい》れる絶好の機会だ。部屋の外に護衛がいるし、騎士団長もレベル三百五十を超えた猛者《もさ》だが、俺たちの武器すら預からないというのは危機感がなさすぎる。しかしそのことは顔に出さず、大きく頭を下げた。

「探索者のゴウ・エドガーでございます。こちらはウィスティア・ドレイクです。宮廷の作法に疎いので、ご無礼のほどはご容赦ください」

国王は柔らかい笑みを浮かべて、口を開いた。

「アヴァディーン・トーレスだ。まずは座ってくれたまえ」

その言葉で全員が座る。

「こちらの方こそ、無理を言ってすまぬ。本来なら我が王宮の料理を振舞いたかったのだが、このようなことになってしまい残念だ」

一国の支配者とは思えぬほどの気さくさで、以前ダルントンが話しやすいと言っていたことを思い出す。

「既にランジーより聞いていると思うが、ハイランド王の救出の助力を頼みたい。本来なら我が家臣に命じるべきことであるのだが、貴殿らにしか為《な》せぬことなのだ」

そう言って頭を軽く下げる。

「伯爵様にお伝えしておりますが、ご依頼を受けさせていただきます。内容の確認でございますが、トーレスの代表の方の護衛と、ハイランドの国王陛下をナレスフォードの王宮から救い出すということで間違いないでしょうか」

「うむ。その認識で誤りはない。魔人族の密偵を見破った貴殿らなら、フレデリック殿を無事に救出してくれると信じておる」

「ありがとうございます。どなたが代表なのでしょうか」

「リチャードとランジーだ」

国王の声を受け、リチャード王子が大きく頷く。

「私がフレデリック陛下を必ず説得する。そなたらは護衛に徹すればよい」

国王に比べ俺たちに対する敬意は感じられないが、これが普通の王族の感覚だろう。平民であり、どこの馬の骨かも分からないシーカーに気を使う国王やランジー伯の方が異常だ。

「リチャードよ。彼らは大陸最強の戦士なのだ。我が国が気に入らねば、いつでも出ていける。たとえ余が命じても、実力をもってな」

国王の口調は強く、叱責《しっせき》に近い。

リチャードは「しかし……」と反論しかけるが、国王に「最後まで話を聞け！」と一喝《いっかつ》されてしまう。

そこに先ほどまでの気さくさはなかった。これが本来の、一国の主《あるじ》としての姿なのだろう。

「今重要なことは魔王が現れたという事実だ。エドガー殿らは、魔王に対抗できる可能性を持つ唯一の存在。我らにとって唯一の希望なのだ。我が王国の味方となってくれるのであれば、跪《ひざまず》くことすら厭《いと》うつもりはない。そのことを理解できぬのならば代わりの者を派遣する」

半分以上、俺たちに聞かせるつもりで言っているようだが、俺たちが偽装していることを薄々感じ取っているのかもしれない。それを暴露してもいいと思うほど、危機的な状況なのだろう。

「分かりました。陛下のお言葉に従い、エドガー殿たちには敬意をもって対応します」

王子は、不承不承《ふしょうぶしょう》ながらも態度を改めると宣言した。

国王は王子から視線を外し、俺たちに向き直る。

「まだ魔導飛空船の準備はできておらぬ。少しだけ話をしたいのだが、よいだろうか」

ノーという選択肢はないので、「もちろんです」と答える。

「先ほどランジーから聞いたのだが、ミノタウロスチャンピオンの肉を献上してくれるというのは真《まこと》だろうか」

「はい。大量に狩りましたので、陛下や王族の方々に食べていただこうと、昨日ダルントン局長にお渡ししました」

「それはかたじけない。ダルントンより、貴殿が食と酒に精通していると聞いた。このような事態でなければ、料理長も交えて貴殿らの歓迎の宴《うたげ》について話したかったのだが、残念だ」

「恐れ入ります。料理人ではありませんから、それほど詳しいわけではないのですが」

一応そう答えておく。

「事が済んだら我が王宮にある最高の酒を振舞うつもりでいる。ぜひとも無事に戻ってきてほしい」

「最高の酒じゃと。ならば、さっさと片づけて戻らねばならぬな」

酒と聞いて、ウィズが初めて口を開いた。

その不遜《ふそん》とも見える態度に王子は顔をしかめているが、他の面々は苦笑しているだけで特に気にした様子はない。

「我が国のワインとブランデーは世界一だと自負している。更にサケも、ジン・キタヤマの尽力で東の諸国に負けぬものがある。ぜひともそれらを堪能してほしい」

「うむ。楽しみじゃ」とウィズは無邪気に答えるが、こちらは気が気ではない。

もう少し言葉を選べと言いたいところだが、世界を滅ぼすほどの力を持つ存在に言うことではないように思えてしまう。

これ以上話しているとボロが出ると焦り始めたところで、魔導飛空船の準備ができたという知らせが入った。

助かったと思いながら、俺たちはリチャード王子とランジー伯と共に、王宮の外にある飛空船の係留場所に向かった。

◆

ゴウたちが去った後、国王アヴァディーンは残っている宰相ら三人と協議を始めた。

「グラディスよ。そなたはあの者たちのことをどう見た」

国王に問われた偉丈夫、グラディス・レイボールドは緊張した面持ちで答える。

「凄まじいとしか申しようがございません。あれほど自然体であったにもかかわらず、一分《いちぶ》の隙もございませんでした」

「相手も人族。卿なら相手になるのではないか」と宰相が問うが、即座にそれを否定する。

「恐れながら一秒も立っておられぬでしょう。これほど力の差を感じたのは、幼少の頃に父に稽古《けいこ》をつけられた時以来です。幼児と大人以上の差を感じております」

レイボールドはトーレス王国騎士団の頂点に立つ猛者だ。

白騎士団は国王の身を守る近衛兵に相当するが、団長は実力者が就任するという伝統があり、レイボールドもレベル三百五十を超えている。

団長就任に伴い、子爵になったものの、それ以前は一介の騎士として迷宮で探索もしていた。対人戦に限れば、レベル四百を超えるブラックランクシーカーと互角に渡り合える実力を持つ。

「卿ほどの強者《つわもの》でもそれほどの差を感じたと申すか……」

辛相がそう呟くと、国王がその言葉に頷く。

「余も同じことを思った。特にドレイクを見た時には、底知れぬ恐ろしさを感じた。ダルントンが申した通りであったな」

ダルントンから送られてきた報告書には、ゴウたちのことが詳しく記載されていた。

「確かに最初はそう思いましたな。酒の話になった瞬間、恐ろしさは消えましたが」

辛相の言葉に騎士団長が頷く。

「閣下のおっしゃる通り、酒の話になった途端、圧力が消えた気がします。ただあまりに不遜な態度で、リチャード殿下はお怒りのようでしたが」

「不遜というが、あの者たちの方が圧倒的に力を持っているのだ。余に咎《とが》める気はない」

全員が頷くが、今はそんな話をしている時間はなかったと、書記官長が話題を変える。

「魔人族がグリーフの迷宮管理局に入り込んでいた件ですが、これは憂慮《ゆうりょ》すべきことです。この王宮に入り込んでおらぬという保証はございませんからな」

その言葉に国王が頷く。

「魔人族がこのタイミングで仕掛けてきたことも気になる。卿らの意見を聞きたい」

国王の問いに辛相が最初に答える。

「魔人族の密偵が入り込んでいた件と合わせて考えるなら、相当前から準備がなされていたのでしょう。その準備が整い、まずハイランドを狙ったのではないかと」

「まずということは、次は我が王国ということか……あり得るな」

「御意にございます。恐らくですが、ハイランドを奇襲し混乱させ、我が国に援軍を出させたところで、密偵に後方で撹乱《かくらん》させるつもりだったのでしょう。それが、エドガー殿が見つけてくれたお陰で発覚した、というところではないかと」

そこで書記官長が疑問を呈した。

「エドガー、ドレイクの両名が魔人族の手先という可能性はないのでしょうか。彼らが現れたタイミングで魔人族が動き、更に今まで一度も姿を見せなかった密偵まで見つかりました。偶然と言うにはタイミングが合いすぎております」

国王は即座にそれを否定する。

「余が思うに、エドガーはともかく、ドレイクが魔人族の手先とは考え難い」

その言葉に宰相が僅かに怪訝《けげん》な表情を浮かべた。

「逆ではありますまいか。エドガー殿は誠実な人物と見ましたが、ドレイク殿は我らとは相容《あいい》れぬものを感じました。あの不遜さも魔人族ならあり得るかと」

魔人族はその傲慢さゆえに竜に挑み、世界を破滅寸前まで追い込んだ。そのことは千年経った今でも伝承されており、宰相の考えは魔人族以外の人族にとって常識だ。

「相容れぬという点には余も同意するが、魔王が見るからに疑わしい者を派遣するとは思えぬ。その点、エドガーは如才《じょさい》ない振舞いをしていた。確かに宮廷の作法には精通しておらぬが、思った以上に肝が据《す》わっておる点は気になる」

そこで騎士団長が「恐れながら」と言って発言を求めた。

「仮にエドガー殿もしくはドレイク殿が魔人族の手先であれば、陛下を含め、我ら全員この場で命を落としていたことでしょう。彼らと顔を合わせるまでは、我が命を懸けて立ちはだかれば、陛下にお逃げいただく時間は稼げると考えておりましたが、それは大きな誤りでございました」

「うむ。確かにそうだな。余もグラディスがおれば護衛は不要と考えたが、それほどの力の差があるなら、この場で全員を手にかけることができただろう。そうなれば我が王国は大混乱に陥った。アルフレッドは幸い呼んでおらぬが、今思えばこの面々で対応したのは軽率《けいそつ》であったな」

アルフレッド王子はアヴァディーンの長男で、後継者として既に立太子《りったいし》されている。普段からブルートン近郊の離宮におり、時間がなかったため間に合わなかったにすぎない。

しかし、この場には国王をはじめ、王国の文武の要《かなめ》が揃っていた。これだけの面々が一気に命を落とせば、王国は間違いなく機能不全に陥る。

宰相が国王に「この件は私の失態です」と謝罪する。

「いや、今回のことはあまりに異質だ。予見《よけん》することは誰にもできぬ。よって、宰相に責を負わせるつもりはない」

国王は宰相の罪を問わないと明言した。

「しかし……」と宰相は言いかけるが、すぐに考えを改める。

「今は時間がございません。エドガー殿とドレイク殿が魔人族の手先という可能性はない、という前提で話を進めましょう」

その後の協議の結果、王都ブルートンから二千名、ハイランドに近いフォーテスキュー侯爵領から千名の兵を急行させることが決まった。

◆

時は二日前の四月二十五日に遡《さかのぼ》る。

魔王軍の四天王の一人、〝魔眼《まがん》のベリエス〟はグリーフの町に舞い戻っていた。

〝豪炎の災厄竜《インフェルノディザスター》〟が消滅したことを、もう一度確認するためだ。

二十五日の夜にグリーフに入り、自らの能力を最大限に使って探るが、ここを離れる前と同じく災厄竜の魔力は感じなかった。

(やはり消えたようだな。これで障害はない。我らの悲願がついに達成されるのだ!)

ベリエスは心の中で歓喜の声を上げる。

調査を終えた翌二十六日、魔王に合流しようと考えたが、ある噂が耳に入った。

それは〝肉収集狂《ミートマニア》〟なるブラッククランクシーカーが突如現れ、四百階のミノタウロスチャンピオンを僅か一日で七体も倒したというものだった。

(ミノタウロスチャンピオンはレベル四百五十程度。私でも狩ることは可能だが、一日に七回も回るのは難しい。相当な手練《てだれ》であることは間違いないだろう……我らの邪魔をするかもしれぬ。ここは私が処理しておくべきだな……)

ベリエスは自らの能力に自信を持っていた。

特に隠蔽《いんぺい》と偽装は、大陸最強の魔王ですら看破《かんぱ》できないほどだと自負している。そのため、いかに優秀とはいえヒューム如きに看破されるとは露ほども考えていなかった。

また、万が一看破されたとしても彼自身、レベル六百三十一の暗殺者兼魔術師であり、レベル五百程度のシーカーなら複数いても容易く倒せると確信していた。

後《のち》に彼はこの慢心を激しく後悔することになる。

翌日、ベリエスは管理局の次長に化け、内部資料を漁《あさ》った。そこで得られた情報は、数百年生きている彼であっても驚くべきものだった。

最も驚愕したのは、王国政府がゴウたちのレベルを六百以上、恐らくは七百を超えていると考えていることだった。

その根拠が、サンダーバードやブラックコカトリスを大量に狩っただけでなく、その居場所に関する情報を管理局に提供したことだ。

（サンダーバードやブラックコカトリスの奇襲は厄介だ。この私ですら見つけることは難しい。それをいとも簡単に見つけ、更にその行動パターンを分析するとは……これは侮《あなど》れぬ相手だ……）

ベリエスは目立たない職員に化け、ゴウたちを直接見て鑑定しようと考えた。

ここでゴウたちの感知能力が高いことに気づき、警戒すればよかったのだが、一度も失敗したことがない自分の隠蔽能力を過信した。

ダルントンらと共にゴウたちが転移魔法陣の部屋に向かって歩いていく。

すれ違った後に鑑定を行うため、ベリエスは偶然通りかかったように小さく頭を下げて通り過ぎようとした。

そこで、不意に腕を掴まれる。

「魔人族が紛れ込んでいますが」

その声は決して大きくなかったが、なぜか背後から聞こえた。

ベリエスは驚きのあまり、思わず足が止まる。いつ回り込まれたかすら、全く分からなかった。

「ど、どこにですか！」というダルントンの焦りを含んだ声が響く。

「この人ですよ」という緊張感の欠片《かけら》もない返答が耳元で聞こえた。

「変身と偽装のスキルで上手く化けていますね、ベリエスさん。ここで何をしているのですか？」

耳元で囁かれただけだが、ベリエスは血が凍るほどの恐怖を感じた。

すぐに我に返り、「何のことでしょう」と、とぼけながら腕を振り払おうとしたが、掴まれた腕はビクともしなかった。

「とりあえず捕まえましたが、どうしましょうか？」

そこからのベリエスの行動は電光石火《でんこうせっか》の速さだった。

ゴウが確認しようと振り返ったところで、ベリエスは自らの左腕をためらいもなく魔術で断ち切った。真っ赤な血が噴き出すが、それに構わず、無詠唱《むえいしょう》で転移魔術を発動させる。

そこまでに掛かった時間は一秒ほど。しかし、無詠唱かつ短時間での魔術の発動ということで、転移できた距離は僅か一キロメートルしかなかった。

それでもグリーフの町からは脱出できており、ベリエスは止血をした後、魔王に報告に向かうため、転移魔術を発動しようとした。

「どこに行くつもりじゃ？」

突然、若い女性の声が響く。その声には傲慢さが含まれ、振り返ると、さっきゴウの隣にいたはずのヒュームの美女、ウィスティアの姿があった。

ベリエスは動揺し、呪文の詠唱を止めてしまう。

「なぜここに……」

「我がそなたら魔人族を、ただで逃がすと思うたか」

そう言って強い殺気の篭《こも》った瞳で見つめる。その殺気にベリエスは死を覚悟した。

「魔王を名乗る愚か者に伝えよ。千年の恨み、神すら恐れる我が怒りを思い知るがよいとな」

この時、ウィスティアの瞳は深紅《しんく》に染まり、爬虫類《はちゅうるい》のような縦長の瞳孔《どうこう》が浮かんでいた。その瞳と言葉から、ベリエスはある事実に気づいた。否、気づいてしまった。

「千年の恨み……まさか、〝豪炎の災厄竜《インフェルノディザスター》〟……」

「今は違う呼び名じゃが、以前はそのように呼ばれておったの」とウィスティアは言って、ニヤリと笑う。

その笑みと殺気に、ベリエスは言い知れぬ恐怖を感じ、ガクガクと震え始める。

「我はこれよりハイランドに向かう。人族がどうなろうと構わぬが、酒造りに携わる者を害することは許さぬ。もし、我の言葉を軽《かろ》んじるようなことがあれば、楽に死なせてはやらぬ。生きてきたことを後悔する方法で殺してやるからの。分かったか」

それだけ言うとウィスティアは姿を消した。

残されたベリエスは、左腕の痛みを忘れるほど恐怖に呑まれていた。

(災厄竜が外に出ていた……まずい。あの者が怒り狂えば大陸ごと焼き尽くされてしまう……すぐにでも陛下にお伝えせねば……)

震えながら、即座に転移魔術を発動する。そして、限界を超えて魔術を行使し、その日の日付が変わる前にナレスフォードに到着する。

彼はすぐに魔王アンブロシウスがいる、湖畔のホテルの最上階へ向かった。

左腕を失った姿に多くの者が驚くが、魔王軍の幹部が鬼気《きき》迫る表情で歩いているため、誰も声を掛けることができなかった。

部屋に入ると、そこでは寛《くつろ》いだ様子の魔王が酒を飲んでいた。しかし、左腕を失い、いつになく焦慮《しょうりょ》に駆られた様子のベリエスを見て、すぐに表情を引き締める。

「何があった」

ベリエスは「申し訳ございません」と頭を下げ、そのままの姿勢で報告を始めた。

「災厄竜が迷宮外に出ておりました……」

その言葉に魔王は「何!」と、思わず立ち上がる。

「災厄竜の仲間と思しき者に捕らえられましたが、腕を切り落とすことで辛くも脱出いたしました。しかし、災厄竜はすぐに私を見つけ、警告してきたのです」

「奴は何と言ってきたのだ」

そう聞く魔王の額には汗が浮かび始めている。

「これからハイランドに向かう。千年の恨み、神すら恐れる我の怒りを思い知るがよい、そう陛下に伝えよと……」

その言葉に魔王の顔から血の気が失せ、蒼白になった。そして絞り出すような声で確認する。

「ま、間違いないのだな、災厄竜に……」

「竜の姿は見ておりません。私が見た姿はヒュームの女でした。しかし、その魔力は膨大で、恐れながら陛下をも凌駕《りょうが》しておりました」

「ヒュームの姿になっておったと……どういうことなのだ？　なぜ災厄竜が人に化けねばならぬ」

「分かりませぬ。ただ言えることは、災厄竜はもとより、竜と共にいたヒュームの男も侮れぬということです」

「どういうことだ？」

ベリエスは、グリーフ迷宮の管理局での出来事を、順を追って説明していく。

「……鑑定を行った瞬間、その男は私の背後に移動し、腕を掴んでいたのです。反応すらできませんでした……」

「それで腕を切り落として逃げたのか……そなたほどの手練がそこまでせねばならぬほどの敵がおる。災厄竜の他に……」

ベリエスはその言葉に大きく頷いた。

「更に災厄竜は〝人族などどうなっても構わぬが、酒造りに携わる者を害することは許さぬ〟と」

魔王は一瞬呆けたような表情になり、「酒造りに携わる者……」と呟く。

「加えて〝我の言葉を軽んじれば、楽には死なせぬ。生きてきたことを後悔する方法で殺す〟とも……あの目は本気でございました」

「それはどういう意味なのだ。いや、意味は分かるが……」

「私が調べた範囲でございますが、災厄竜たちは酒と料理を愛しているともっぱらの噂でした。事実、肉欲しさに一日に七体ものミノタウロスチャンピオンを狩っております」

「ミノタウロスチャンピオンを七体だと……」

「他にもドワーフと酒を酌《く》み交《か》わすほどで、ヒュームとは思えぬという話でございました」

「……」

魔王は返す言葉を失った。ベリエスの言葉を理解しようと努《つと》めたが、結局何も分からなかったのだ。

魔王は他の四天王を集めるよう近侍《きんじ》に命じた。すぐに三人が部屋に入ってくる。

魔将軍ルートヴィヒ、妖花《ようか》ウルスラ、魔獣将ファルコの三人が魔王の前に跪くが、腕を失ったベリエスの姿に驚きを隠せない。

「ベリエスより、災厄竜が迷宮の外に出ているという報告を受けた。奴はここに向かうと告げたそうだ」

魔王の言葉に三人が驚く。

「それは事実なのでしょうか」とルートヴィヒが確認し、ウルスラも疑問を呈した。

「災厄竜が出てきたのでしたら、ここでも魔力は感じられるはずですわ。ですが、一切感じられません。何かの間違いではございませんこと？」

二人の言葉に対し、ベリエスは事の経緯を改めて説明したのち、最後に付け加えた。

「竜の姿は取っておりませんでしたが、長年監視してきた某《それがし》が見誤ることなどあり得ません。魔力の強大さは陛下を凌駕していると確信しております。ならば、災厄竜以外にはあり得ぬかと」

「四天王最弱のそなたに陛下のお力のすべてが見通せるとは思えぬ。油断して腕を失っただけではないのか？」

ファルコが不快そうに言うと、ベリエスは語気を強めて反論する。

「確かに某は皆様方よりレベルは低い。しかし、監視者としての能力は最も高いと自負しております！　いかにルートヴィヒ殿であっても、我が背後に瞬間的に移動することはできぬはず！」

「油断しておらねば確かにその通りだろう。だが、呆けておれば話は別だ。第一、災厄竜に捕らえられたのならともかく、別のヒュームに捕らえられたのであろう。そなたを凌駕する腕の持ち主というのはいささか厄介だが、その程度の話ではないのか」

「しかし、あの者たちは異常です」

「確かに異常ですわね。この状況で酒造りの者に手を出すなと言うのは、頭のネジが少し緩んでいるからでしょう。そのような者たちを恐れるあなたも緩んでいるのではありませんこと？」

妖艶《ようえん》な笑みを浮かべたウルスラの嘲《あざけ》りに、ベリエスが抗議の声を上げようとしたところで、魔王が「やめよ」と命じた。

「ベリエスの情報を基にどのように対応するかを話し合っておるのだ。場をわきまえよ」

ファルコ、ウルスラ、ベリエスは同時に「「「申し訳ございませぬ（ん）」」」と言って深々と頭を下げた。

「相手の実力が分からぬ以上、この場で様子を見るべきではありますまいか」

ルートヴィヒが現状維持を提案する。

「しかし、災厄竜がこの場に現れましたら、対応しようがないのでは？　少なくとも陛下にはこの場から退避していただく方が……」

ベリエスの言葉をファルコが遮り、「陛下に逃げよと申すのか！」と怒鳴《どな》る。

「万が一を考えて行動すべきです！　この場にはお三方がいらっしゃるのです。ハイランドの者たちを相手するには充分でしょう」

ベリエスの反論にウルスラも不快感を示す。

「万が一と言うけれど、それはあなたが恐れた結果でしょ。大陸の正当な支配者であられる陛下が、いるかも分からない敵から逃げるなど、妾《わらわ》には耐えられませんわ」

ルートヴィヒもその言葉に頷く。

「ここまで魔力を感じぬということは、仮に災厄竜であったとしても力を落としているのではありませぬか。であるならば、一万五千の兵力で当たれば問題ないと愚考《ぐこう》いたします」

三人の側近が逃げる選択に消極的であることから、魔王も逃げると言えなくなった。ただ、〝万が一災厄竜であったら〟という不安が心の中に渦巻いている。

「わ、分かった。諸君の言うことも一理ある。とりあえず、様子を見ることにしよう」

魔王の言葉にベリエスが思わず「陛下！」と叫ぶ。

「黙れ。陛下がお決めになったのだ。そなたが口を出すことではない」

しかしルートヴィヒは焦るベリエスを睨みつけ、一蹴《いっしゅう》してしまった。

四天王が立ち去った後、魔王は言い知れない恐怖を感じていた。

今でも災厄竜という言葉を聞くと、千年前の記憶がフラッシュバックするほどで、本心では逃げ出したかったが、部下たちの手前その言葉を口にできなかったのだ。

（ベリエスの言っていることが本当ならば、余はあの災厄竜と対峙《たいじ》することになる。あの恐ろしい竜を見て、余は正気を保てるのだろうか……）

魔王は湖畔が見えるバルコニーに立ち、湖面に映る月を見つめていた。

四．ハイランド連合王国

四月二十七日の夕方。

ハイランド連合王国に向かうため、魔導飛空船の係留場所に向かっている。俺たちの前を歩くのはリチャード王子と内務卿のランジー伯だ。

「そう言えば食事がまだであったの。それに酒も飲んでおらぬ」

ウィズが悲しげな声でそう呟く。

既に日は傾き、王宮の庭に出ると、料理の匂いが流れてきた。これまで、迷宮を出てからは遅くとも午後六時頃には食事をしていたので、そんなことを呟いたのだろう。

「食事は用意しております。魔導飛空船での移動には四時間ほど掛かりますので、その間に摂っていただくことになります。料理長は〝何とか間に合わせた程度の料理なので申し訳ない〟と恐縮しておりました」

ランジー伯は、自分のことのように申し訳なさそうにそう言ってきた。

「用意していただいただけで充分です。今は一刻を争う時ですから」

「そう言っていただけると助かります」

俺たちのやり取りを聞いていたリチャード王子が胡散臭《うさん》そうにこちらを見たが、国王に釘を刺されたためか、何も言ってこなかった。

王宮から出たところに豪華な馬車が待っていた。

馬は銀色に輝くゴーレム馬で、馬車にはトーレス王家の紋章である白薔薇《ばら》が描かれている。馬車に乗り込むと、騎士の先導で移動を始めた。

出発すると、すぐに城門が見えてきた。巨大な門は開かれており、そこから街の中に入っていく。

馬車の窓から見えるブルートンの街は美しかった。オレンジ色の屋根と白い漆喰《しっくい》壁。家々の出窓には花が飾られており、ブルートン市民が豊かであることが窺える。

街から出て十分ほど走ると、馬車は静かに止まった。

「到着しました」とランジー伯が言ったところで、馬車の扉がノックされる。そして護衛によって開かれた扉の向こうには、三十代半ばくらいの文官らしき人物が立っていた。

「既に準備は整っております」

そう言って、恭《うやうや》しく頭を下げる。

「ご苦労」と王子は言い、馬車を降りていく。俺たちもそれに続いて降りると、目の前にある魔導飛空船に目を奪われた。

魔導飛空船は水上を行く船の形ではなく、葉巻《はまき》形の飛行船に近いものだった。船体は全長五十メートルほどで、銀色に輝いていることから金属でできているのが分かる。

胴体には王家の紋章が描かれており、丸いガラス窓が並んでいる。

船尾には直径三メートルを超えるプロペラが三枚直列で付いており、尾翼《びよく》にある方向舵《ラダー》と昇降舵《エレベータ》の動作確認中なのか、バタバタと動いていた。

オレンジ色の夕日を受けて幻想的に輝く銀色の船体、その上部から噴き出している白い蒸気と相まって、ファンタジーなこの世界には似つかわしくない、スチームパンクのような印象を受ける。

「王室所有の魔導飛空船グローリアス号です」とランジー伯が俺たちに説明する。

近づいていくと、胴体の後方にタラップが下ろされていることに気づく。その両側には白を基調とした鎧を身に纏った騎士が列を成していた。

王子がタラップに近づくと、騎士たちは一斉に剣を抜き、切っ先を上に向けて不動の姿勢をとる。

一糸《いっし》乱れぬその動きから精鋭であることが窺われた。

騎士の列の間を王子が歩いていく。俺たちもランジー伯に続いて歩くが、王国の支配層と一緒にいることを改めて感じ、少し緊張する。

タラップを上り切ると、そこにも騎士たちが不動の姿勢で立っていた。その向こうで、青を基調とした軍服に三角帽という船長らしき人物が王子を出迎える。

「ようこそ、我が船に。歓迎いたします」

「よろしく頼む、船長」

船長の挨拶に、王子は鷹揚《おうよう》に頷いた。

船長はランジー伯にも歓迎の言葉を掛けると、俺たちの前に立つ。

「ようこそ、我が船に。私はこの船を預かるクインシー・ホークスビーと申します。短い間ですが、よろしくお願いします」

そう言って右手を差し出してきた。

「シーカーのゴウ・エドガーです。こちらはウィスティア・ドレイクです」

俺も自己紹介し、船長の右手を取る。

「殿下の護衛、よろしくお願いします。それでは」

それだけ言うと、部下たちに指示を出していく。

「直ちに出航する！　係留索、解除準備！　魔導機関、出力上げ！　総員、配置に……」

「それでは船室に向かいましょう」とランジー伯が声を掛けてきたので、彼の後に続く。

魔導飛空船の中は思った以上に狭く、通路はすれ違うのがやっとという感じだ。途中で見た大部屋では、王子の護衛である重装備の白騎士たちが、窮屈《きゅうくつ》そうに座席に座っていた。

王子の船室は魔導飛空船の中央部辺りの右舷《うげん》側で、護衛である俺たちも一緒だ。

王族用の部屋ということで、豪華な革張りの座席とテーブルがある。日本にいる時にテレビで見たプライベートジェットのような感じだ。

俺たちが部屋に入ると、王子直属の若い騎士が二人待っていた。

挨拶する間もなく、士官《しかん》らしき乗組員が現れる。

「出航いたします。座席にお座りいただき、シートベルトをお締めください」

どこに座っていいのか迷っていると、ランジー伯が「エドガー殿とドレイク殿はこちらに」と言って、入口側の対面シートを指差した。

シートにあるシートベルトは元の世界の航空機のものとほとんど同じで、士官がしっかりとベルトをしていることを確認していく。

その確認が終わった後、伝声管からホークスビー船長の声が聞こえてきた。

「これより出航いたします。連絡があるまで座席を離れないようにお願いします」

その直後、エレベータのようなゆっくりとした上昇感があり、窓の外の景色が動き始めた。

「まどろっこしいの」とウィズが言ってきた。自分で飛んだ方が速いと言いたいようだ。

『正体がばれるようなことは言うなよ』と念話で伝える。

上昇中は船員たちの歩く音がするくらいで、エンジンが唸《うな》るような音は聞こえない。

高度が上がっていくと風に煽られ、横揺れが起きる。揺れが大きくなり始めたところで、プロペラが回り始めたのかブォンブォンという低音の風切り音が聞こえ、ゆっくりと加速し始めた。速度が上がるにつれ、横揺れは収まり、安定した飛行となる。

窓の外を見ると、既に四、五百メートルほど上昇しており、王都が後ろに小さく見えていた。

五分ほど経ったところで、伝声管から再び船長の声が響く。

「飛行が安定しましたので、シートベルトを外していただいても結構です」

シートベルトを外し、緊張を解いた。

「午後九時頃にヘストンベックに到着する予定ですので、四時間ほど時間があります。すぐに食事になさいますか」

ランジー伯が王子に確認する。

「国境付近は気流の乱れが激しかったと記憶している。飛行が安定している間に食事をしておく方がよいだろう」

「お二方もそれでよろしいでしょうか」と聞かれたが、状況が分からないので「異存はありません」と答えるしかない。

ランジー伯は王子の護衛の騎士に食事の準備を命じると、今後の説明を始める。

「ヘストンベックに到着後、殿下と私はハイランド王国の司令官と面会し、フレデリック陛下との緊急の会談を行いたい旨《むね》、交渉します。転移魔法陣の使用許可が得られましたら、直ちにナレスフォードに飛び、フレデリック陛下に謁見を申し込みます……」

到着するのは深夜になるが、魔王軍の攻撃が始まっていなければ、謁見は可能だろう。

「……殿下と私でフレデリック陛下を説得いたしますが、陛下が頑《かたく》なに脱出を拒まれる場合は、ハイランドの宰相バクストン・グレンヴィル殿に交渉を持ち掛けます。グレンヴィル殿は王家存続のためであれば、陛下の意に添わぬことでも認めてくださるはずです」

「グレンヴィル宰相も認めない場合はどうするのだ？」と王子が確認する。

「その場合は致し方ありません。我々だけでトーレスに引き返します」

「それでは父上の、陛下の命令に背《そむ》くことになる。陛下はどのような手段を講《こう》じてもフレデリック陛下を脱出させよと仰せであった」

「確かに陛下の命令はその通りでございますが、グレンヴィル殿が認めぬということは、何か策があるはずです。陛下も現地の判断を尊重《そんちょう》してくださると思います」

確かに相手の意思を無視して強引に脱出させるのは問題だろう。王子はまだ納得していないようだが、「陛下より、卿の指示に従えと言われている。仕方あるまい」と言って渋々受け入れた。

そこでランジー伯は俺たちの方に視線を向けた。

「お二方にはその時間を利用してお願いしたいことがございます」

「お願いですか？　私たちが依頼されたのはお二人の護衛と、フレデリック陛下をナレスフォードから脱出させよということだけですが？」

「おっしゃる通りです」

ランジー伯は力の入った目で俺たちを見つめ、話を続ける。

「これは私の独断です。断っていただいても構いませんが、今後のことを考え、どうしてもお願いしたいのです」

「お受けするかはともかく、聞くだけであれば」

真剣なランジー伯の様子に、とりあえず話だけは聞くことにした。

「フレデリック陛下の説得には時間が掛かるはずです。その時間を利用して、敵の能力を探ってほしいのです。もちろん、魔王本人の力が分かれば一番ですが、近くにいる指揮官クラスの能力だけでも見ていただければ、今後の戦略を考える上で重要な情報となるでしょう」

俺が魔人族の間者《かんじゃ》を見つけた手腕を買っているようだ。

「それくらいなら問題ないですが、別行動を取っても大丈夫でしょうか？　合流に時間が掛かると問題になりませんか」

見知らぬ王宮で別行動を取れば、合流するのに時間が掛かる可能性が高い。その程度のことが分からないとは思えないが、念のため確認した。

「その点は心配しておりません。迷宮内でサンダーバードやブラックコカトリスを見つけ出せるお二人です。私や殿下を見つけ出すことは難しくないのではありますまいか」

「確かに」とだけ答えておく。

実際、一キロメートル以内ならランジー伯たちを見つけ出すことは難しくない。それに、俺より探知が上手いウィズなら簡単に見つけ出すだろう。

それよりも、俺たちの能力を思った以上に把握していることに警戒心が湧く。そのことが一瞬顔に出たようだ。

「警戒なさる必要はございません。我々はお二方とはよい関係を築きたいと思っているのです。ですが、祖国の存亡《そんぼう》に関わる今の状況では、そのことに配慮する余裕がありません。私の提案に賛同していただけませんか」

ランジー伯は真摯《しんし》な態度で俺たちに懇願《こんがん》してくる。

「分かりました。あまり時間を掛けない範囲で相手方を探ってみましょう」

俺の言葉に伯爵は「ありがとうございます！」と大きく頭を下げる。その様子を見た王子は不快そうに顔を歪めた。

「ランジーよ。そなたは王国の重鎮なのだ。手練とはいえ、平民に過ぎぬシーカーに頭を下げるものではないと思うが」

国王に叱責されたが、意識はまだ改められていないようだ。

俺は別に気にしないが、ウィズが「ならばやらぬ」とへそを曲げてしまう。

ランジー伯は王子の目を真っ直ぐに見つめた。その瞳には強い意志が感じられる。

「殿下は今がどのような状況か理解しておられませぬな」

「充分に理解しているつもりだ。しかし……」

「まずは私の話をお聞きください」とランジー伯は王子の言葉を遮る。

王国の王族と貴族の関係を理解しているわけではないが、第二位の王位継承権を持つ王子に対して、重要閣僚の一人とはいえ、伯爵がしていい行為ではない。よほど覚悟があると見える。

「私は祖国を守るために必要であるなら、頭を下げることも厭いません」

「だが……」

王子は言いかけるが、それを無視してランジー伯は話を続ける。

「フレデリック陛下は自らの命を捨ててでも民を守りたいとお考えなのです。そのような覚悟をお持ちの方を、身分がどうの、体面がどうのとおっしゃる方が説得できるとは思えません」

優男《やさおとこ》というイメージが強かったが、ランジー伯は意外に硬骨漢《こうこつかん》だった。

険悪な雰囲気になる気がしたので、「私一人でもやりますから、それ以上おっしゃる必要はありませんよ」と執り成す。

ランジー伯の諫言《かんげん》に王子も感じるところがあったようで、伯爵に「すまぬ」と謝り、ウィズにも「不快な思いをさせた」と渋々ながらも小さく頭を下げた。

その行為に、俺はこの王子のことを少しだけ見直した。

あの王が教育したのだから分からないでもないが、二十歳そこそこで臣下の諫言を素直に受け入れる度量はなかなかのものだ。特使に選ばれた理由を垣間見《かいまみ》た気がする。

王子に対する認識を改めたところで、伯爵が「では夕食にいたしましょう」と言った。


夕食は王宮の調理場で作られたものを、マジックバッグに入れて持ってきたらしい。王子の近侍の若者がテーブルに料理を出していく。

前菜はワカサギのような小型の魚を揚げたものだ。

俺たちのテーブルには料理の他に、発泡《スパークリング》ワインのボトルとグラスが置かれる。

マジックバッグの時間停止効果のお陰でワカサギは揚げたてで、ワインはグラスに水滴が付くほどキンキンに冷えていた。

「これから大事な任務があるのですが、お酒などいただいていいんでしょうか」

俺が尋ねると、ランジー伯が先ほどまでの厳しい表情を改め、笑みを湛《たた》えて答えてくれた。

「お二方はドワーフ並みに飲めると聞いておりますし、迷宮の中にもワインを持ち込んでおられるそうですね。それに飲んだ方が調子がよいとも聞いています」

「うむ。確かに飲んだ方が調子よく狩りができた気がするの」

「まさか本当だったとは！　冗談のつもりだったのですが……」

ランジー伯が驚きの声を上げる。王子は呆れた表情のまま、何も言ってこない。

そこで伯爵がコホンと咳払いをし、話を戻す。

「いずれにせよ、酒との相性も考えて作ったものだと料理長から聞いております。存分に味わってください」

それを合図に近侍がメモを見ながら説明を始める。

「えっと、最初の料理ですが、揚げ物はワカサギの唐揚げです。ワカサギはセオール川の上流、リストンに近い池で獲れたものです。ワインはブルートンの白ブドウのみで造られたスパークリングワインだそうです」

ワカサギの唐揚げに白ブドウのみで造ったスパークリングワイン、いわゆる〝ブラン・ド・ブラン〟はよく合う組み合わせだ。

ワインを口に含むと、花のような少し甘い香りとグレープフルーツのようなやや強めの酸味を感じる。ワカサギの揚げ方は絶妙で、食感はふわっとしていながらも骨が当たることなく、淡水魚独特の臭みもない。

「これは美味いですね！　淡白な白身の小魚の柔らかな旨味に、揚げた油の香り、強めの塩で味を引き締めていますから、白ブドウのライトな爽やかさと酸味がとてもよく合います。さすがは王宮の料理ですね」

グラスを掲げるようにしながらそう言うと、「料理長にそのように伝えておきます」と伯爵が苦笑気味に答える。

「うむ。我もこれは気に入ったぞ。しかし、三匹では少なすぎる」

「前菜なんだから、このくらいがいいんだ。これ以上あると、この後の料理に影響するからな」

王子は不機嫌さを隠すことなく俺たちを睨んでいる。これからの任務の重大さを考えれば、若い王子が不満を持つのは仕方がない。文句を言ってこないだけマシだろう。

何も言われていないのに謝罪するのもおかしな話なので、そのまま気づかなかったことにし、もう一度スパークリングワインを口に含む。柑橘のような香りと酸味が、油をきれいに流してくれる。

一品目の皿が片づけられ、二品目の皿が並べられる。

「鴨レバーのパテです。ドライフルーツが練り込んであるそうです」

パテはオレンジがかったベージュ色で、ドレッシングの掛けられたサラダが添えてある。更に焼き立てのパンがバターと共に置かれた。

ワイングラスも出され、蜂蜜色《はちみついろ》の白ワインが注がれる。

「ワインはブルートンの貴腐《きふ》ワインで、ヴィンテージは大陸暦一一一五年です。この年は貴腐ワインの当たり年だったと書かれています」

近侍のたどたどしい説明を聞きながら、ワインに口を付ける。

温度はやや低めで、甘さより酸味を感じるが、特殊な製法の甘口ワインである貴腐ワインの、上品な香りが後から追いかけてくる。フランスのソーテルヌの貴腐ワインを思い出すほど美味い。

「このワインは素晴らしい！　熟成加減もちょうどいいし、これほどの貴腐ワインは滅多にお目に掛かれない」

「確かに美味いが、我には少し甘すぎる」とウィズはお気に召さないようだ。

「パテを食べた後に飲んでみたらいい。カールさんの店でポトフと白ワインを組み合わせたが、それとは違った感じで合うはずだ」

そう言いながら、俺もパテを口に入れた。

レーズンとイチジクの甘い香りが最初に来るが、すぐにまったりとした鴨のレバー《フォアグラ》の脂の旨味が口に広がる。そこに表面に振られた粗挽《あらび》きの胡椒が香り、噛んでいくとレーズンのほのかな酸味と甘みが加わる。

そこで貴腐ワインを口に含むと、ワインの甘味とフォアグラの脂が生クリームのようなコクを生み出す。

「確かにこれは絶品じゃ！　さすがは美食の都ブルートンの王宮じゃの。国王の宴に行くのが楽しみになってきたぞ」

ウィズの言葉に小さく頷き、俺は続いて焼き立てのパンを手に取った。

「貴腐ワインにはハード系のパンもよく合うんだ。俺の好みはバターをたっぷりと付けたものだ」

そう言いながらバターナイフでたっぷりとバターを載せる。

フランスパンのような香ばしい皮の香りに、ミルクを感じるバターの優しい香りが加わる。噛むほどにパンの自然な甘みが出てきた。

そこで貴腐ワインを口に含むと、上質の焼き菓子のような甘くて香ばしい小麦の香りに変わる。

「これもよい！　甘口のワインもよいものじゃ」

ウィズは先ほどの言葉を忘れたようなコメントを口にした。

二品目を平らげると、三品目がすぐに用意される。

「セオール川の川マスのポワレです」

皮目がカリッと焼かれた魚に、緑色のソースが掛かっているものだ。

「ソースはクレソンで作ったものだそうです。付け合わせはフォーテスキュー産のホワイトアスパラガスです」

すぐに新たなワイングラスが用意される。マジックバッグがあるとはいえ、どれだけ持ってきたのか気になる。

「ワインはセオール川沿いで造られた白ワインです。熟成は二年ほどと若いものだそうです」

先ほどの貴腐ワインとはまた違って、やや緑がかって見える薄い黄金色《こがねいろ》だ。ワインを口に含むと、レモンとハーブのような香りでソーヴィニヨン・ブランに近い感じがする。

川マスにナイフを入れると、サクッと音を立てて皮が切れる。身はしっとりとしており、切れ目から透明な脂が流れ出た。

まずはソースなしで食べてみる。

「美味い！」と思わず声が出た。

塩加減、焼き加減共に完璧だ。マス独特の香りが口に広がるが、バターで丁寧に焼かれた皮の香ばしさがアクセントになっている。満足しながら次はソースを付けて口に運ぶ。

クレソンの青い香りにビネガーの酸味が加わり、川マスの脂をさっぱりとさせてくれる。そこでワインを口にすると、春の香りが一気に口の中に広がった。

「これもよい！　カールの店で食した魚も美味かったが、これも同じくらい美味いぞ！」

ウィズは俺に言うでもなく感想を口にしていた。

そこで俺たちだけが楽しんでいることに気づき、王子と伯爵の方を見る。二人は俺たちと違い、水を飲みながら同じ料理を食べていた。

特に王子の表情は先ほどより思い詰めた感じになっている。今から魔王軍が包囲する都市に向かうのだから当然だろう。少し盛り上がりすぎたかと、俺は罪悪感を覚えた。

「何だかすみません。私たちだけが楽しんでいるようで」

王子は「構わぬ」と素っ気なく答え、視線を落とす。

「我らがおるのじゃ。何も心配することはないぞ」

空気を読めないウィズがそう言うと、王子は顔を上げてキッと彼女を睨んだ。

「相手は魔王なのだぞ！　ハイランドはおろか、我が国も無事で済むとは思えぬ」

「心配するなと言っておろう。これほど美味いものを食わせてくれたのじゃ。我が必ず守ってみせようぞ」

そう言って白ワインのグラスを掲げるウィズだが、王子は声を荒らげた。

「そなたらは分かっているのか！　物見遊山《ものみゆさん》ではないのだ！　酒を飲んで魔人族に勝てるとは思えぬ……」

思いつめていた感情が爆発したようだ。

「我らはドワーフより飲めるのじゃ。奴らも酒を飲みながら仕事をすると聞く。ならば、我らも同じ。何も心配することはない」

その言葉に王子が更に反論しようとしたが、それより先に伯爵が口を挟む。

「その話はあの町のドワーフからも聞いております。殿下、ドワーフは酒を飲んで仕事をしても決して失敗しません。酒を飲んで仕事ができるのかなどと彼らに言えば、激怒することでしょう。そのドワーフたちが、ドレイク殿たちは大丈夫だと言っているのです。それを信じましょう」

伯爵の言葉に少しだけ頭が冷えたのか、「ならばよい……」とだけ呟くように言い、自分の料理に視線を向けた。

その雰囲気に何となく居心地が悪くなり、「さてメインは何かな」と強引に話題を変える。

近侍の若者も主人が苛立《いらだ》っていることに気を揉んでいたらしく、すぐに料理を準備し始めた。

出てきたのは肉料理ではなく、魚料理だった。

「貿易海《トレードオーシャン》の舌平目《したびらめ》のムニエルです」

深皿の中で、たっぷりのバターと共に肉厚の舌平目が湯気を立てている。

「ワインは赤ワインだそうです……間違いじゃないよな……」

最後は近侍がメモを見ながら小声で呟いている。魚のムニエルに赤ワインというのが意外だったのだろう。

「ブルートンの赤です。一一一七年ものだそうです」

今年は一一二〇年なので、二年強しか寝かせていない若い赤ワインだ。

グラスに注がれたワインの色は鮮やかなルビー色。口を付けた感じはイタリアか、南仏のプロヴァンス辺りのライトなものに近い。

適度な酸味にブドウの果実感があり、渋さはほとんど感じない。

「これは軽いワインじゃな」

ウィズは少し眉を寄せ、グラスを掲げる。その評論家のような仕草に、思わず笑いが込み上げる。

肉厚の舌平目は軽くまとった粉にバターソースがよく絡み、レモンのような柑橘の香りがあった。

口に入れると、魚とは思えない鶏のササミ肉のようなしっかりとした食感があるが、白身魚独特の風味はきちんと残っている。

ワインを口に含むと、赤ワインの果実感がソースのコクや舌平目本来の味と相まって、料理の味の奥深さが更に増す。

「しっかりとした白ワインの方が合うかと思いましたが、これほど赤ワインが合うとは思いませんでした。本当に美味しいです」

最後にはデザートとしてフルーツまで出てきた。ほぼ完全なフルコースで、僅かに揺れる船内であることから、優雅なクルーズ船のディナーのようだった。

結局、二人でワインを四本飲み切った。

俺たちに酔った感じがないので、「本当にお強いですね」と伯爵が呆れ気味に言ってくる。

「この程度は飲んだうちに入らぬ。まあ、全部美味かったので満足はしておるがの」

「彼女の言う通り、大変満足しました。特にブルートン周辺のワインで揃えていただいたので、王都に行くことが楽しみになりました」

今回のワインはすべて王都ブルートン周辺のもので、王宮にはいいワインがあることを暗《あん》に伝えようとしたのだろう。

料理も俺たちがカールやマシューの店で食べた素材と、できるだけ被らないように配慮されていた。迷宮管理局が情報を集めて報告していたのだろうが、それだけの配慮をしてくれているというメッセージだと受け取る。

ディナーは二時間ほどで終わった。外は夜の帳《とばり》が下り、真っ暗だ。既にハイランドの国境近くの山岳地帯に入っているらしく、それまでの緩やかな横揺れに気流の乱れによる上下の揺れが加わり始める。

更に一時間ほど経ったところで、飛空船は高度を落とし始めた。窓際の席ではないため、地上の様子は見えないが、山影が横に見えるほど高度が下がっているようだ。

しばらくすると乗組員が現れ、「これより着陸態勢に入りますので、シートベルトをお締めください」と注意を促す。

十分ほどすると、斜め下に街の明かりが見えてきた。といっても日本のような煌々《こうこう》とした夜景ではなく、夜空の星のような弱々しい光だ。

徐々に速度が落ち、それに合わせてゆっくりと降下していく。船室の外では船員たちが走る足音が聞こえ、やがてガクンという音と共に飛空船は完全に止まった。

すぐに船長のクインシー・ホークスビーが姿を見せる。

「ヘストンベックの指揮官に連絡いたしますので、今しばらくお待ちください」

三十分ほど待っていると、船長が戻ってきた。

「ハイランド連合王国の司令官が下でお待ちです」

王子は椅子から立ち上がると、「迅速《じんそく》な飛行に感謝する」と告げ、ランジー伯を引き連れて船室を出ていった。俺も船長に礼を言い、ウィズと共に王子の後に続く。

王子の護衛の騎士たちは既に下船しており、タラップの先で左右に並んでいた。

着陸したのは町の外の草原のようで、ハイランドの兵士たちが王子を出迎えるために整列している。彼らの前には、白地のマントを身に纏ったエルフの青年が立っていた。

「サウスハイランド師団のギルバート・コルウェルであります。トーレス王国特使、リチャード王子殿下を歓迎いたします」

そこで後ろの兵たちが一斉に武器を掲げる。その一糸乱れぬ動きから精鋭であることが分かる。

先ほどまでの余裕のなさが嘘のように、王子は笑みを浮かべて歩き、右手を差し出した。

「コルウェル殿、久しいな」

「お久しぶりです、殿下」とコルウェルも笑みを返すものの、「馬車の用意はできております」と表情を引き締めて告げる。

その言葉で後ろの兵士たちが一斉に動き、道を作った。

コルウェルが先導するように歩き始めると、王子も真剣な表情に戻し、兵士の間を歩いていく。

俺たちも王子の後に続いて馬車に乗り込んだ。

馬車はすぐに出発した。既に夜も更《ふ》けており外は真っ暗だが、俺の場合、〝上忍《マスターニンジャ》〟の称号のお陰で夜目《よめ》が利《き》く。

ヘストンベックは城塞都市のようで、草原からも高い城壁が見えていたが、着陸地点から五百メートルほどしか離れていないため、すぐに城門に到着した。

特に手続きをすることなく、そのまま門をくぐり、町の中に入っていく。

『そう言えば、ヘストンベックはトーマスたちの飲むウイスキーの産地であったな』

ウィズが念話で聞いてきた。

空気を読んで念話にしたようだ。ここ数日でずいぶん成長したと感心するが、揶揄《やゆ》することなく念話で答える。

『そうだな。さすがに蒸留所に行く時間はないだろうが、帰りに土産《みやげ》くらい買えるだろう。ここなら売っているところには事欠かないだろうし』

そんな話をしている間も馬車は町の中を走っていく。

前後に護衛のゴーレム騎兵が十騎ずつおり、馬蹄《ばてい》の音に気づいた町の人々が窓からこちらを見ていた。既に王都が魔人族の軍隊に包囲されている情報を知っているのか、不安そうな表情の者が多い。

町に入ってから五分ほどで馬車のスピードが落ちる。再び城門が見え、四階建ての城のような建物の前で止まった。

コルウェルが先に降り、王子たちが続く。

その後ろに付いていくが、ハイランドの兵士たちのピリピリした雰囲気を強く感じた。

兵舎らしき建物の前でランジー伯が俺たちに指示を出す。

「これより今後の方針について協議いたします。エドガー殿とドレイク殿はこちらでお待ちいただきたい」

そうしてランジー伯と王子は城へ入り、俺たちは兵舎に案内された。だがそこには王子の護衛隊の騎士がおり、突然現れた俺たちが護衛に抜擢《ばってき》されたことが納得いかないと難癖《なんくせ》を付けられた。

幸い、話の分かる隊長、ケビン・ジェファーズが出てきて、俺と模擬戦をしてくれたため、騎士たちも納得し、攻撃的な視線を向けることはなくなった。

一時間ほどのんびりと待っていると、ハイランドの騎士と共にランジー伯がやってきた。

「連合王国側との調整が終わりました。これより魔王軍が包囲するナレスフォードに転移します」

「今から出発ですか？」

俺が聞くと、ランジー伯は頷く。

「最後通牒が突き付けられており、朝までしか時間がございません。今すぐ動く必要があるのです」

ランジー伯に付いて兵舎を出ようとした時、ジェファーズが声を掛けてきた。

「殿下のこと、よろしくお願いします」

そう言って深く頭を下げる。他の騎士たちも彼と同じように「殿下をお守りください」と言いながら頭を下げてきた。

リチャード王子が思った以上に騎士たちに慕《した》われていることに驚く。

俺の第一印象では王家の若者らしい特権意識の塊に見えていたのだが、騎士たちとはよい関係を築いているらしい。

城の奥に入っていくと王子とエルフの若い男が待っていた。エルフの男は腰に短剣を差しているものの防具の類《たぐい》は身に着けておらず、仕立てのいい服を着ていることから文官のようだ。

「先ほど説明しました、護衛のゴウ・エドガー殿とウィスティア・ドレイク殿です。こちらはハイランド連合王国のコーネリアス・グリースバック子爵です」

子爵はエルフらしいほっそりとした体つきの美男子で、笑みを浮かべているが、その目からは冷《れい》徹《てつ》さが感じられた。

「これよりリチャード殿下、グリースバック殿、エドガー殿、ドレイク殿、そして私の五名でナレスフォードの王宮に転移します。その後は我が王国と同じく、暗黒魔術を掛けられていないかの確認を行います」

ランジー伯が俺たちに簡単に説明したところで、グリースバック子爵が「では、魔法陣に移動しましょう」と言って先導する。

俺とウィズ以外は皆緊張した面持ちで、誰一人無駄口をきかない。

転移自体はトーレス王国のブルートンの王宮とほぼ同じだった。転移の後の確認が終わると、グリースバック子爵が手配したのか、近衛騎士が五人現れた。

「陛下より協議の許可をいただきました。ではこちらに……」

そう言って騎士の一人が先導し、残りが俺たちの後ろを歩く。俺とウィズのことを警戒しているようだ。

ナレスフォードの王宮はブルートンより落ち着いた感じで、王宮というより古い寺院のような印象を受ける。

十分ほど歩き、最上階である四階に到着した。そして、重厚な扉の前で立ち止まる。

「殿下とランジー殿はこちらに、護衛の方々は隣室にて待機していただきたい」

グリースバック子爵はそう言い、王子たちと共に扉の中に消えていった。

「貴殿らは私と共にこちらへ」

騎士によって、すぐ隣にある随行員用の部屋に案内される。

中は控室とは思えないほど立派で、金糸や銀糸《ぎんし》をふんだんに使ったタペストリーや、一流の画家が描いたと思われる油絵などが飾ってあった。

窓の外にはバルコニーがあり、その向こうに月明かりを受けた湖が輝いている。

「ここでお待ちいただきたい」

そう言って騎士が出ていくと、入れ替わるように侍女《じじょ》が現れ、茶を用意する。

「酒がよいのじゃが」とウィズが注文を付けた。

侍女は困ったような表情を浮かべるが、すぐに「少々お待ちください」と言って下がっていった。

しばらくすると、白ワインのボトルと銀のゴブレットが用意された。更に茶菓子ではなく、サラミやチーズなどのつまみが載った皿が置かれる。

「どうぞお召し上がりください」

侍女は無表情でそう言い退室したが、この状況で酒を頼む神経に呆れていることは間違いない。

「本当に用意してくれるとは思わなかったな」

「我も言ってみただけじゃが、幸先《さいさき》がよいの」と言ってウィズがニコリと笑う。

そのまま自分でゴブレットを取り、ワインを注いだ。

「よい香りじゃ。今まで飲んだ白ワインとは微妙に違う気がするの」

そんなことを言われると飲むしかなくなる。もっとも飲まないつもりはなかったが。

ゴブレットに注ぐと、洋ナシのような爽やかで甘い香りが鼻をくすぐる。

口を付けると、微炭酸なのか僅かなミストを感じ、レモンのような爽やかな酸味の後に蜂蜜に似た甘さを僅かに感じた。

「やや甘口のワインだな……ブドウの種類が違うんだろう。これのもっと甘い奴が飲みたくなるな」

最初に思ったのはドイツワイン、特にリースリングを使ったモーゼル辺りのカビネットやアウスレーゼに近いということだ。この感じなら、ドイツの甘口ワインであるアイスヴァインか、トロッケンベーレンアウスレーゼくらいの甘さでも、美味そうだと思った。

「チーズも美味いと思うが、塩味と脂が強いサラミの方が合うはずだ」

そう言いながらサラミを摘まむ。

サラミは表面に白カビが付いた長期熟成物らしく、鉋《かんな》で削ったかのように薄く切られている。

予想通り塩味と脂を強く感じるが、ワインを口に含むと、ワインの甘さが強調されながらも心地よい酸味が口の中をさっぱりとさせてくれる。

「うむ。このワインはよい。食事以外でもこのように時間を潰す時に飲んでもよいのじゃな」

「そうだな。この手のワインは昼下がりに、木陰でゴロゴロしながらのんびり飲んでもいいだろう。そうすれば贅沢な時間を過ごすことができるはずだ」

こんなことを話しているが、周囲の状況はしっかりと調べている。

魔力探知と気配察知を使い、王宮の中を探査した。思った以上に魔力が強い者が多く、ウィズに伝えると、やや不快そうな表情で説明してくれる。

「エルフの魔術師じゃな。まあ、あの忌々しい神森人族《ハイエルフ》どもに比べれば大したことはないがの」

ざっと数えただけでもレベル三百以上の魔術師が三十人以上いる。

更に探査範囲を広げていくと、魔人族らしき魔力が見つかった。

「街の外に魔人族がいる……意外に強いようだな」

「そうじゃな。レベル五百程度の者が何人かおる……おっ！　あの魔人族を見つけたぞ」

「あの魔人族？　……グリーフで逃がしたヴァンパイア族の密偵のことか。どの辺りだ？」

「東に一キロほどの場所じゃ。あれより強い者も数人おる。魔王と抜かす愚か者とその側近、といったところかの」

言われた場所を探査すると、確かに今までとは桁《けた》が違う魔力を感じた。桁が違うと言っても精々レベル七百程度で、俺たちに傷一つ付けることはできないだろう。

「場所も分かったことじゃし、行ってみるかの」

「何をしに行くんだ？」

「大人しく消えておれば見逃してやったものを、まだ残っておるのじゃ。我の言葉を無視した報いは受けてもらわねばの」

そう言う彼女の瞳には好戦的な光が宿っている。

俺としては別に魔人族がどうなってもいいのだが、ウィズだけを行かせると何が起きるか分からず不安だ。そのため、一応止める努力をした。

「一応、ここにいなくちゃいけないし、部屋の外には騎士が見張っているんだが」

「見つからなければ問題なかろう。大したことをするわけでもなし、さして時間は掛かるまい」

時間が掛からないという言葉に嘘はない。実際、ウィズなら五分もあれば魔王たちを始末できる。

廊下にいる騎士のレベルは二百五十程度しかなく、俺たちが消えても短時間なら気づかないだろうし、部屋を出た後もこの部屋を魔力探知で見張っていれば誰かが入ってきてもすぐに分かる。

また、魔術師の中に魔力探知の使い手がいたとしても、バルコニーに出ていたことにすれば誤魔化せるだろう。

「三十分だけだぞ」と釘を刺しておく。

「うむ。それだけあれば充分であろう。では行くぞ」

ウィズはそう言っていつものように俺の手を握り、転移魔術を使った。

◆

魔王軍の四天王の一人〝魔眼のベリエス〟は、左腕があった場所を見つめていた。神聖魔術の上級治癒魔術《ハイヒール》で止血などは済んでいるが、だらりと垂れた袖が失った時の衝撃を思い出させる。

ちなみにヴァンパイア族という名だが、アンデッドとは別物だ。吸血鬼の特徴を持つ人族であり、神聖魔術による治療を行っても問題はない。

本来であれば、ヴァンパイア族の種族固有スキルである〝再生《リジェネレーション》〟を使って完全に元に戻せるのだが、失った部位の再生には多くの魔力が必要であり、行使することをためらっていた。彼は災厄竜が現れることを確信していたのだ。

(すぐに奴がやってくる。腕を元に戻したいが、今は魔力を温存すべきだ……温存してどうなるとも思えぬが……)

そんなことを考えていると、空気が揺れる感じがしたため、視線を上げる。

そこにはヒュームの美女ウィスティアと、冴《さ》えない中年男ゴウが立っていた。

「我の警告を無視するとはよい度胸《どきょう》じゃ」

ウィスティアの登場に、ベリエスは「なっ！　もう……」と言葉が出ない。

「今から魔王と抜かす愚か者のところに行く。貴様も付いてまいれ」

「へ、陛下のところに……そのようなことはさせぬ！」

そう言って魔術で攻撃しようとしたが、鋭い視線に射竦《いすく》められ、魔術が霧散《むさん》する。

「無駄じゃ。ゴウよ、そやつを捕まえておくのじゃ」

ゴウは仕方がないなという感じでベリエスの後ろに瞬間移動する。そして残っている右手を掴んだ。

「また腕を切り落として逃げられると面倒だから、魔力封印《ブロックドマジック》を掛けさせてもらいますね」

そう言うとベリエスの首に手を触れ、神聖魔術の魔力封印を掛ける。

「くそっ！　魔術が使えない……放せ……」

魔術が使えず、膂力《りょりょく》ではゴウが圧倒的に勝《まさ》るため、逃げ出すことができない。暗器《あんき》で攻撃したが、それも簡単に防がれてしまう。

「それでよい。では転移するぞ」

ウィスティアは満足げに頷き、無詠唱で転移魔術を行使した。

次の瞬間、三人は魔王がいる最上階のスイートルームに立っていた。

「何者だ！」という魔王の声が響く。

「この者が我の警告を伝えたはずじゃが、我の言葉を無視するとはの……よい度胸じゃ。その度胸に免《めん》じて一瞬で消し去ってやろう」

そう言うと、ウィスティアは口角を上げてニヤリと笑う。

「消すと言っても部屋は壊すなよ。ホテルの人に迷惑が掛かるから」

ゴウはそう言いながらベリエスを放した。

ベリエスは自由になった瞬間、「お逃げください！」と叫び、護身用の短剣を構えて魔王を庇《かば》うように立つ。

部屋の騒動が聞こえたのか、護衛の魔人族が続々と部屋に入ってくる。その中には四天王筆頭の魔将軍ルートヴィヒもいた。

「陛下！」

ルートヴィヒは叫びながらウィスティアに斬り掛かった。漆黒の両手剣による斬撃は鋭くウィスティアに迫る。

魔王を含め、魔人族の者たちは彼の剛剣が女を両断すると確信した。しかし、その刃が届く寸前、ゴウの手によって阻《はば》まれる。驚いたことに、彼は鋭い魔剣を素手で掴んでいた。

「な、なに！」

ルートヴィヒは驚愕するが、歴戦《れきせん》の彼はすぐに次の攻撃を繰り出すべく剣を引き戻そうとした。

しかし、剣は固定されたかのように全く動かない。

しかも、「この剣って高いものですか？」とゴウに間の抜けたことを聞かれ、ルートヴィヒは答えに窮する。

「そのような安物、どうでもよかろう」

「結構高そうだぞ」

ゴウは呆れるウィスティアにそう言った後、「でも面倒なので壊させてもらいますね」とにこりと笑う。

次の瞬間、漆黒の魔剣がパリンと音を立てて砕け散った。

「オリハルコンの魔剣を素手でだと……」

ルートヴィヒは剣を引き戻そうとしていたため、尻餅をつく。あまりに非現実的な光景にそれ以上言葉が出てこない。

「陛下、お逃げください！」というベリエスの悲痛な叫びが再び響く。

我に返った魔王は転移魔術を使って脱出しようとした。

しかしすぐさまウィスティアの美しい顔が魔王に迫り、「逃がすと思うか」と言うと、無詠唱で魔力封印を掛ける。

魔王はそれに気づかず転移魔術を発動しようとしたが、全く反応がない。その異常な感覚に頭が付いていかない。

「ま、魔術が使えぬ……何が起きた……」

その間に残りの四天王が部屋に乱入してきた。

「陛下！　お伏せください！」

〝妖花ウルスラ〟が無詠唱で暗黒魔術の闇刃《ダークエッジ》を放つ。

ダークエッジは長さ二十センチほどの漆黒のナイフを無数に放つ魔術で、彼女ほどの高位の魔術師が使えば、鋼の全身鎧《フルプレートアーマー》ですら紙のように細切れにできる。

しかし、刃がウィスティアに届いた瞬間、それらはすべて蒸発するように消えた。

「笑止《しょうし》。そのような児戯《じぎ》で我を傷つけられると思うてか」

嘲笑《ちょうしょう》でありながらも妖艶とも見えるウィスティアの笑みに、ウルスラは背筋に冷たいものが流れるが、更に強力な魔術を使おうと呪文を詠唱し始めた。

いつの間にかウルスラの目の前にゴウが立っていた。

「ここで魔術を使われるとホテルの人に迷惑が掛かるんですが」

そう言いながらウルスラの額を人差し指で触る。

「少しの間、魔術を使えなくさせてもらいますね」

「妾《わらわ》に精神攻撃は効かないわ」

ウルスラは淫魔族《サキュバス》であり、精神系の魔術を得意としている。炎や氷といった攻撃系の属性魔術も不得手ではないが、それ以上に暗黒魔術を得意とし、精神系に対する耐性は魔王以上だと自負していた。

しかし、その自信は瞬時に崩れ去る。

「わ、妾の魔力が封じられたの……？　あり得ないわ……」

ウルスラを無力化したゴウは最後の四天王、獅子《しし》の頭を持つ〝魔獣将ファルコ〟に迫っていく。

ファルコはウルスラたちが戦っている間に、固有スキルの咆哮《ローア》を準備していた。

迫るゴウより僅かに早く、ファルコのスキルが発動した。

獅子の咆哮がホテルのスイートルームを揺らす。咆哮は聞いた者を萎縮《いしゅく》させ、動きを止めるスキルで、魔王の護衛であった妖魔族の戦士たちは剣を取り落とし棒立ちになっている。

しかし、ゴウとウィスティアには全く効果がない。

「うるさいの」とウィスティアは煩《わずら》わしげに言い、右耳を指でほじるような仕草をする。

「迷惑なので静かにしてくださいね」

ゴウはそう言いながら暗黒魔術の麻痺《パラライズ》を放った。

唐突にファルコの咆哮は消え、その場に崩れ落ちる。

「これで邪魔者はいなくなったの」

ウィスティアが魔王に嗜虐的な笑みを向けた。

魔王の視線は彼女の爬虫類のような縦長の瞳孔と、真っ赤に染まった瞳に釘付けになる。そして、体面を気にする余裕もなく、ガクガクと震え始めた。

「災厄竜と同じ目だ……我らを焼き殺して回ったあの竜の……」

がっくりと膝を突き、呆けたような顔でウィスティアを見つめる。その瞳には光はなく、ゴウには魔王が死を受け入れたように見えた。

五．困惑する魔王たち

余アンブロシウスは、湖の畔《ほとり》に建つホテルで寛いでいた。

夜も更け、そろそろ寝台に向かう時間だが、ベリエスが見つけた〝豪炎の災厄竜《インフェルノディザスター》〟を自称するヒュームのことが気になり眠れず、ソファーに身を預けて酒を飲んでいたのだ。

そこに突然、二人のヒュームが現れた。そして、四天王たちを赤子の手をひねるが如く余裕で無力化したばかりか、余の魔力をも封じてしまった。

魔王たる余であっても、四天王を倒すとなれば全力で当たらねばならぬ。しかし、二人はそんな四人を、軽口を叩きながら片手間に封じた。

圧倒的な力に恐怖するが、更に恐ろしいものを見た。それはその女の瞳が千年前に見た〝豪炎の《インフェルノ》災厄竜《ディザスター》〟のものと全く同じだったのだ。

その瞳により悲惨な記憶がよみがえった。余の守役《もりやく》と身代わりになった小姓《こしょう》を、二つ名通り、豪炎で焼き殺したことを。

九死《きゅうし》に一生を得た余は生き残った家臣に助けられ、ストラス山脈に運ばれたそうだが、あまりに衝撃的な出来事により、その時の記憶がない。

余を絶望の淵《ふち》に追いやった死神が再び目の前に立っていた。そして、余を消し去ると言いながら笑っている。

恐怖のあまり立っていられず知らぬうちに膝を突いていた。立ち上がろうとするが、震える足が言うことを聞かない。

四天王たちもあまりの力の差に絶望し、二人を見上げることしかできないようだ。

「さて、どう始末するかの」と女が好戦的な目を向けてきた。

その言葉に声帯が麻痺し、応えることができない。

「殺す必要はないだろ。魔王さんも反省しているようだし……そうですよね？」

ヒュームの男が話しかけてくるが、視線を向けるのがやっとだ。

「このままだと皆殺しにされますよ」

男は続けてそう警告してくる。

「陛下！」とベリエスが声を上げる。余が視線を向けると、

「悔しいですが、我らではこの二人に勝つことはできません。この場で玉砕《ぎょくさい》するとお決めになったのでしたら、一矢を報いることはできずとも陛下の剣となりましょう」

そう言いながら落ちていた剣を拾う。

「妾《わらわ》も同じ想いでございます」

ウルスラもそう言って、腰に差していた短剣を抜いた。

しかし、ルートヴィヒだけは違う行動に出た。

「我らの命と引き換えに、陛下を見逃してはもらえないだろうか」

彼は予備の剣を抜き、自らの首に当てたのだ。

それに倣い、ベリエスとウルスラも剣を首に当てる。麻痺しているファルコも同じ思いなのか、必死に何かを目で訴えていた。

「笑止！　そなたらの命程度で、我の怒りが収まると思うてか！」

しかし女は、恐ろしいまでの殺気を振りまきながら告げる。

そこでようやく余の声帯が本来の機能を取り戻した。

「ルートヴィヒ、ウルスラ、ファルコ、ベリエス……そなたらの忠義、しかと受け取った」

余は女に向かって頭を下げ、床に額を付ける。

「我が命を差し出す。その代わりに臣下たちを見逃してはもらえないだろうか……」

「『陛下！　なりませぬ！』」という三人の声が聞こえるが、女は何も答えない。

「陛下だけは見逃してくだされ」

ルートヴィヒが床に額をこすりつけ言った。誇り高い妖魔族の魔将軍が、このような姿を見せることに驚きを隠せない。

それに続き、ウルスラとベリエスも同じように額を床に付けて懇願する。

「そのような茶番で千年の恨みを忘れると思うか？　片腹痛いわ」

女は鼻で笑いながら余の長い髪の毛を掴み、強引に立ち上がらせる。

「穏便《おんびん》に済ませたらどうだ」とヒュームの男が言っているが、聞く耳を持たないようで、女は残忍《ざんにん》な笑みを浮かべながら余の顔を自分の顔の高さまで持ち上げた。

頭皮に強い痛みを感じるが、今はそれ以上に恐怖が勝《まさ》り、まともに立てない。

余を見つめる瞳は赤く、再び過去の記憶が呼び覚まされる。しかし、自らの命を投げ出そうとした部下たちに無様《ぶざま》な姿は見せられないと、叫び声を上げたい気持ちを抑え込む。

「我の怒りは、そなたとこの者どもの命で換えられるほど軽いものではないぞ。この町を包囲しておる魔人族だけでなく、そなたに関わった者すべてを焼き尽くしてくれるわ」

そう言うと女の瞳が更に赤くなり、血のような深紅に変わっていく。抑え込んだ恐怖が再び湧き上がり、余の意思に反して膝がガクガクと揺れ始める。

「そのくらいにしておけ」と男が言い、女の肩に手を置く。

「こやつらの姿を見た瞬間、あの愚かな、魔王を名乗る者を思い出したのじゃ。そなたが何と言おうと、塵《ちり》すら残さず消し去ってくれる」

今までより更に強い殺気が余を襲った。その途端、視界がぼやける。膝だけでなく、涙腺まで余の意思に反し始めたようだ。

ルートヴィヒたちも女に恐怖を感じたのか、ガクガクと震えている。

「弱い者いじめをするような奴と一緒に酒を飲む気はない。それでもよければ好きにしろ」

男が吐き捨てるように言った。

今まで〝絶対的な強者〟として君臨《くんりん》してきた余にとって〝弱者〟と言われたことは心外だが、この状況では言われても致し方ない。

それよりも、今の言葉で余は死を覚悟した。この中で余と臣下たちの命を救える者は恐らくこの男しかおらず、その者が説得を諦めたと思ったのだ。

しかし男の言葉を聞いて、女の瞳の色から赤みが薄れていく。

「な、なぜじゃ！　ゴウもあの迷宮の辛さは分かっておろう！　それでも罰を与えてはならんというのか！」

「ドワーフの上位種を滅ぼしたことを思い出すんだ。魔人族にも、トーマスさんたちのようないい人がいるかもしれないじゃないか。感情に任せて皆殺しにすると言うような奴とは、酒は飲めんということだ」

女の腕がプルプルと震え始める。更に頭皮が痛むが、余には何もできない。

「ではこの怒りをどこに持っていけばよいのじゃ！」

「そうだな……魔王さん、あなたのところに美味い酒や料理はありますか？」

突然話題が変わり困惑する。

「ゴウが聞いておるのじゃ。早《はよ》う答えよ」

そう言って女が余の頭を男の方に向ける。その際、ブチブチと髪の毛が抜ける音がしたが、抗議する状況でないことは分かっている。

「美味い酒と料理……我が領土は険しいストラス山脈の中だ。まともな作物は穫《と》れぬ」

「役立たずじゃな。ならば……」と女が言ったところで、ベリエスが口を挟んだ。

「迷宮がございます！　その中には肉を落とすものも少なくありません！」

「何？　肉じゃと……詳しく聞かせよ」

女は余の髪の毛を掴んだまま、体の向きを変える。再び、髪の毛が抜ける音と鋭い痛みが襲う。

「ストラス山脈にはいくつもの迷宮がございます。六百階層にまで探索が進んだところもございます。その中にはグリーフ迷宮で見つかっておらぬ、迷宮猛牛《ダンジョンバッファロー》や催眠羊《ヒュノプスシープ》などもおり、それらが肉を落とすのです」

「羊か……ジンギスカンもありだな……」

男が呟く声に「ジンギスカンとは何じゃ！」と女が勢いよく振り返る。またもや大きく頭を引っ張られ、涙が止まらない。

「ジンギスカンは半球状の特殊な鉄鍋を使う焼肉だな。野菜に羊肉の脂が染みてビールによく合う」

ジェスチャーを交えながら呑気《のんき》に説明する。

「ビールに合うと言えば、ミッチャンのホルモン焼きのようなものか？」

「似ているわけじゃないが、雰囲気は近いな」

何の話かはよく分からないが、余のことを完全に忘れていることだけは間違いない。

「他には何かありませんか？　山の中なら野生の魔物なんかもいるのでは？」

男は余ではなくベリエスを話し相手に決めたようだ。

「はっ！　確かにおります。それについてはファルコ殿の方が詳しいかと」

ベリエスは目で倒れているファルコを示した。

魔獣将と呼ばれるだけあり、ファルコはストラス山脈にいる魔物を使役《しえき》するのが得意だ。そのため、よく狩りに出かけており、余にも献上してくれることが多い。

「ファルコさん……この獅子の顔の人ですね」と男は言い、解呪の魔術を掛ける。

神聖魔術が得意なようだが、聖職者には全く見えない。

麻痺が解けたファルコは他の四天王と同じように膝を突き、頭を床にこすりつけた。

「どんな魔物がいるんですか。もちろん、食べられる魔物のことですが」

麻痺していても耳は生きていたようで、戸惑うことなく答えていく。

「陛下に献上する魔物では〝断崖羚羊《クリフアンテイロープ》〟が最上。他にも天馬《ペガサス》の肉も悪くはありませぬ」

「カモシカに馬か……それって簡単に手に入りますか？」

「我らであれば手に入れることは難しくござらん」

ファルコの言葉に男が頷き、女の方を見る。

「これで手を打て、ウィズ。羊、カモシカ、馬はまだ食ったことがないだろう。俺もカモシカは食ったことはないが、羊も馬も腕のいい料理人が調理すれば牛や豚に負けない素晴らしい食材だ。その最上級のものを送ってもらえるなら、許せるんじゃないか」

そんなことで許すような災厄竜ではないと思った。しかし、余の考えはすぐに否定される。

「うむ……それで手を打とう。但し、約束を違《たが》えたら地獄の果てまで追いかけて必ず消し去ってやる。それだけは忘れるな！」

そう言って余の顔を睨みつけた後、髪の毛を放した。

途端、余は床に崩れ落ちた。パラパラと抜けた髪が顔に掛かる。

頭皮が痛く治癒魔術を掛けたいところだが、今はそれどころではない。災厄竜の気が変わらないうちに男に礼を言っておく。

「仲裁《ちゆうさい》、感謝いたす。余の名はアンブロシウス。貴殿のお名前を伺いたいのだが」

すると男は笑いながら、頭を下げた。

「失礼しました。そういえば、まだ名乗っていませんでしたね。シーカーのゴウ・エドガーです。そこに立っているのは豪炎の災厄竜《インフェルノディザスター》こと、ウィスティア・ドレイクです。今は私の従魔でもあるんですけど」

その言葉を聞いて戦慄《せんりつ》が走った。

「災厄竜を従魔に……」

亜竜であるワイバーンですら従魔にすることは困難だ。まして竜の始祖、真の竜である古代竜《エンシェントドラゴン》を従魔にするなど神でも不可能だ。

「疑っておるのか？」

狼狽《ろうばい》する余を、災厄竜ことドレイクが睨む。

「い、否。驚いておるだけだ……真なのだろうか……」

「疑っておるではないか！」と言いながら、ドレイクは手の甲にある従魔の紋章を誇らしげに見せてきた。

「これが我とゴウとの絆《きずな》じゃ」

余はもちろん、ルートヴィヒらも驚きのあまり声が出ない。

「りょ、了解した……では、先ほどの話に出た魔物の肉は可能な限り早く届けさせよう」

「よろしくお願いしますね」

「では、申し訳ないのだが、魔力封印を解いてもらえないだろうか。解いてもらわねば飛ぶことすらできぬのでな」

エドガーは「忘れていました」と言って封印を解いた。

「我らは早急にこの地を去ろう。この国には二度と手を出さぬと約束する」

そう言って部屋を出ようとした。一刻も早く、この二人から離れたかったのだ。

しかし、エドガーが余を呼び止めた。

「待ってください」

「何か？」

何とかその言葉だけを口にする。

「この国だけじゃなく、他の国にも手を出さないでほしいんですが」

この国を諦めアレミア帝国に侵攻しようかと考えていたが、見透《みす》かされたようだ。

「うむ。それも約束しよう」

「では、肉のこともありますし、今後の窓口はベリエスさんでいいですか？」

「それでよい」

早くこの場を去りたいため、おざなりに返事をしてしまった。

「なら腕を治しておきましょう。片腕では不便でしょうから」

エドガーはベリエスに近づき、神聖魔術の最上級治癒魔術《エクストラヒール》を掛ける。眩《まばゆ》い光の後、ベリエスの左腕は何事もなかったかのように元に戻っていた。

「かたじけない」と頭を下げ、再び歩き出そうとしたが、今度はドレイクが呼び止める。

〝これ以上何があるのだ！〟と叫びたくなるが、それをグッと抑えて振り返る。

「そう言えば、我の警告を無視しておらぬだろうの」

何のことか分からない。

「この地に残ったことであろうか？」

「酒造りに携わる者に手を出すなという警告じゃ。まさかとは思うが、手を出してはおらぬじゃろうな」

その言葉に汗が噴き出す。余の軍団は強力だが、軍紀《ぐんき》に乱れがないとは言い難い。ここに来る途中も余の命令に反して、町や村で略奪《りゃくだつ》を行う者がいた。

「余は都を包囲せよとは命じたが、それ以外は命じておらぬ。ルートヴィヒ、ウルスラ、ファルコ。命令以外のことはしておらぬな？」

余の言葉にルートヴィヒとウルスラは「「ございません」」と即座に否定したが、ファルコだけは即答しなかった。

嫌な予感がして背筋に冷たいものが流れる。しかし、聞かないわけにはいかない。

「ファルコよ。なぜ答えぬ。余の問いに早く答えぬか」

精一杯の威厳を保ち、獅子面の部下に問うた。

「も、申し訳ございませぬ！」とファルコは叫び、余の前に片膝を突いて深々と頭を下げる。

次の言葉を待つが、なかなか口を開かない。この状況で話したくないという気持ちは分かるが、ウィスティアの圧力《プレッシャー》がそれを許さない。

「何があったか包み隠さず申せ」

「はっ……都を包囲した直後、我が配下の有翼蛇《ケツァルコアトル》が近くの蒸留所の酒を奪ったという報告が……合成獣《キメラ》もそれに同調し、貯蔵庫で酒を飲んでいたと……」

ケツァルコアトルとキメラは共にレベル六百を超える魔獣部隊の主力だ。しかし余とファルコで狩り、強引に従魔化《テイム》したため、未だに制御が甘い時がある。それが最悪の時に出たようだ。

「蒸留所を襲ったじゃと！　許せぬ！」

ドレイクの怒りが爆発し、殺気が襲う。

エドガーに助けを求めようと視線を向けたが、先ほどの笑みが消えている。

「人的な被害は？」

エドガーが硬く冷たい口調で聞いてきた。その声に背筋が凍る。

「数名が怪我をしたと……」と報告するファルコの声も震えている。

「怪我人が出たのですか」

エドガーの声が更に冷えた。そしてその言葉と共に、殺気がファルコと余を打つ。

「然《しか》り……なれど死者は出ておりませぬ。恐らくは既に治癒魔術で回復したものと……」

「死人が出なかったから許せとでも言うのかえ？　我を舐めておるのか！」

二人の強い殺気を受け、再び膝を突いてしまう。

「謝罪と補償はする。だが、警告を受ける前のことゆえ、ご寛恕《かんじょ》いただきたい！」

そう言って余は頭を下げる。そこで圧力が少し弱まった。

「確かに警告前のことですし、戦争であれば仕方ないことでしょう。ですが、被害を与えたのであれば、ハイランド連合王国と貴国との間できちんと話し合う必要がありますね」

「話し合う……」

余は途方に暮れた。

この状況でハイランドにどう話を持っていけばいいというのか。この二人、特にエドガーが納得する言葉が何か全く読めない。

「明日にでもハイランド連合王国ときちんと話し合ってください」

余が言葉を発する前にエドガーはそう言うと、「そろそろ戻るぞ」とドレイクを促す。

「では、魔物の肉をよろしくお願いしますね」

そして元の軽い口調で言い、転移で消えていった。

残された余はその姿を茫然と見つめることしかできなかった。

嵐が去り、余は一つの結論に達し、そのことを告げた。

「これより余は二度と〝魔王〟とは名乗らぬ。余にその資格はないのだから」

ルートヴィヒが口を開こうとするが、それを遮り言葉を続ける。

「魔王はあらゆるものの頂点に立つ存在であり、最強と同義である。余よりも、災厄竜を従魔としたエドガー殿の方が相応しかろう」

余の言葉に誰も反論しなかった。

◆

ウィズと一緒に湖畔のホテルに行き、魔王と話し合った。

最初こそウィズの殺気に魔王と四天王が過剰に反応したが、話をすると意外に物分かりがよく、俺が提案したことを素直に受け入れてくれた。

魔王というからには粗暴で聞き分けがないかと思ったが、単に〝魔人族の王〟という意味だと認識を新たにする。

二十分ほど魔王のところにいた後、王宮の部屋に転移で戻った。

魔王のところから何度か魔力探知などで確認していたが、扉の前の騎士は一切動いておらず、王宮内で特別な動きもなかったことから、俺たちがいなくなったことは気づかれていないようだ。

控室に戻ったところでウィズが話しかけてきた。

「我は納得しておらぬぞ」

「なぜだ？　魔人族を根絶やしにするのはどうかと思うが」

「我もその点は納得しておる。だが、あの魔王を自称する小僧は違う。奴は我に挑んできた愚か者の子孫じゃ。奴を見逃すことはやはり納得できん」

「親の罪を子に償《つぐな》わせるのはどうかと思うぞ。それに張本人は焼き殺したんだろ。向こうにとってウィズは親の仇《かたき》なんだ。迷宮に封印された恨みは理解するが、今が楽しければそれでいいと割り切ってくれないか」

「うーむ」とウィズは唸り、考え込む。

「……今を楽しむか……分かった。だが、これはそなたへの貸しじゃ！　それも大きな貸しじゃぞ。我が驚くような美味いものを見つけるのじゃ。それでなかったことにしてやる」

ツンデレでもないが、何となく似ている感じを受けた。まあ、それで納得してくれるなら問題はないが、何となく笑いを誘う。その感情を抑え、真面目な表情を保つ。

「いいだろう。この件はこれで解決するだろうが、すぐに帰る必要もないはずだ。それならここで本場のハイランド料理が食べられる。必ずいい店を見つけてやるよ」

「約束じゃぞ」

ウィズを説得できたことに安堵し、王子らの協議が終わるのを待つ。だがそこで、あることに気づいた。

「そう言えば、魔王軍が撤退することをハイランド王たちに伝えていないな。魔王が攻めてくる前提で協議しているだろうし……。とはいえ、俺から伝えるわけにもいかないし、どうしたものかな」

「ならば、魔王に使者を出すよう命じればよいではないか。我が行ってきてもよいぞ」

確かに転移を使えば魔王と連絡を取ることは簡単だ。どうも以前の常識が抜けず、便利な魔術があることを忘れてしまう。

「俺が行ってくるよ。すぐに戻るから、少しだけ待っていてくれ」

そう言って魔王の部屋の前に転移した。いきなり部屋の中に転移するのは失礼だと思ったためだ。

そこには魔王の護衛の妖魔族の戦士が立っていた。

「うわぁ！　な、何か……ご用でしょうか」

突然のことで驚いてはいたが、先ほど顔を合わせているため、俺に剣を向けることはなく用件を聞いてきた。

「まだハイランド側が今後の方針を協議しているのですが、魔王さん……いえ、魔王様の方から使者を出していただけないかと思いまして」

「りょ、了解いたしました！　陛下に確認してまいります！」

ウィズの脅しがまだ効いているのか、カクカクとした動きで部屋の中に入っていく。

すぐに中に通され、部屋に入ると、魔王と四天王が直立不動の姿勢で待っていた。

「ハイランド王に使者を出してほしいと伺ったのだが」

「ええ、ハイランド側は今も協議をしているようなのですが、さっきの話を知らないので変な結論になる可能性があります。ですから、明日の朝に話し合いを行いたいという使者を魔王様の方から出していただければ、無駄な時間を使わなくて済むと思いまして」

魔王は「了解した」と即答し、ベリエスに命じる。

「そなたが使者となり、我らに戦争の意思はないこと、与えた被害について協議したいことを伝えてくるのだ」

「はっ！　直ちに伝えてまいります！」

それだけ言うと、即座に転移魔術を使った。

「そこまで急がなくてもよかったのですが……」

「こういうことはすぐに動いた方がよいと思ったのでな。で、他に何か？」

「特には。では、これで失礼します」

「少し待っていただきたい」

「何か？」

俺が転移魔術で帰ろうとすると、魔王が引き止めた。

「魔王という呼称は今後使わないでいただきたい。余にはそれを名乗る資格がないのでな」

「どういうことでしょうか？」

「魔人族にとって、〝魔王〟とは最強と同義なのだ。貴殿らを知った上で、その呼称を使うほど余の面の皮は厚くない。今後はアンブロシウスと呼んでもらいたい」

正直そこまで気にすることはないと思うが、本人の希望なので「分かりました。今後は使わないように努力しましょう」と答え、ウィズの待つ部屋に戻った。

◆

ウィスティアが魔王を脅していた頃。ハイランド王フレデリックは、宰相バクストン・グレンヴィルを筆頭とする文武の高官やトーレス王国特使リチャード王子らと、今後の方針について協議を行っていた。

名君と名高いフレデリックと名宰相グレンヴィルのコンビであっても、今回の件はあまりに異常で対応に苦慮《くりょ》する。

司会役の宰相が話を切り出した。

「トーレス王国の提案は、南部のヘストンベックに防衛線を敷き、そこで魔王軍を食い止めてはどうかというものです。その際、陛下にヘストンベックにて指揮を執っていただきたいとの要望も同時に出ております」

リチャード王子とランジー伯が同時に頷く。宰相はそれに頷き返すと話を進めていく。

「陛下は南部に防衛線を敷くことについては了承されましたが、ご自身がヘストンベックに移られることは明確に否定されました。ナレスフォード及び周辺の民を見捨てることはできぬとのことです」

ハイランド側の高官たちは敬愛する国王の覚悟に、悲痛な表情でうなだれる。

宰相の言葉を引き継ぐ形で国王が話し始めた。

「魔王軍の陣容を見る限り、ナレスフォードは開城する以外に選択肢がない。いきなり攻撃してこなかったということは、魔王はこの街を無傷で手に入れたいと考えているのだろう。その際の交渉を余自らが行う。少しでも有利な条件を引き出すために」

国王の考えはその場にいる者にはすぐに理解できた。

魔王軍は大軍というだけでなく、飛翔が可能な精鋭が揃っている。降伏を拒んで戦闘に突入することは、市民に被害が出るだけでなく、その後の交渉にも不利に働くのは明らかだ。

一方国王は大陸一の大国アレミア帝国から、何度も譲歩を引き出してきた優秀な交渉者《ネゴシエーター》だ。圧倒的な力を持つ魔王を相手に有利な条件を認めさせることは難しくとも、不利な条件を少しでも減らすことは期待できる。

「余と宰相がこの場に残り魔王との交渉を長引かせることが、サウスハイランドに戦力を集中する時間を稼ぐ最良の方法である」

その表情に悲愴感はなく、これが最善だと信じていた。

「陛下のお考えは皆も理解したと思う。しかしながら、私は陛下の方針に反対せざるを得ない……」

国王は宰相が反対を表明しても黙《もく》したままだ。これまでに何度も話し合っており、言いたいことはすべて分かっているためだ。宰相は更に自分の意見を滔々《とうとう》と述べていく。

「……魔王との交渉は宰相である私が行えば済むこと。陛下には転移魔法陣にてヘストンベックに退避していただき、戦力を結集した後、ナレスフォードを奪還していただきたいと考えている」

その言葉に高官たちの多くが頷いている。

その後、様々な意見が出されたが、議論は平行線を辿った。一時間ほど経った頃、宰相の元に秘書官が小走りで近づいてきた。そして、耳元で何か囁くと、冷徹な宰相の顔が驚愕に染まる。

「それは真か」

その問いに秘書官は頷く。

「何があったのだ」と国王が問うが、宰相はどう答えたらいいのかといったように困惑の表情を浮かべている。

しかし、時間が惜しいと思い、秘書官が持ち込んだ情報を説明した。

「ただいま魔王軍より使者が参りました。使者は四天王の一人、ベリエスであると告げ、魔王の言葉を伝えに来たと言っておるそうです」

その話にその場にいる全員が、最後通牒が早まったと焦りの色を見せる。

「その内容は分からぬのか」

「概略は分かっております……ベリエスなる者が申すには、魔王軍は撤退するとのことです。更に今回の騒動でこちらが受けた損害に対し、賠償《ばいしょう》する用意があると……」

「撤退……賠償……どういうことだ……」

国王は混乱した様子で呟いた。

「私にも、彼らが何を考えているのか全く理解できません」

そこでランジー伯が発言を求め、了承される。

「謀略の可能性はございませんか？」

「ないとは言えませんが、この状況で謀略を行うメリットがありません。あれほど圧倒的な力を持っているのです。こちらが降伏しようがしまいが、ナレスフォードの占領《せんりょう》に影響が出るとは考えていないでしょう」

宰相の言葉にランジー伯も難しい顔で「確かにそうですな」と答えることしかできない。

「使者と会おう。バクストン、そなたはこの場で待機しておれ。余の身に何かあれば、そなたに全権を委ねる」

そう言って国王は立ち上がるが、宰相は反対する。

「魔王軍の四天王であれば、我が軍の精鋭以上の力を持つことは明らか。陛下の安全を考えれば、宰相たる私が会うべきです」

「いずれ交渉の場に出ねばならんのだ。その場には強大な力を持つ者も出てくるだろう。ならば早いか遅いかの違いに過ぎぬ」

「しかし……」と宰相は言葉を重ねようとしたが、ランジー伯が話に割り込んできた。

「我が国最強の者を護衛にお加えください。彼の者たちなら、フレデリック陛下をお守りすることが可能でしょう」

「トーレス王国最強？　そう言えばシーカーがリチャード殿の護衛をしていると聞いたな。それほどまでに強いのか」

国王の言葉にランジー伯はゴウたちのことを簡潔に説明する。

「グリーフ迷宮においてミノタウロスチャンピオンを一日に七回倒した剛の者です。また、魔人族の密偵を易々《やすやす》と捕らえるほどの俊敏さを備えております」

「にわかには信じ難いが……トーレス王国の厚意を無にするわけにはいかぬ。リチャード殿、お借りしますぞ」

国王はそう言って了承した。

ランジー伯はリチャード王子に「勝手に話を進め、申し訳ございません」と頭を下げる。

「話を進めたことは構わぬが、あの者たちが役に立つのか」

「もちろんです。ではエドガー殿たちに話をしてまいります」

そう言って部屋を出てゴウたちのところに行った。

ランジー伯が部屋に入ると、二人はワイングラスを傾けて寛いでいた。

「申し訳ありませんが、フレデリック陛下の護衛をお願いしたいのです」

簡単に説明すると、ゴウは「もちろんお受けしますよ」と言って立ち上がる。

「面倒じゃが仕方がないの」

ウィスティアもそれに続いた。

国王は魔王軍の使者を待たせている別の応接室に向かっていた。ランジー伯が追いつき、国王の護衛と共に応接室に入っていく。

応接室ではベリエスが姿勢を正して待っていた。ゴウたちの姿を見て一瞬表情を変えたものの、すぐに元の真面目な表情に戻している。

「余はハイランド連合王国の王、フレデリックである。卿がベリエス殿か」

「アンブロシウス陛下の臣《しん》、ベリエスにございます」

その礼儀正しい姿に国王は疑問を感じた。昨日の魔王は傲岸不遜《ごうがんふそん》な態度であり、街を囲む魔人族からも傲慢な感じを受けていたためだ。

ベリエスは国王の様子に気づいていたが、それを無視して用件を伝えていく。

「夜が明けた後、フレデリック陛下と我が主君との会談の場を設けていただきたいと考えております。目的は我が軍が貴国に与えた損害に対する謝罪と賠償についてです」

国王は未だに信じ難いと思っており、単刀直入に尋ねる。

「魔人族軍が撤退するというが、なぜなのだ？　我らに何を求めているのか」

ベリエスはちらりとゴウたちを見た後、「それは我が主君に直接お尋ねください」と答えるに留めた。

国王は納得できないものの、相手が話し合いの場を持ちたいということに対し、デメリットはないと割り切ることにした。

「承知した。会談の場所はどうされるのか」

「貴国の指定する場所で構いませぬ」

国王は更に困惑するが、少し考えて答えた。

「相分かった。では、アンブロシウス陛下のおられるホテルに伺おう」

国王はあえて、魔王がいるホテル・レイクサイドを会談の場に指定した。そうすることで少しでも相手の心証をよくしようと考えたのだ。

「承りました」

ベリエスは頭を下げると、「それではこれにて」と言って立ち上がり、転移魔術を使って消えた。

残された国王は大きく息を吐き出す。

「思った以上の実力者であったな。あれほどの手練は我が国にはいない。四天王一人でも持て余したであろう……あの者が本気を出せば、我が命は危うかった……」

ベリエスの力を本能的に感じ取り、恐怖を覚えたのだ。

その後、元の部屋に戻り、今後の方針が決められた。

方針と言っても明朝の会談の結果次第であるため、今はこれ以上議論しないということだけが決まり、会議は終了した。

◆

魔王アンブロシウスのもとにベリエスが戻り、片膝を突いて頭を下げた。

「で、首尾《しゅび》はどうだ」と魔王が結果を単刀直入に問う。

「明朝、ハイランド王がここに来るということになりました。先方はこの状況に困惑しているようです」

「困惑しているのは余も同じだが……」

魔王は言い、憂鬱《ゆううつ》そうな表情を浮かべている。

ベリエスも同じ思いだったが、伝えるべき重要な情報があるため、すぐに気持ちを切り替える。

「エドガー殿たちが、護衛という名目でハイランド王との会談の場におられました」

その言葉に魔王は憂《うれ》いを含んだ表情を消す。

「彼らは何か言っておったか」

「いいえ。お二人は護衛に徹しておられました。これはあくまで私の受けた印象でございますが、ハイランド王はお二方の実力を把握しておらぬようです」

「あの二人ならば、自ら明らかにせぬ限り、余を含め人族が実力を測ることなどできまい。それがどうしたというのだ？」

「いえ、明日の会談について、陛下もそうでございますが、ハイランド王も方針が定まらないのではないかと。そこでエドガー殿にどうすべきかお伺いを立ててはいかがでしょうか」

「確かに、損害に対する謝罪と補償のことはともかく、我らがここに来た理由を含め、どう話してよいか分からぬな……ハイランドも我らを敵に回したくはなかろう。内心では大人しく引き上げるならと思っているだろうが、民たちへの手前、余に今回の侵攻の理由を問うてくる可能性はある……」

魔王はゴウに言われて謝罪と賠償をすると約束したが、なぜ侵攻し、なぜやめたのかと問われたら説明できないことに気づき、対策を考えていく。

「……そう考えればエドガー殿に確認するというのはよい考えだな。しかし、どうやって会いに行くのだ？　王宮に潜入すること自体は難しくなかろうが、あの二人の部屋に直接行くのはまずいぞ」

「もちろんその点は考えております。冷静になって今回のことを思い返し、あの二人のことが少しだけ分かった気がいたします」

「どういうことだ？」と魔王が疑問を口にする。

「あの二人は酒と料理に執着しております。つまりハイランド王宮内でも、恐らく酒と料理を要求しているはずです。それを運ぶ下働きの者に化ければ、密かに会うことは難しくないと思われます」

魔王は即座に頷き、「そなたの能力なら可能であろう。エドガー殿の意向を確認してまいれ」と命じた。

「はっ！」とベリエスは答え、再び転移魔術で姿を消す。

残された魔王は、ベリエスが消えた場所をぼんやりと見つめていた。

（上手くやってくれ。災厄竜の目があるところで失態を演じれば、何が起きるか分からぬ。それを未然に防ぐにはこれしかないのだ……）

ベリエスはナレスフォードの王宮内の一画に転移した。

先ほど使者として王宮に入った際、気配察知や魔力探知などの探索系スキルを使って内部構造は把握している。

（まずは厨房に行かねば。近くに行けばまだ働いている者もおろう。その者を操り、エドガー殿に酒を運ばせればよい。途中で入れ替われば見つかることはなかろう……）

厨房の近くに潜むとすぐに侍従《じじゅう》らしき男が現れた。その男が厨房に入っていったため、気配を消して付いていく。

「トーレス王国の客人方に夜食をお持ちせねばならん。すぐに用意するのだ」

料理人たちはこの命令が来ることを予想し、準備をしていた。そのため、すぐに軽食が出来上がる。

「四階の客室に運べ」と侍従は指示を出していく。

「そなたはリチャード殿下の護衛のところに行け。変わり者のシーカーらしいから注意しろ。一応酒も用意しておいたから、足りないなら言えと伝えておけ」

指示された給仕は、料理が載ったトレイを持って厨房を出ていく。

ベリエスは気配を消したまま後を付けつつ、連絡の方法を考えていた。

（陛下に説明したように給仕と入れ替わることは可能だが、いきなりお二人の前に姿を見せれば説明する前に殺される可能性がないとは言えない。何とか前もって連絡する方法はないものだろうか……）

そこで給仕に目をやる。

（この者なら傀儡《くぐつ》にすることは容易い。軽食と一緒に今から会いに行くというメモを渡せば、いきなり攻撃されることはなかろう……）

ベリエスはゴウの探知能力を恐れていた。そして、この状況すら危ういと思い始める。

（いや、もしかしたら既に私のことに気づいているかもしれない……）

ベリエスは給仕の前に転移すると、二つ名の由来となった〝魔眼〟を用い、精神操作の魔術を掛ける。そして、小さく折りたたんだ紙を渡すよう命じた。

その紙には、今後のことを協議したいため王宮に潜入していることと、湖畔のホテルに密かに会いに来てほしい旨が書かれていた。

そして、その場からホテルまで転移を行い、ゴウたちが現れるのを待った。

十分ほど経った頃、怪訝な表情を浮かべたゴウが姿を見せた。

「協議したいことがあると、メモにあったのですが」

ベリエスは頭を下げ、「ご足労いただきありがとうございます」と礼を言い、用件を伝える。

「ハイランドとの話し合いの場で、我が国はどう振舞ったらよいかご教示《きょうじ》いただきたく、不躾《ぶしつけ》ながら連絡を取らせていただきました」

「どう振舞ったら……どういう意味ですか？」

ゴウは僅かに首を傾げた。

「陛下も加えてお話しした方が早いかと思います。お手数をお掛けしますが、陛下の部屋に来ていただけないでしょうか」

「分かりました」とゴウは了承し、二人で魔王の部屋に向かった。

部屋に入ると、魔王は「手間を掛けさせ申し訳ない」と頭を下げるが、すぐに本題に入る。

「ベリエスから聞いておると思うが、ハイランドに対し、どう対応したらよいか悩んでおる。エドガー殿、ドレイク殿の意向に沿わぬ対応をするわけにはいかぬのでな」

「対応ですか……」

ゴウは考え込む。

「確かに魔王……いえ、アンブロシウス陛下がここに来た理由がいりますね」

「陛下はいらぬ。アンブロシウスと呼び捨てにしてくれたらよい」

「それは駄目ですよ。一国の王様を呼び捨てにするなんてできません」

その言葉に魔王は頭皮のことを思い出す。治癒魔術を掛けて治っているが、未だに痛む感じが残っていた。

(その一国の王の髪の毛を掴んで振り回したのは誰の従魔だと思っているのだ……今更、陛下などと呼ばれる方が、よほど違和感があるわ……)

そう考えるが、もちろん口にはしない。

「ドレイク殿の手前、できれば〝陛下〟や〝様〟は付けないでいただきたい。呼び捨てにすることができぬと言われるなら、〝殿〟でもよい」

「なるほど……分かりました。公式の場ではともかく、周りの目がない時にはアンブロシウス殿と呼ばせていただきます。では話を戻しますが、ハイランドに軍を進めた理由を聞かれた時にどう答えるか、今後のハイランドとの関係をどうするかが悩みだということですね？」

「その通りだ。貴殿が魔人族は一切ストラス山脈から出るなと言うなら、その方向で交渉する。しかし、それではなぜここに軍を進めたのかと問われると、それらしい理由を答えられないのだ」

「確かに悩みますね……では、こうしてはどうでしょうか」

魔王は「どのようにしたらよいのだ」と前のめりになる。

ゴウはその様子に苦笑した。

◆

魔王から、魔王軍が侵攻した理由が思いつかないという相談を受けた。

俺は一つの案を思いつくが、その前に確認したいことがあった。

「魔人族はストラス山脈にある迷宮を、いくつも攻略しているのですよね」

「その通りだが」

魔王は俺の言いたいことが理解できないという感じで答える。

「迷宮から出てきたものをハイランドで現金化し、その金でハイランドや近隣諸国の物産を購入したいと申し出てはどうでしょうか。軍を率いてきたのは迷宮を攻略する人材がこれほどいると見せるためで、アンブロシウス殿が脅したのも実力を見せるための演技であったと」

かなり苦しい言い訳だが、圧倒的な力を見せた方が、有利に交渉が進められることは間違いない。

「その理由ならば、何とか説明は可能です。採用されてはいかがでしょうか」とベリエスが賛同する。

「うむ。採用するのはやぶさかではないのだが、相手が信じるだろうか。もし信じなかった時、どうすればよいのか……」

懸念《けねん》は分からないでもない。これだけの軍勢で攻め込んでおいて、交渉しに来ただけというのは言い訳にしても苦しすぎる。

「ならば、魔人族側が有利になる条件を付けてはどうでしょう。例えば、魔人族の商品には税を掛けさせないとか、王都への直接転移を認めさせるとか、普通なら認められないような条件を呑ませようとすれば、ハイランド側も有利に交渉を進めるための手段だったと信じるのではありませんか」

「うむ。確かに。だが、それでエドガー殿はよいのか？　我らに有利になることになるが」

「こう言っては何ですが、ハイランドに義理があるわけでもありませんし、魔人族を恨んでいるわけでもありません。どちらかが多少有利になろうと、平和が保てるならそれが一番いいんです」

これは本心だ。魔人族が殺戮《さつりく》を行い、それを目にしたのなら別だが、幸いにして人的な被害はほとんどなく、戦争の悲惨さは感じられない。

それに魔人族が税で優遇されるとしても、侵略を受ける損失を考えたらハイランドにとっても充分なメリットがある。

俺個人にとっても、魔人族が攻め込んでくるかもしれないという社会不安で、経済が混乱する方が困る。戦争が近いとなれば、穀物《こくもつ》の備蓄を優先して酒の生産は縮小されるだろうし、嗜好品《しこうひん》である酒は経済が落ち込めば、それだけで消費も落ち込むからだ。

短期的な落ち込みなら問題はないと思うかもしれないが、ハイランドで多く造られているウイスキーは長期熟成が必要であり、一度生産が落ち込むと十数年後に大きな痛手を被る。

実際、元の世界でもウイスキーの需要《じゅよう》低迷などの理由で、スコットランドでは一時期多くの蒸留所が閉鎖した。その影響が二十一世紀になって原酒不足という事態を招いている。

「了解した。交渉では強気の姿勢をとらせてもらう。貴殿も護衛として近くにおられるだろうが、余の言葉が少々荒くなってもご容赦いただきたい」

「もちろんですよ。私が交渉に口を出すことはありません」

そこであることを思いついた。

「そう言えば、迷宮から産出するものを持っていらっしゃいますか？」

魔王は俺の言っている意味を理解しかねたのか首を傾げながら、「武具の類は持っておるが」とだけ答えた。

「黒金貨は持っていますか？」

「ここにはないが、城に戻れば五十枚ほどあったはずだが」

迷宮を攻略しているならもっと持っていると思ったが、意外に少ない。

「黒金貨を見せつければ相手は萎縮するはずです。私が持っているものをお譲りしましょう」

収納魔術《アイテムボックス》にある黒金貨を百枚取り出す。

「このくらいあればハイランド王も驚くでしょうし、取引相手として充分な実力があると分かるはずです。そして、これを使ってハイランドの物産を買って帰ってはどうでしょう。アンブロシウス殿自らが購入すれば、正当な取引を望んでいるとハイランド側も分かるでしょうから」

俺が考えたのは、貴重と言われている黒金貨を使って実際にハイランドのものを買うことだ。魔王自らが正当な代金を払えば、力で不利な取引を強要されると怯えることはないだろう。

俺が説明している間、魔王とベリエスは黒金貨を見て驚いていた。

「これほど持っているとは……しかし、これだけの量を受け取っても対価を渡せぬ」

「まだまだたくさんありますから、対価は食材で充分ですよ。それにウィズがいろいろとご迷惑をお掛けしていますから、その分も含んでいるとお考えください」

「いや……」と魔王が言いかけるが、ベリエスがそれを止める。

「陛下、ここはエドガー殿のご厚意に甘えましょう」

そこでベリエスは魔王に目で何かを訴える。何のことか俺には分からないが、魔王は素直に頷いた。

「もらい受けるわけにはいかぬが、預かるという形で、ありがたく使わせてもらおう」

これで交渉も上手くいくだろうと考え、ウィズがいる部屋に戻った。


魔王たちとの話を終えてからは、夜食と酒を楽しんだ。

空が白《しら》んできた頃、侍従が朝食の準備ができたと言ってきた。今日は早朝から魔王とハイランド王の会談が予定されており、いつもより早い朝食のようだ。

リチャード王子とランジー伯も一緒だ。彼らは朝食を摂りながら、これからのことを話し合っている。

「この展開は全くの予想外でありましたな」

「そうだな。まさか魔王軍が引くとは……何があったのだろうか」

王子と伯爵はほとんど眠っていないのか目が赤い。恐らくこの後の会談のことを考えて眠れなかったのだろう。

俺とウィズは理由を知っているが、特に口を出すことなく、朝食を食べている。

ちなみに朝食のメニューはハムとチーズ、ジャガイモの入ったオムレツ風のものに、白パンだ。飲み物はミルクで乳製品が多い印象を受けた。

「このチーズはなかなか美味いの。ミルクではなくワインが欲しいところじゃが」

チーズはセミハードのチェダーに近いものだ。

「そうだな。軽く炙ると軽めの赤ワインに合いそうだ。それにこのハムもいい。熟成期間が長いからか、香りがいい。その割に塩分が強すぎない。これもビールのいいつまみになる」

俺たちの会話を聞いた王子が呆れたような表情で見ている。

「相変わらず食に拘りますね」と伯爵が言ってくるが、緊張しているのか笑みはなく、彼にしては少し険があった。この後の会談のことで悩んでいるのに、俺たちだけが余裕があるのが面白くないのかもしれない。

「向こうが何を言ってくるかで変わるのじゃ。ここで悩んでも仕方なかろう」

ウィズがそう言うと、伯爵は「おっしゃる通りですが」と言うが、納得した様子はない。

朝食を終えると、魔王らがいるホテルに向かう。ホテルの名は見た目のまま、〝レイクサイド〟というらしい。

ハイランド側は国王フレデリックと外交官に加え、五名の護衛が付いている。護衛は、身長二・五メートルはあろうかという大柄な鬼人族《オーガロイド》の戦士を筆頭に、レベル五百に迫る精鋭揃いだ。

トーレス王国で見た最高レベルの戦士がレベル四百強だと考えると、ハイランド軍の実力はそれなりに高い。

それでも魔人族側とは比較にならない。レベル七百を超える魔王を筆頭に、四天王もレベル六百を超えているからだ。

トーレス王国からはリチャード王子と、ナレスフォードにいる大使がオブザーバーとして参加する。ランジー伯はリチャード王子が出席をやめさせた。万が一、魔人族が裏切った場合、本国への報告者となるためだ。

俺たちも護衛として出席するため、用意されたゴーレム馬車に乗り込む。ハイランド王の馬車とは別のトーレス王国の紋章が入ったもので、よく手入れされた銀色に輝くゴーレム馬が目を引く。

むっつりと黙り込む王子と大使が一緒であるため、車内には気まずい空気が流れる。

声に出して呑気な話をすると何か言ってきそうなので、ウィズとの会話には念話を使う。

『短時間で終わったらナレスフォードの街に出かけるつもりだが、誰かに案内を頼めるかな』

『そうじゃな。闇雲に歩いてもよい店に出会えるとは限らぬ。詳しい者が見つかればよいのじゃが』

『相談する相手もいないし、ガイドブックなんてないだろうし……それ以前にこの状況で店が開いているかという問題もあるな……』

そんな話をしている間に、馬車は目的地であるホテル・レイクサイドに到着した。

魔王の魔力を探ると、最上階のスイートルームではなく一階にいた。それも湖に面したテラスにいるようだ。聞いてはいないが、そこで会談を行うらしい。

ホテルの広いロビーを抜け、庭に向かう。その際、ホテル内にいる魔人族からチラチラと視線を感じた。俺は覚えていないが、昨夜俺たちを見た者がいるのだろう。

昨夜は転移で入ってきたため気づかなかったが、ロビーの湖側にはガラスが多く使われており、美しい湖面が見える。座り心地のよさそうなソファーがいくつもあり、改めて高級ホテルだと認識する。

庭は手入れされた芝生が朝露に輝き、美しいグリーンのビロードの絨毯のようだ。木製のおしゃれなテーブルと椅子が並び、見るからに品がいい。

春の柔らかな日差しと湖から吹き込む風が心地よく、ウィズが『ここで昨日の白ワインを飲みたいの』と念話で言ってきたほどだ。

テラス席の一番湖に近いところに、会談用のテーブルが並べられていた。中央に魔王が無表情で座り、四天王がその両脇を固めている。彼らの後ろには屈強な妖魔族の戦士が五人並んでいた。

護衛の一人が俺とウィズを見て息を呑んだ。そして、目を合わせないように視線をやや上に向けている。この五人も昨日、魔王の部屋で見た気がするから、ウィズを恐れているのだろう。

ハイランド王が魔王の前に座り、右側にハイランドの外交官が、左側にリチャード王子らが座る。

俺たちは王子の後ろに立つように言われ、テーブルを見下ろすように立つことになった。

「昨日名乗ったが、今一度名乗ろう。魔人族の王、アンブロシウスである」

〝魔王〟らしく堂々としたものだ。

それに対し、ハイランド王も「ハイランド連合王国の王、フレデリック・エルフォードである」

と返す。魔王を前に声を震わせることなく名乗れる辺り、胆力はあるようだ。

まずは魔王が切り出した。

「我が国の要望を伝えるが、その前に我が軍の不届き者が貴国に迷惑を掛けたことに対し、謝罪したいと思う。与えた損害に対し、些少《さしょう》ながら賠償も用意している」

そう言いながら魔王はベリエスに目で合図を送る。

ベリエスは用意してあったトレイをテーブルの上に出した。トレイには白い布が被せられており、何が置かれているのかはっきりとは分からない。

「迷宮で得た黒金貨でございます」とベリエスは言いながら、ゆっくりと布を外した。

日の光を受けて黒曜石のような表面がキラリと光る。

黒金貨を見てもハイランド王は動きを見せないが、リチャード王子と外交官たちはビクッと肩を動かした。これほどのものを用意しているとは思っていなかったようだ。

「まだ余のところに詳細な報告は来ておらぬが、これで足りるだろう。もし足りぬようなら改めて請求せよ」

ハイランド王はそれに対し、真摯に答える。

「我が方も損害を受けたという報告はまだ受けておりませんが、アンブロシウス陛下の謝罪のお気持ちは充分に伝わりました」

そこで言葉を切り、一呼吸置く。後ろからなので表情ははっきり見えないが、相手の考えを聞き出そうと気合を入れているようだ。

「此度《こたび》の貴国軍の行動について、どのようなお考えによるものなのかお聞かせいただきたい」

魔王は小さく頷くと、セリフを読むような棒読みで話し始めた。

「見ての通り、余の臣下は強者《つわもの》揃いだ。既に迷宮をいくつも攻略しておる。だが、我が国は山岳地帯にあり、食料をはじめ、必要な物資が手に入らぬ。特によい酒はな。そこで貴国との交易を提案しに来たのだが、単に使者だけを送れば侮られるかもしれぬ。我が国の力の一端を示した方が話が早いと思ったのだ」

ハイランド王は意外だったのか、「交易……」と呟く。

「その通り」

魔王はそう言って、再びベリエスに視線を向ける。

ベリエスは先ほどより大きなトレイを取り出し、テーブルに置いた。

トレイを置く時、ジャラという硬貨が崩れる音がし、掛けられていた白い布を取り去ると、そこには山と積まれた黒金貨があった。

その量に、先ほどは驚きの仕草を見せなかったハイランド王ですら肩をビクッと動かす。外交官は「すべてが黒金貨……どれほどの価値があるのだ……」と呟いた。

「正当な代価は支払うが、いくつかの条件を呑んでもらう」

「条件とは」

やや掠れた声でハイランド王が聞いた。

「我が国の商人に対し、税を免除すること。王都ナレスフォード及び主要な都市に、我が国の出先機関の設置を許可すること。また、そこへの直接転移を認めること。近隣諸国に対し同様の要求をする際に仲介《ちゅうかい》をすることだ」

ハイランド王は更に条件が付くのではないかと思ったのか、魔王が言葉を切った後も反応を見せなかった。

「認めぬというのであれば、実力で認めさせる。我が国にそれだけの力があることは分かっておろう。王として覚悟をもって答えよ」

魔王が圧力《プレッシャー》を掛ける。レベル七百超えのプレッシャーに、ハイランド側に動揺が見える。聞きようによっては属国化のように聞こえなくもない。同じことをハイランド王も思ったのか、猶予《ゆうよ》を求めた。

「連合王国ゆえ、王といえども即答しかねます。しばらくお時間をいただけないでしょうか」

ハイランド連合王国はその名の通り、様々な部族が連合してできた国家だ。国名に王国とあるものの、専制的な政治ではなく、合議制に近い政治形態らしい。

「まどろっこしいが、仕方あるまい。今日の日没まで待とう。我が軍は先に引き揚げさせるが、余はここに残ってやる」

微妙に譲歩しているところがおかしいが、ハイランド側からは安堵の息が漏れていた。

『夕方まで待たされるのか。何を考えておるのじゃ、あの愚か者は』

念話でウィズが文句を付けているが、視線は俺ではなく魔王に向けており、彼の額に汗が浮かんでいた。そして、俺の方にチラチラと視線を送ってくる。恐らく、ウィズが暴走しないように抑えてくれと言いたいのだろう。

『とりあえず魔王軍は引き揚げるだろうから、俺たちに出番はない。その間にでも街を散策させてもらおうか』

『それがよいの』

そんなことを念話で話していると、リチャード王子が後ろを振り向き、俺を手招きして呼ぶ。近づくと小声で話しかけてきた。

「そなたは食に精通している。アンブロシウス陛下たちが焦《じ》れぬよう、酒と料理で相手をしてやってくれ」

いきなりの依頼に驚き、小声で反論する。

「私は一介のシーカーなんですよ。それに料理は作れませんし、ここに来たのも初めてなんです。無茶ですよ」

「見て分かる通り、この中であれほどの強者を前に平静でいられるのはそなたたちだけだ。料理や酒の準備は私が責任をもって行わせる。頼む」

王子はそう言って小さく頭を下げる。

「私はやってもいいんですが、相棒も一緒ですよ。それでもいいんですか？」

王子もウィズの傍若無人《ぼうじゃくぶじん》さは知っているので、さすがに諦めるだろう。しかしそうはいかなかった。

「構わぬ。アンブロシウス陛下は思った以上に度量の大きい方と見た。少々の無作法は気になさらぬだろう。それより誰も相手をせぬ方が、軽んじていると見られかねない。それに美味い酒が欲しいとおっしゃっておられる。そなたなら話し相手になれるはずだ」

早口で伝えてくると、俺が了承する前に「こちらから提案がございます」と話し始めてしまった。

魔王は王子を見て、「何か」と重々しく尋ねる。王子の横ではハイランド王が何を言うのだといい顔で見ていた。

「ここにいる二人は食と酒に非常に詳しく、お待ちいただく間、陛下のお相手になれるのではないかと。そうだな」

そう言って俺の方に顔を向け、懇願するような表情を見せる。

魔王も俺の方を見て、目で何かを訴えている気がした。しかし、彼が何を訴えているのか分からない。ウィズに確認している時間もないため、ハイランド料理が味わえる方を選んだ。

「はい。私たちでよければ」

その瞬間、魔王たちが肩を落としたように見えた。

そこで、彼らがウィズに散々にやられてからまだ一日も経っていないことを思い出した。死を覚悟させられた相手と一緒に酒を飲むなんて、気が進まなくて当然だ。

（ちょっと軽率だったかな。まあ、言ってしまったのだから仕方がない。美味い酒を飲めば気分も変わるだろう……）

俺がそんなことを考えていると、魔王が立ち上がって告げた。

「では、日没までここで待っておる。よい返事を期待しておるぞ」

ハイランド王は困惑の表情を浮かべていたが、「可能な限り早く結論を出します」とだけ答えた。

魔王は左右にいる四天王たちに「そなたらも我と残れ」と命じる。

しかし、魔将軍ルートヴィヒは恭しく頭を下げた。

「兵を引かせねばなりませぬので、我らはその指揮を執ってまいります」

「い、いや、そなたらの部下でもよかろう。部隊長クラスなら余の命令を違えるような愚か者はおらぬしな」

僅かに焦りを見せる魔王に淫魔《サキュバス》族の美女ウルスラが小さく首を横に振る。

「妾《わらわ》たちが指揮を執らねば、万が一のことが起きるかもしれませんわ。そうなったら、せっかくの交渉がご破算《はさん》になってしまいます」

獅子の顔を持つファルコも「然り」と頷いている。

魔王はそれ以上言う言葉がなくなったのか、ベリエスに視線を向けた。

「そなたは率いる部隊もおらぬ。余と共にここにいるのだ」

ベリエスは「御意」と答えて頭を深く下げる。その肩は僅かに揺れている気がした。

魔王たちが退席した後、ハイランド王は外交官に対して指示を出す。

「このホテルの料理長は腕がよいと聞いている。王宮の料理長にも食材を持たせ、応援に来させる。何としてでもアンブロシウス陛下に満足してもらわねばならん」

そう言った後、俺たちの方に振り返り、言葉を掛けてきた。

「美食の国トーレスの王子が太鼓判《たいこばん》を押した君たちに期待している。ただ軽率な行動はくれぐれも控えてくれ。あの方の機嫌を損ねたら我が国どころか、大陸の国々が滅びることになるのだからな」

リチャード王子の軽率ともいえる行いに国王も困惑しているのだろうが、既に決まったことであり、俺たちに期待していると声を掛けたのだろう。

「微力ではございますが、努力いたします」

そう答えて頭を下げた。

ハイランド王が立ち去ると、リチャード王子もそれに続くが、今になって自分の行動が軽率だったと気づいたのか、顔から血の気が失せている。

王子たちが去った後、ウィズが不服そうな顔をして文句を言ってきた。

「我らにあの者の相手をせよとは片腹痛いわ」

「まあそう言うなよ。これで一流料理人のハイランド料理と最高の酒が楽しめるんだから」

「確かにそうじゃな。そう考えれば、あの若造の提案も悪くはないかの」

料理と酒が味わえると気づくと、それまでの意見をあっさりと覆した。

六．接待準備

ハイランド王フレデリックらは、ホテル・レイクサイドからゴーレム馬車で王宮に向かっていた。

その中には青ざめた顔のリチャード王子の姿もあった。

「先ほどは焦りましたぞ、リチャード殿」

言葉ではそう言っているが、その口調は軽く、ハイランド王の顔に焦りはなかった。

「勝手なことをして申し訳ございません」とリチャードは自分の失態に震えながら頭を下げて謝罪する。しかし、ハイランド王は気にした様子もなく話を続けていく。

「まあ、気に病む必要はない。もしあのまま席を立てば、魔王はないがしろにされたと思ったかもしれぬ。それに、あれほどの力を持つ魔王を自由にさせておくのもいささか問題であった。監視という意味でも今回の提案は実によい。しかし、料理で接待とはよく思いつきましたな」

「いえ、そこまで深く考えたわけではなく、何かせねばと咄嗟《とっさ》に……」

リチャードはハイランド王の言葉にそう返しながら赤面している。

ハイランド王は、今更取り消しようがないこともありリチャードを気遣ったのだが、不安は消えていなかった。

「ところで貴国のあの護衛は酒と料理に精通しているとおっしゃったが、真なのだろうか。万が一、粗相《そそう》があれば戦争になりかねぬが」

そこでリチャードは気を取り直し、自信に満ちた顔で断言する。

「その点は心配ございません。エドガーの知識の豊富さはこの目で見ておりますし、我が父アヴァディーンも彼の者の知識には舌を巻いておりました」

「ほう、アヴァディーン殿が……ならば問題はありませんな」

トーレス王国の王都ブルートンは美食の都として有名で、トーレス王国の王宮で出される料理は世界でもトップクラスの味と品質を誇る。その料理を常に食べているトーレス王が認めるのであれ

ば安心だ、とハイランド王は考えた。

王宮に戻ったハイランド王は、不安げな表情の宰相の出迎えを受ける。

「お早いお戻りですが、首尾のほどは？　物見より魔王軍が移動を開始したと報告がありましたが」

ハイランド王は執務室に向かいながら概略を説明していく。

「魔王の要求は確認した。その場で受けてもよかったのだが、裏が読めぬ。一度家臣たちと協議したいと言って戻ってきたのだ」

「裏が読めない、でございますか？」

「ああ、要求自体はギリギリ呑める内容だが、属国化を狙っている可能性は否定できぬ。だが、この話は後だ。先に料理長に話をせねばならん。大至急呼んでくれぬか」

「料理長でございますか？」

宰相は疑問を口にするが、すぐに料理長を呼ぶよう秘書官に命令する。

国王が魔王の要求について説明し終えると、宰相は眉間にしわを寄せながら懸念を示した。

「大使館ないし領事館の設置はもちろん、税の免除も呑めないことはございませんが、他国から直接転移できる拠点というのはいささか物騒《ぶっそう》ですな。魔王に加えて、四天王と呼ばれる者たちが王都や主要な都市に自由に出入りできる、というのは不安があります」

「何より分からぬのは魔王の意図だ。外にいる戦力の十分の一もあれば、この街は容易に陥落するだろう。一つひとつの町を占領していくのが面倒なのかもしれぬが、我が国にそれを止めるすべはない」

「確かにそうですな。ところで料理長を呼んだのはなぜなのでしょうか？」

その問いに王は複雑な表情を浮かべた後、魔王を接待するという話をする。

「実はな、魔王に日没まで時間をもらったのだが、それでは相手方は無為《むい》に時間が空く。そこでリチャード殿より、美食と美酒で歓待してはどうかと提案を受けたのだ。魔王を自由にさせず、監視を付けることができるのでな」

「それで料理長を……ですが、いかに料理長といえども荷が重いのではありますまいか」

「うむ。その点も考慮している。リチャード殿の護衛のシーカーは、アヴァディーン殿が認めるほどの美食家らしい。料理長にはその者たちと相談させるつもりでいる」

「アヴァディーン陛下がお認めになるほどの美食家……ならば問題はないかと思いますが、相手は魔王です。何が起きるか分からぬと思っておいた方がよさそうですな」

「その点は余も同じ思いだ。エドガーなるシーカーが魔王の機嫌を損ねる可能性もある。だが、接待もせずに放っておくこともできまい。ここは割り切るしかなかろう」

その後、料理長が慌てた様子で現れた。

「料理長アラン・デービス、お召しにより参上いたしました」

料理長は五十歳くらいの、やや背が低い中肉中背のヒュームの男性で、白衣を身に着けコック帽を手に持っている。

「これより魔王がいる宿に赴《おもむ》き、魔王を歓待する料理を作ってもらいたい」

「ま、魔王に、でございますか！」

驚きのあまり大きな声を上げてしまう。すぐに「ご無礼いたしました」と頭を下げるが、困惑の表情を浮かべたままだ。

「どのような料理を出せばよいのか、皆目《かいもく》見当が付きません。それにあのホテルにはボーデン料理長がいます。ボーデン殿であれば魔王を満足させる料理を作ることができると思いますが」

彼は自らの腕に自信は持っていたが、魔人族の嗜好を知らないため、不安が勝《まさ》っていた。更に魔王の機嫌を損ねれば、自らの命だけでなく、国の存亡すらも危ぶまれると躊躇《ちゅうちょ》した。

「いや、確かにあの宿の料理人も腕はよいが、此度は別の人物の指示に従ってもらう」

デービスは〝別の者〟とは誰なのかという疑問が浮かぶものの、王の言葉を待つ。

「その者はトーレス王国の美食家で、彼のアヴァディーン殿が認めておるほどの者だ。その者の指示する料理を、ボーデンと共に作ってもらいたい」

デービスは指示を受けるだけだと知り安堵する。

「トーレスの美食家……承りました。直ちにレイクサイドに向かいます」

「食材はできるだけ多く持っていくのだ。その美食家はハイランドを訪れたことがないらしいから、そなたからも助言してやってくれ」

その後デービスは国王のもとから厨房に戻ると、すぐに部下の料理人たちに指示を出す。

「魔王を歓待する料理を作らねばならん！　これより私はレイクサイドに向かうが、使えそうな食材、酒をすぐに送り届けてくれ。頼んだぞ！」

それだけ言うと、数名の助手と共に馬車に向かった。

◆

リチャード王子の無茶振りによって、俺が魔王アンブロシウスの接待の指揮を執ることになった。このホテルの料理人だけでなく、王宮からも料理長が食材や酒を持って応援に来ることになっているが、責任者は俺らしい。

魔王は俺が接待すると聞き、微妙な表情になっていた。昨夜自分の命を脅《おびや》かした相手の主人に接待されるという状況に、気持ちの整理がつかないのは理解できる。

その脅かした本人であるウィズだが、「ハイランド料理が食えるのならば問題ないの」と相変わらず呑気だ。

ハイランド王国の外交官も、「君たちにすべて任せる。私は陛下からの指示があった場合に備え、別室で待機している」と言ってきた。

自分がしゃしゃり出て魔王を怒らせてしまったらとでも考えたのだろう。無責任だとは思うが、俺としても初めて会った人物からあれこれ指示されるのは面倒だし、魔王が俺たちに文句を言うことはないので、この方がありがたい。

ウィズと共にホテルの厨房に向かうと、疲れた表情の料理人や給仕たちが椅子に座り込んでいた。魔王たちが来てから自宅に帰ることが許されず、昨日の昼からずっとここにいるらしい。

料理長を捜すと、恰幅がよく、コック帽に口ひげが似合う、いかにも料理人という壮年の男性が現れた。

「魔王アンブロシウス陛下に、料理と酒を提供することになりました。その指揮を執るゴウ・エドガーと申します」

俺はそう言って頭を下げる。

料理長はただの護衛にしか見えない俺に対し、「お前が指揮を執るだと」と凄んでくる。

「はい。といっても私は料理人ではありませんので、料理の方は当然、料理長のご意見を伺って決めていくことになります」

「それならいい。俺はこのホテルの料理長、ロナルド・ボーデンだ。で、昼食まで三時間ほどしかないが、どうすればいい」

プライドが高そうな人物だが、非常事態であることは充分に理解しているらしく、すぐに段取りの確認をしてきた。

「料理はハイランドの名物料理でお願いします。できるだけ地元の食材を使い、ボーデンさんがこの時間で用意できる最高のものを。それから王宮から食材と応援が来ると聞いています」

そう言ったところで料理長の顔が僅かに歪む。その表情を見て慌てて付け加えた。

「と言いましても、厨房の仕切りはボーデンさんにお任せすることに変わりはありません。この厨房を一番知っているのはあなたですから。宮廷料理長が何を言おうと、私の権限で押し通します」

そこでボーデンは小さく頷く。

「分かった。作る量を確認するぞ。魔王と幹部、王国の役人を合わせて十人分くらいでいいんだな」

「それで構いません。では調理をお願いします」

俺がそう言うと、ボーデンは部下たちに指示を出し始める。

続いて俺は辺りを見回し、厨房近くにいる給仕長らしき黒服を着た初老の人物を見つけた。

「酒の確認をさせてください。まずはどんなワインとビールがあるか教えていただけますか」

給仕長はレジナルド・ジョセフスと名乗るが、顔色が悪い。胆力がある方ではないようで、恐ろしい魔王に給仕することを渋っていた。

国王直々《じきじき》の依頼だと言うと何とか了解してくれたので、そのまま酒の保管庫に向かう。

保管庫は地下にあり、狭い階段を下りていく。明かりは照明の魔導具を用いており、意外に明るい。下りるにつれ地下室独特の、ひんやりとしつつも湿った空気を感じる。

「ここです。ワインはトーレス王国のものもありますが、基本的にはハイランドのものです。ビールは甘めの白ビールとやや重めのブラウンエールがあります」

「スパークリングワインはありますか？」

「もちろんあります。ただ、銘柄は二種類しかありません」

「では、それぞれ十本ほど冷やしておいてください。ビールの試飲はできますか？」

「ええ、可能ですよ」

そう言いながらジョセフス給仕長は備え付けの試飲用グラスを用意し、奥にある分厚い木の扉に向かう。

「この中が冷蔵室です」

給仕長が扉を開けると、そこには大きな樽《たる》が十樽ほど置いてあった。中に入ると、真冬のような冷気が身体を冷やしていく。体感的には五度くらいだ。

「昨日、魔人族に飲まれてしまったので、白ビールとブラウンエールが二樽ずつしかありませんが、二日前に運び入れたものですから状態は万全です」

説明しながらグラスに白ビールを注ぐ。

やや薄い黄金色で、酵母による白い濁りがある。口を付けてみると、香りから来る印象より味は軽く爽やかだった。

「これはいいですね！　もう少し甘ったるいかと思いましたが、ホップの爽やかさで甘味が旨味に変わっています。これなら油の多い料理でも負けないでしょう」

「どれどれ、我にも味を見させぬか」

ずっと黙っていたウィズがそう言ってグラスを奪う。

「うむ。確かに爽やかじゃな。グリーフで飲んだビールはもう少しあっさりしておったが、何が違うのじゃ？」

「こいつは小麦を使ったビールだということが一番の違いだが、グリーフのビールとは醸造《じょうぞう》の仕方も違う。グリーフのビールはラガータイプだから低温で発酵させているが、こいつはもう少し温度が高いはずだ」

俺の説明に「よくご存じですね」と給仕長は目を丸くした。

「もう一つの方も味見させてください」と頼むと、少し濁りのある赤みがかった琥珀色のビールが注がれる。

ブラウンエールに口を付けると､先ほどの白ビールとは異なり､ローストした麦芽《ばくが》の苦みを感じる。

「香りはいいが、甘味が少ない気がする。少し冷えすぎかもしれないな」

俺の呟きに給仕長が律儀に答えてくれる。

「その通りです。ですが、ゆっくり飲むにはこのくらいの温度でないと、飲み切る頃に温《ぬる》くなり、しつこい甘さと強い苦みを感じるだけの不味いビールになってしまうのです」

さすがにきちんと考えられている。

「我にも飲ませるのだ」

そう言ってウィズが再びグラスを奪う。

「確かに苦みが強すぎるの。我はもう少しすっきりした味の方が好きじゃな」

ウィズはラガータイプのビールの方が好みらしい。

「味は分かりました。ではワインの方の説明をお願いします」

冷蔵室を出てワインの貯蔵庫《カーヴ》に向かう。

「この辺りのワインは白ワインが基本です。赤ワインもありますが、トーレス王国のものに比べると軽いものばかりです」

「トーレスのものは？　フォーテスキューのフルボディのものはありますか？」

「もちろんです。五年物から二十年物まで取り揃えております」

「なるほど。甘口の白ワインは？」

「地元の貴腐ワインがございます。他にもトーレス王国から入手したブルートンの貴腐ワインも何本かございますが……ハイランド料理に貴腐ワインは合わないと思います」

「最後のデザート用に考えています。貴腐ワインと焼き菓子は相性がいいですから」

「確かにトーレスではそのように合わせると聞いたことがありますが……」

ハイランドでは一般的ではないらしい。

他にも候補になりそうなものをいろいろ試飲させてもらった。

ただ残念なことに日本酒は、以前飲んだ〝ハイスプリングウォーター〟が置いてあるだけで、他の銘柄はないらしい。

「ブルートンでは流れ人の料理が流行《はや》っているそうですが、ナレスフォードではサケはドワーフの一部が好んで飲むくらいで、あまり流行っていないのです。最近ではジン・キタヤマの店で修業した者が店を出した関係で、徐々に飲まれ始めていますが……」

ここにもジン・キタヤマ氏の影響が及んでいるらしい。


給仕長と別れ、厨房に向かう。

厨房では料理長が料理人たちに次々に指示を出していた。

「野菜の下拵《したごしら》えは済んだか！　羊肉はオーブンに入ったな！　チーズの在庫がないだと！　すぐにナレスフォードに買いに行け！」

昼食まであと二時間ほどしかなく、もちろん前日からの仕込みもできなかったため、戦場のようだ。

「応援に来ましたよ、ロナルドさん」

すると、コック帽を被った背の低いヒュームの男が厨房に入ってきた。その後ろには、食材を山のように抱えた五人の料理人がいる。

「アランか！　俺の指示に従う気はあるんだな」とボーデン料理長が確認する。

入ってきたのはどうやら宮廷料理長らしい。

「もちろんです。それにトーレスの美食家が指揮を執っているとも聞いています」

「そいつならそこにいる」とボーデン料理長は俺の方を指差した。

宮廷料理長らしき料理人が俺に近づいてきた。

「私はアラン・デービス、ハイランド連合王国の宮廷料理長です。あなたが陛下のおっしゃっていた、トーレスの美食家で間違いないですか？」

革鎧を脱ぎ、剣を外しているものの、シーカーらしい実用的な服を着ているため〝美食家〟に見えなかったのだろう。何となく疑いの目を向けられている気がする。

「ゴウ・エドガーと申します。美食家とは思っていませんが、国王陛下とトーレス王国のリチャード殿下より、魔王アンブロシウス陛下の接待を命じられた者で間違いありません」

「そうですか……私はあなたの指揮下に入れと、陛下より命じられました。指示をお願いします」

「では、ボーデン料理長の指示に従ってください。既にハイランド料理を作ってもらうようお願いしておりますので。それに敬語はいりません。平民のシーカーに過ぎませんから」

「分かった。ではロナルドさんの指示に従えばいいのだな」

そう言ってデービスは厨房の中に入っていった。

二人の料理長は簡単な打ち合わせをした後、二手に分かれて調理を始めた。さすがに一流料理人だけあって、すぐに分担が決まったようだ。

会場となるテラス席の様子を見に行く。

別に立派なレストランがあるが、美しい景色を見ながら料理を楽しむことにしたのだ。

準備の状況を確認していると、四天王の一人ベリエスが、ハイランドの外交官と一緒にやってきた。

「お忙しいところを申し訳ありませんが、アンブロシウス陛下より伝言を預かっております」

「伝言ですか？」

「はい。食事の席にお二人も同席していただきたいとのことです」

「私たちも？　我々は接待役ですが？」

一応聞いたが、俺たちが同席することは何となく予想していた。ハイランド側の出席者はハイランド王とリチャード王子に加え、役人が三人くらいと見ていたが、魔王の相手を俺たちに押し付けてくると思っていたのだ。

ハイランドの外交官は目で受けろと言っている。既に話が付いているのだろう。

「此度の料理はエドガー殿が差配《さはい》されます。その解説などをしていただければ、より一層楽しめるのではないかと」

ベリエスの言葉に「それはよい！」とウィズが声を上げる。

「ゴウならば、なぜ料理と酒が美味く感じるのかを分かりやすく説明してくれる。なかなか分かっておるではないか！」

そう言ってベリエスの肩をバンバン叩いていた。

横にいる外交官だけでなく、周りにいる給仕たちもその様子を見て目を丸くしている。機嫌を損ねれば自分たちの命が危ういため、やめてほしいと思っているようだ。

「陛下にその旨お伝えいたします」

ベリエスはそれだけ言って立ち去ろうとしたので、確認したかったことを聞く。

「貴国の出席者はアンブロシウス陛下と四天王の方々だけでよろしかったでしょうか。人数が増えるようなら、料理長に変更を伝えなければなりませんので」

「はい。我が方は五名ということでお願いします。では」

それだけ言うとその場を足早に立ち去っていった。何か急ぎの用事があるようだ。

ウィズは「余分な者どもがおるが、仕方がなかろう」と言うものの、「我も参加できるなら人が美味しそうに食っておる姿を見ずに済む」と満足げな様子だった。

厨房に戻ると、料理長たちがそれぞれの部下に慌ただしく指示を出していた。

「オーブンの温度はどうだ！　付け合わせの野菜の仕込みは終わっているな！」

「バクリー鱒《ます》の下処理が終わっていないぞ！」

最初よりは落ち着いたが、正午まであと一時間を切っており、料理人たちの顔に焦りの色が見える。

「ボーデン料理長にお話があります」

「何だ？　忙しいんだ、見れば分かるだろう」

「それは理解していますが、五分ほどお時間をいただけないでしょうか。この後の段取りについて確認しないといけませんし、これから更に忙しくなると思いますので」

「確かにそうだな。で、段取りというのは出す料理が何か聞きたいということか？」

「それもありますが、アンブロシウス陛下に料理を出す際、説明をお願いしたいと思っています」

「俺が魔王にか！」

ボーデン料理長が大声を出して驚く。

「はい。まずは今日の料理を教えてください。それによって合わせる酒を考えますので」

「軽く流しやがったな」

ボーデン料理長は呟くが、「仕方あるまい」と言って料理の説明を始めた。

「最初は〝跳ね兎《ジャンピングラビット》〟のリエットだ。ちょうどいい具合に仕込まれているのがあったのでな……」

メモを取りながら話を聞いていく。雰囲気的にはフレンチのフルコースだが、田舎《いなか》風の料理も多い。

「……最後はデザートだが、ちょうどいいパウンドケーキがあったから、これを出そうと思っている」

「それはいいですね。この辺りの甘口ワインに合いそうです」

「よく分かるな。ハイランドには昨日初めて来たと聞いたが？」

「ええ。昨夜、地元の白ワインをいただきました。あのブドウなら貴腐ワインが美味そうだと思いましたので」

そこでボーデン料理長は俺のことをギロッと睨む。

そして「ちょっと来い」と言って厨房の中に引っ張っていった。

小さな片手鍋にスプーンを突っ込み、「このソースの味を見ろ」と言ってきた。どうやら俺がどの程度の知識を持っているか試すようだ。

今更な感はあるが、俺としても料理長たちの腕がどの程度か知りたいので黙って頷き、鍋に近づく。

ミルクっぽいバターのいい香りの中に、ほのかだがレモンの爽やかな香りを感じる。ムニエルのソースに似ている気がした。

スプーンを口に付けると、バターの滑《なめ》らかさと適度な塩分を舌に感じ、香ばしい小麦と魚の脂の香り、最後に柑橘の酸味を感じる。

「レモンバターソースですね。香ばしい魚の香りもします……小麦粉をまぶした魚の、バター焼き用のソースですか?」

「そうだ。これに合わせる酒は?」

「さっき味見させてもらったワインなら、ウエストハイランドのテーディングの白ワインです。個人的には日本酒《サケ》でも面白いと思いますが、ハイスプリングウォーターでは少し軽すぎますね」

テーディングはウエストハイランドの北部に位置する町で、白ワインの名産地だと給仕長から教えてもらっている。

「ビールは合わんのか?」

「白ビールなら合わないことはないですが、ビールの甘味とソースに入っているレモンの酸味のバランスが難しそうです。ブラウンエールでは苦みとバターの香りが喧嘩《けんか》する気がします」

ボーデン料理長は五秒ほど俺を見つめた後、表情を少しだけ緩めた。

「トーレス王が認めたというのは法螺《ほら》ではなかったようだな。アラン！　お前の方の下拵えは終わっているな。ちょっと来てくれ」

「何ですか、ロナルドさん」

デービス宮廷料理長が手を拭きながら近づいてくる。

「魔王たちに出す前に、こいつに味見をさせるぞ。その上でこいつに酒を選ばせる。文句はないな」

「ロナルドさんがいいなら、私に文句はありませんよ。でも、大丈夫なのですか？　給仕長に任せた方がいいのでは？」

「あいつは駄目だ。相手が魔王と聞いてブルっている。まともな酒を選べるとは思えん」

ボーデン料理長の言う通り、給仕長は萎縮したままだ。しかし俺は彼の案に待ったをかけた。

「私も宴席でアンブロシウス陛下の相手をしなくてはいけませんから、味見をして酒を選んでいる時間はありませんよ」

「何だと……では、どうやって酒を合わせるつもりだ？」

「給仕長にお願いするつもりだったのですが」

「さっきも言ったが、あいつは駄目だ。今まともに仕事ができるとは思えん」とボーデン料理長が大きく首を横に振る。

「ゴウが決めればよいではないか」

ウィズが無責任に口を挟んできた。

「料理に合わせないといけないんだ。俺はプロじゃないから、どんなに頑張っても何となくしか合わせられん。ボーデンさんの料理を熟知している給仕長に任せるしかないんだ」

イメージ通りの料理なら合わせられないことはないが、俺はプロじゃない。ハイランド連合王国が国家として接待をするなら、プロが完璧を目指すべきだ。

「時間がない。今のあいつでは迷い続けるだけだ」

確かに時間がないので、仕方なく腹を括ることにした。

「分かりました。メニューを見ながら給仕長と相談して私が決めます」

それだけ言うと、急いで給仕長のもとに向かう。

その途中、「面倒なことになったな」と横にいるウィズにぼやく。

「我は楽しんでおるぞ。お陰でいろいろ試飲もできたしの」

ウィズは気楽なもので、楽しげな表情をしている。

給仕長はすぐに見つかった。ワイン保管庫の奥に隠れていたのだ。

「このメニューを見て、合う酒を教えてください」

「私が選ぶのですか……？」と光の消えた目で聞いてくる。

「候補を挙げていただければ、その中から私が選びます。その代わり、試飲をさせてもらいますが」

その言葉で僅かに目に生気が戻るが、それでも何となく動きが鈍い。

仕方がないので神聖魔術の〝勇敢《ブレイブハート》〟を掛ける。ブレイブハートは、士気が低下した仲間を鼓舞《こぶ》する付与魔術《バフ》だ。

魔術が効いたのか、給仕長が気力を取り戻し、メニューに目を通す。

「ありがとうございます、勇気が湧いてきました。ではこちらへ」

これなら魔王相手に給仕もできそうだが、バフの効果持続時間は三十分程度と短く、掛け直しが必要になるため、今回使うつもりはない。

「一品目のリエットは少し癖がありますから、トーレスのセオール川沿いのスパークリングワインがいいでしょう。もしくはウエストハイランドの赤でしょうか。ウエストハイランドの赤は軽いですがスパイスを感じるので……」

テキパキと酒の候補を挙げながら、説明も加えていく。

俺はメモを取りながら頭の中で、料理の流れに合う酒を考えていた。

(あまり奇をてらわない方がいいな。だとすれば、スパークリングワインから始まって、魚料理には地元の個性的な白ワインやビール、肉には赤ワインを組み合わせるのがいいだろう。最後に甘口のワインで締めれば、形にはなるはずだ……)

横にいるウィズがお手上げという感じで「さっぱり分からん」と肩を竦めている。

説明は五分ほど続いた。その豊富な知識に脱帽するしかない。

「素晴らしい知識ですね。とても参考になりました」

そう言って頭を下げ、説明を聞きながら決めた酒の確認を行う。

「一品目にはセオール川沿いのスパークリングワインでお願いします。見た目の美しさもありますから、テーブルで給仕《サーブ》していただきたいと思います」

「魔王の前で注ぐのですか……」

「難しいですか？　先ほどの熟練した手つきであれば、アンブロシウス陛下も文句の付けようがないと思うのですが」

「で、ですが……」

俺には何とも感じないが、やはり一般人にとって魔王は恐怖の対象らしい。まあ、魔王にとっての恐怖の対象は俺の横にいるが。

「分かりました。アンブロシウス陛下には私が注ぎましょう。私が陛下に説明している間に、他の方のワインの用意をお願いするのでしたらどうですか？」

「それならば……何とかなると思います」

給仕長との打ち合わせが終わると、正午まで三十分ほどしかなかった。そこにハイランドの外交官が現れ「その恰好ではまずい。別室に衣装を用意した」と言ってきた。

確かにグリーフの町で買った古着であり、お世辞にも会食に相応しい服とは言えない。

ちなみにウィズも実用的な綿のブラウスと革のロングパンツではあるが、こっちは絶世《ぜっせい》の美女ということで何を着ていても華やかだ。

指定された部屋に行くと、王宮から派遣されてきたらしい執事っぽい男性とメイドが三人待っていた。

「時間がありませんので、すぐに着替えを」と挨拶する間もなく、奥に通される。

ウィズも同じくメイド三人に引きずられるように連れていかれた。

俺のために用意してあったのは、ダークレッドのジャケットに、真っ白な絹のブラウスと黒っぽいベスト、それに白いスラックスだ。白いヒラヒラのネクタイもどきを着けられ、磨き上げられた焦げ茶色の革のブーツを履かされる。

衣装はいいのだが、悲しいかな姿見に映った姿は喜劇役者がヨーロッパの貴族を真似ているようにしか見えない。

「これしかないのですか」

「他の衣装があったとしても時間がありません。陛下はすぐにでも到着されますから」

一切譲歩はしないという姿勢に、諦めるしかなかった。

少し待っていると、ウィズがやってきた。彼女の衣装は、上がブルーのジャケットと真っ白なブラウスに俺と同じようなネクタイもどき。スラックスは俺のものより細めでこちらも真っ白だった。更にピカピカに磨かれた黒い革のブーツで、男装の麗人《れいじん》という言葉がすぐに思い浮かんだほどだ。

「窮屈じゃの」と言いながら、腕を上げたり、ジャケットをパタパタとさせたりしている。

「よく似合っているじゃないか」

「そなたは全く似合っておらぬの」

俺が褒めると、ウィズは俺の全身を眺めながらそう言って笑った。

「玄関で国王陛下、王妃《おうひ》殿下、リチャード殿下をお迎えします。お急ぎください」

執事っぽい男性に急かされながら玄関に向かう。

既にホテルの関係者は玄関に並んでおり、最前列にハイランドの外交官が立っていた。

外交官が「準備の方は？」と簡潔に聞いてくる。

「すべて終わっています」

「では、国王陛下をお迎えしたら、君はアンブロシウス陛下を迎えに行ってくれ。頼んだぞ」

ここまでこき使われるとは思っていなかったので、一言嫌みを言ってみる。

「貴国の賓客《ひんきゃく》を案内するのが、他国の使節の護衛でよろしいのですか？」

俺の言葉に外交官は苦虫を噛み潰したような顔をした。

「私が行って機嫌を損ねられるより、気に入られている君たちが行く方がアンブロシウス陛下の心証もよくなるだろう」

「気に入られている……私たちがですか？」

「そうだろう。わざわざ同席するよう指名されたのだ。君たちを気に入ったとしか思えんよ」

傍《はた》から見たらそう見えるのかと思いながら、ハイランド連合王国の紋章が入った馬車を待った。

◆

余アンブロシウスは、ハイランドに来たことを激しく後悔していた。

一番の理由は〝豪炎の災厄竜《インフェルノディザスター》〟と邂逅《かいこう》してしまったことだが、他にも理由はあった。

それは災厄竜に匹敵する存在、ゴウ・エドガーを知ってしまったことだ。

彼自身は我ら魔人族に同情的であり、災厄竜を御せる唯一の存在としてありがたい存在であることは理解している。そうであっても、彼の行動原理が分からないことが不安を掻き立てる。

昨夜もハイランドとの交渉について知恵を出してくれた。そのこと自体には感謝しているのだが、その際、貴重な黒金貨を銅貨のように無造作に渡してきた。

　黒金貨は余にとって思い出深い品だ。これを得る戦いでは必ず、戦友でもある部下を失っている。最初の一枚は数百年前のものだが、その時の記憶を失わぬよう、それだけは執務室の壁に飾ってあるほどだ。

　そんな貴重な品の対価を支払うべく、余は提案を試みようとした。しかし、ベリエスが目で止めてきた。理由が分からず、エドガー殿が去ってからそのことを問うた。

「なぜ止めたのだ？　黒金貨の希少性はそなたも充分に理解しておろう」

「もちろんでございます」とベリエスは答えるが、驚くべきことを言ってきた。

「我々にとって戦友《とも》の魂にも等しい黒金貨ですが、恐らくエドガー殿は何千枚も持っており、彼にとっては銅貨程度の価値しかないのでしょう」

「何千枚は言いすぎであろうが、確かに価値を感じておらぬことは理解できる。だが、それであっても対価は必要であろう」

「迷宮産や野生の魔物の食材を送ることで、充分な対価になると断言できます」

　ベリエスの言っている意味がよく分からなかった。迷宮産の食材は希少だという話だが、所詮四百階層辺りで獲れるものばかりだ。野生の魔物も同様に、黒金貨とは全く釣り合わない。そのことはベリエスも充分に理解しているはずだ。

　そのことを指摘しようとしたが、ベリエスが先んじて話し始めた。

「陛下は思い違いをされております」

「どういうことだ？」

「エドガー殿は見た目こそヒュームですが、魔人族を含め我ら人族とは異なる存在なのです。その存在に、我々の常識を当てはめても意味はないと愚考いたします」

「人族ではない……言わんとすることは分かるが、ドレイク殿ならともかく、エドガー殿に常識がないわけではなかろう」

「そこが思い違いされている点です」

普段ほとんど反論しないベリエスにしては珍しく、余の言葉をきっぱりと否定する。

「なぜだ？　ドレイク殿が我らを滅ぼそうとした時、止めに入ってくれたではないか。当事者でもない子孫を滅することはよくないことだと。それによって我ら魔人族は生き長らえることができたのだぞ」

「確かにその通りです。ですが、そのことをもって我々と同じ常識を持っているという証左にはなりません。我々とは価値観が違いすぎます」

余にはベリエスが言いたいことが理解できない。

「価値観？　具体的に言え」

「エドガー殿が何者かという点はさておき、少なくとも何を求めているのかはおおよそ推測できます。彼が求めるのは快楽、それも食と酒に特化したものです」

「食と酒に対する執着は分からぬでもないが……」

「ドレイク殿は彼《か》の災厄竜であり、神ですら滅ぼすことができず、止むなく封印したとされる存在です。それほどの存在を従える者、それがエドガー殿なのです。この大陸のみならず、世界を欲すれば間違いなく手に入れられます」

「その通りだが……」

「ですが、エドガー殿もドレイク殿も世界はおろか、金品《きんぴん》にも興味をお持ちではありません。いつでも手に入れられるものゆえ、価値を感じておられないのではないかと思われます」

「それならば食材も同じではないのか？　あの二人ならば、我らが狩らずとも自ら手に入れられる。その理屈はおかしいではないか」

「その存在を知っていれば確かにその通りでしょう。ですが、知らなければ狩りようがありません。エドガー殿が情報をありがたがったのは、それが理由だと思われます」

余にもベリエスの言いたいことが徐々に分かってきた。

「エドガー殿にとっては、情報が一番欲しいものだと、そなたは言いたいのか」

「御意にございます。今思えば、我々が生き延びられた理由もそれかもしれません」

「情報源として有用であるから、我ら魔人族は生かされた……それがエドガー殿の考えだと」

「そこまで考えていたかは分かりませんが、少なくとも我々に価値がなければ、ドレイク殿を積極的に止めなかった可能性は否定できません」

その言葉を聞き、余がエドガー殿に恐ろしさを感じていた理由が腑《ふ》に落ちた。それと同時に背中に冷たいものが流れる。

我々とは異質の価値観を持っているだけならまだいい。その人物が我々を容易に滅ぼせる力を持っていることが恐ろしいのだ。どこに逆鱗《げきりん》があるか分からぬ相手と好んで交流したいとは、誰も思わぬだろう。

そのことが頭から離れず、ハイランドと交渉を行った際も、本当に彼の意向に沿っているか気になって仕方がなかった。要求自体はエドガー殿に言われた通りにしたつもりだが、何度も目で確認してしまった。

早々に終わらせたかったが、ハイランド王が持ち帰って検討したいと言ってきた。

とはいえ、それだけなら問題はなかった。このホテルの部屋に篭っていれば済むのだから。

しかし、トーレス王国の王子がいらぬことを言ってきた。

あろうことか、エドガー殿に余の接待をさせるというのだ！

余は折れそうになる心を叱咤《しった》し、平静を保って断ろうとした。しかし、ハイランド王が否定しなかったことから、エドガー殿も渋々ながら受け入れてしまった。

こうなったら仕方がないと諦めたが、情けないことに我が四天王たちは敵前逃亡を図《はか》った。

軍を引かせるための指揮を執らねばならぬことは理解するが、三人すべてが行く必要はない。

忠義では四天王一のファルコも、余のことを慕っていると思っていたウルスラも、そして最も長く苦楽を共にしたルートヴィヒですら、余を裏切ったのだ！

何とかベリエスだけは引き留めることに成功したが、エドガー殿やドレイク殿と食事を共にしなければならないことを考えると胃が痛い。

我は失意を隠しながら、ハイランド王との会談の場であったテラスから最上階の部屋に戻った。

「何とかやめさせることはできぬのか」

傍らに控えるベリエスに愚痴《ぐち》を零すが、「不可能です」ときっぱりと否定される。

「胃が痛いのだが……」

「エドガー殿が神聖魔術の使い手であることをお忘れですか？　胃が痛いとおっしゃれば、最上級の治癒魔術、エクストラヒールを掛けてくださることでしょう」

「そうだな……」

エクストラヒールは欠損した四肢《しし》や器官を再生できるほどの治癒魔術だ。死んでさえいなければ、腹に大きな穴が開いていても治すことができる。つまり、胃を失うほどの状態でも治せてしまうのだ。胃痛程度では欠席の理由になり得ない。

「それよりも、この後のことをよく考えておくべきです。食に拘りのあるエドガー殿が用意する食事に対し、どのような対応を取るのかについて」

「普通に食事をするだけでは駄目なのか？」

「黒金貨よりも食材がよいという人物なのです。無関心であれば機嫌を損ねる可能性もございます。最悪の場合、ここにいる我々のみならず、すべての魔人族が滅ぼされることも念頭に置いておくべきでしょう」

ベリエスが言うことはもっともだ。蒸留所を襲ったという話になった時のエドガー殿の顔は、余の心臓を凍らせるほど冷たいものだった。

「どうすればよいのだ？　料理や酒の良し悪しなど余には分からぬぞ」

「考え方を変えてみましょう」

「どう変えるというのだ？」

「まずはエドガー殿とドレイク殿も同じテーブルに着かせるのです。陛下が〝余の相手をせよ〟とおっしゃれば、ハイランドは断れませんし、エドガー殿もドレイク殿も美食を味わえるならと席に着くでしょう」

「あの者たちと一緒に食事を摂るのか……」

「後ろから見られているよりマシではありませんか？　一緒に食べていれば、相手の反応を見てから感想を言うことができます」

「確かにそうだ。それがよい！」

そう納得したものの、やはり災厄竜とその主人である〝魔王〟と一緒に食事を摂るというのは気が進まない。しかし、回避するすべがないなら、次善《じぜん》の策としてベリエスの提案を採用するしかない。

「では、エドガー殿にその旨を伝えてまいれ。いや、本人に言って断られては面倒だ。ハイランドの者に伝えた方がよいな。ハイランドからの要請であれば、エドガー殿も断るまい」

余の言葉に「おっしゃる通りかと」とベリエスは言い、部屋を出ていった。

残された余は痛む胃に〝上級治癒魔術《ハイヒール》〟を掛けた。しかし、痛みが治まることはなく、ソファーに身を預け、天を仰ぐしかなかった。

余は高くなっていく太陽を恨めしく思いながら、刻一刻と強くなる恐怖に耐えていた。刑の執行を待つ死刑囚もこんな気分なのだろうと思いながら。

四天王たちも同様だ。エドガー殿から指名を受け、早々に連れ戻している。先ほどのような逃亡を許さぬために、この部屋から出ぬように命じてあった。

余を含め、全員が正装に着替えている。これはこの国を征服した際、式典で身に着けるつもりで持ってきたものだ。まさかこのようなことで着るとは思わなかった。

その着飾った四天王たちを一瞥《いちべつ》し、注意を促す。

「くれぐれも不用意な発言はするな。エドガー殿、ドレイク殿のことを最も理解しているベリエスが相手をするのでな」

そう言うとルートヴィヒたちは安堵の表情を浮かべた。気の利いたことを言えと言われたら、という不安でもあったのだろう。

ベリエスは「それは……」と反論しようとしたが、ルートヴィヒが先に口を開いた。

「さすがは〝魔眼のベリエス〟だ。人の心を探るというその魔眼は伊達《だて》ではないということだな。期待しているぞ」

すぐにウルスラも同調する。

「羨《うらや》ましい限りですわ。陛下にそこまで信頼されているとは。妾《わらわ》ではお役に立てませんもの」

普段無口なファルコですら、「然り」と言っている。

これまでベリエスに対し、四天王最弱と面と向かって言ってきた者たちが手の平を返す姿は見苦しいが、余も立場が同じであれば似たようなことをしたであろうから、何も言わない。

「これは我らの命を懸けた戦いだと考えるのだ。例えるなら、迷宮で狡猾《こうかつ》な罠に捕らえられたようなものだ。生き残るため、我ら五人で力を合わせて乗り切らねばならぬ」

余の決意を聞き、「そうおっしゃられても妾にはどうしてよいやら」とウルスラが零す。

「ベリエスの言葉に、余と共に合わせればよい。それ以上のことは考えてはならぬ」

「ベリエス殿、よろしく。もし災厄竜の怒りを買えば、最初に命を落とすのは妾ですゆえ」

ウルスラは遠距離特化の魔術師だ。無論、そこらの妖魔族よりは強いのだが、この五人の中では格段に防御が弱い。

「ドレイク殿の怒りを買えば、一瞬で消滅させられます。最初と言っても一秒にも満たぬ時間しか変わりません」

ベリエスの言葉は真実だが、それに応える者は誰もいなかった。

沈黙が支配した時、ドアをノックする音が聞こえてきた。と言っても気配で誰が来たのかは分かっている。

ベリエスに目配せし、ドアを開けさせる。

そこにはエドガー殿とドレイク殿が立っていた。彼らを寄越したハイランドに対し、言い知れぬ怒りが湧く。しかし、無理やり抑え込み、平静を装った。

「お待たせしました。準備が整いましたので、ご案内します」

そのにこやかな顔に「よろしく頼む」と答えるのが精いっぱいだった。

七．テラス席での優雅な昼食

魔王アンブロシウスを歓待する昼食会の準備が整った。

行われる場所は早朝に会談を行ったホテルのテラスで、出席者はハイランド側が国王のフレデリックと王妃のヘンリエッタ、リチャード王子と俺たち二人だ。

ハイランド王が中央に座り、その左側に王妃とリチャード王子が、右側に俺とウィズが座る。

対する魔人族側は魔王アンブロシウスが中央に陣取る。

妖魔族特有のやや青白い皮膚、そして顔に独特の紋様があるが、がっしりとした体躯《たいく》と整った眉《び》目《もく》の美丈夫だ。黒を基調とした服に長いマントを着ており、〝魔王〟の威厳を感じさせる。

その左側には魔王と同じ妖魔族のルートヴィヒが座る。〝魔将軍〟と呼ばれる彼も堂々たる体躯の戦士で、頬に傷があるものの、それが整った顔立ちを引き立て、帝政ドイツ風のスマートな軍服も相まって歴戦の将軍であると感じさせる。

魔王の右側はサキュバス族の美女、ウルスラだ。豪奢《ごうしゃ》な金髪を高く結い上げ、胸元が大きく開いたマーメイドタイプの真っ赤なドレスを身に纏い、サキュバス族らしい色気を振りまいている。

ウルスラの右隣に獅子頭の妖魔族、ファルコが座る。獅子のたてがみを持ち、黒を基調とした軍服に金糸で作られた飾緒《しょくしょ》が、百獣《ひゃくじゅう》の王が擬人化したと思うほど迫力がある。

ルートヴィヒの左隣は見知った存在、ヴァンパイア族のベリエスだ。魔王やルートヴィヒに比べるとやや線が細い感じだが、薄い金色の髪をオールバックにして燕尾《えんび》服のような正装に身を包んでいる姿は、映画などで出てくる美形の吸血鬼を思わせる。

今回のメンバーだが、魔人族側はもちろん、ハイランド側も存在感がある人物ばかりだ。

ハイランド王はエルフの美男子。王妃は金色の髪を結い上げ、小さなティアラを付けた繊細な感じのエルフの美女だ。二人とも見た目は二十代半ばにしか見えない。

リチャード王子も王族らしい、整った容姿の凛々《りり》しい若者だ。

ウィズも絶世の美女であり、妖艶な美女であるウルスラとは別の色気を感じさせる。

そんなわけで、冴えない日本人の中年男である俺だけが見事に浮いていた。

「我らとテーブルを共にしていただき、感謝いたします。ささやかながら料理と美酒を楽しんでいただければと思います」

ハイランド王がそう切り出す。

「楽しませてもらおう」と魔王が鷹揚に返すが、すぐにハイランド王に対し、釘を刺す。

「我が要求に対する回答は刻限通りでよいのだな。王が余と食事をしておったから遅れたというのは、理由にならぬぞ」

「無論です。刻限通りに陛下に回答いたします」

猶予を求めた本人がここにいることに対し、魔王が警告するのは理解できる。

「では、食事を始めましょう」とハイランド王が誤魔化すように声を上げる。

ジョセフス給仕長が俺にスパークリングワインのボトルを渡してきた。

ゆっくりと立ち上がり、斜め前にいる魔王のグラスにスパークリングワインを注ぐ。

テラスということでそれほど大きなテーブルではなく、腕を伸ばせば充分届く。

「トーレス王国の中央部、セオール川沿いのスパークリングワインです。甘口ではありませんが、ほんのりと甘さを感じさせ、やや強めの炭酸が一品目の料理を引き立ててくれるはずです」

俺が注ぎながら説明している間に、給仕たちが他の出席者にワインを注いでいく。

「アンブロシウス陛下の領土にスパークリングワインがあるかは存じませんが、これは目でも楽しむことができます。グラスの底にごく小さな傷を入れることで、細かい泡が連続して生じ、まるで無限に湧き上がる泉のように見えるのです」

その言葉を聞き魔王はグラスを持ち上げ、「なるほど」と頷いた。

そこに料理長が現れ、「本日の料理を担当しましたロナルド・ボーデンと申します」と頭を下げる。

そして、魔王の前に皿を置いた。

「本日の一品目はジャンピングラビットのリエット、すなわち細かくした肉に強めに塩を振り、脂になじませたものを冷やした料理でございます。そのため脂を強く感じますが、横に置いてあります焼いたパンに塗っていただきますと、美味しく召し上がっていただけると思います」

俺が頼んだ時に渋った割には、魔王相手にプロらしい淀《よど》みのない説明をしている。

「では、アンブロシウス陛下に乾杯の音頭《おんど》を取っていただきましょう」

ハイランド王がそう言うと、魔王は「乾杯の音頭だと」と凄みを利かせる。何も聞いておらず戸惑っているようだ。これはまずいと思い、助け舟を出す。

「貴国では乾杯の風習はございませんか」

「いや、ないわけではないが」

魔王は声のトーンを落とし呟くが、まだ戸惑いが見えた。

「陛下は何に乾杯してよいのかとお悩みなのではありませんか」

俺が重ねて尋ねると、ベリエスが俺に合わせるようにフォローを入れる。

「それでは、両国の今後に乾杯されてはいかがでしょう」

「うむ。そうだな」と魔王は頷く。少し焦った表情をしているが、グラスを高く掲げた。

「では、貴国と我が国の今後に、乾杯」

魔王は重々しい感じでグラスを少し上げる。それに合わせるように「「乾杯」」の声が上がり、皆グラスに口を付けた。

爽やかなスパークリングワインのミストが僅かに鼻に当たる。青リンゴのような香りに包まれ、僅かに蜜のような甘さを感じた。

「よい酒じゃ」とウィズが満足そうに頷いているが、他には誰も口を開かない。

薄切りにされ、カリカリに焼かれたフランスパンのようなハード系のパンを手に取り、リエットを載せる。

ジャンピングラビットという魔物は知らないが、肉の色はベージュで、普通のウサギのリエットと言われても全く違和感がない。

一口齧《かじ》ると、舌に冷えた脂肪分のザラッとした食感が来る。しかし、すぐに体温で溶け、滑らかな舌触りに変わっていく。

脂が溶けると強めの塩味と肉の香りが口の中に広がり、パンの香ばしさと相まって、空腹感が更に強くなる。

そこでスパークリングワインを口に含む。

さっきは感じなかった柑橘のような酸味と香りが、脂っぽさをきれいに流していく。

「これはいい」と思わず口に出してしまう。

「そうじゃな。ウサギなど食うところがないと思っておったが、これほどよいつまみになるとは思わなんだの」

確かに竜ならどれほど大きなウサギでも物足りないだろう。

「これは素晴らしい組み合わせですね」とベリエスが感想を口にする。

「ベリエスの言う通りだな。余もこれほどの美味と美酒は初めてだ」

「私も同感です。これを国で食べられるようにしたいものですな」

「妾《わらわ》も同じ思いでございますわ」

「然り」

魔王を筆頭に四天王たちが口々に褒める。

その様子にハイランド王たちは僅かに安堵の表情を見せるが、すぐにハイランド王が「さすがはアヴァディーン陛下が認める美食家だけのことはある」と俺を褒める。

「うむ。余も同じ思いだ。よくぞ、これほどの料理を選んでくれた。礼を申すぞ」

魔王もハイランド王に同調するが、まだ一品目だ。早すぎるし、何となく取って付けた感があった。

しかし小さく頭を下げ、「お褒めの言葉ありがとうございます」と言って、皆に合わせておいた。

「うむ」

魔王は頷き、ベリエスたちは安堵の表情を浮かべている。どうやら俺に気を使っているらしい。

「ゴウに任せれば、この程度は当然なのじゃ」

空気を読めないウィズは、そう言って満足げに笑う。それを見て魔王たちの表情が更に緩んだ。

二品目は小エビを使ったサラダだ。ロメインレタスのようなシャキシャキの葉野菜の上にボイルした小エビがちりばめられ、ニンニクとマスタードを使ったドレッシングが掛けられている。

「合わせる酒は、ウエストハイランドのテーディングの白ワインです。思ったより軽い感じでしたので、少し苦みのある葉野菜と甘みのあるエビに合わせてみました」

テーディングはワインの名産地だが、特に白ワインが有名なところだそうだ。試飲した際には、ドイツワインというよりアルザスワインに近いと思った。

この組み合わせも無難なものであり、面白みはない。それでも魔王たちは絶賛してきたが、あまりにわざとらしい。しかし、接待の場ということで何も言わずに我慢する。

三品目は豚ひき肉とレンズ豆の煮込みのキッシュだ。

パイ生地でできた器に豚ひき肉とレンズ豆の煮込みを入れ、そこに玉子と生クリームのソースを流し込み、最後にチーズをたっぷりと載せてオーブンで焼いてある。

キッシュはウエストハイランドの名物料理だそうだ。

本来なら肉系のキッシュには赤ワインが合うのだが、今回は地元ナレスフォードのブラウンエールにしてみた。

ブラウンエールは苦みが強いタイプで、試飲の時には意外にドライだと感じたので、温度は少し温めにしてもらった。それが功を奏し、甘みと香りのバランスがよくなり、キッシュのミルキーな感じにもよく合っている。

「先ほどより美味いの。温度でこれほど変わるものなのじゃな」

試飲の時にはお気に召さなかったウィズだが、この温度ならいいらしい。

「赤ワインが出てくると思ったのだが、これはこれでよいな」とハイランド王も気に入ってくれたようだ。

「定番の赤ワインでもよかったのですが、この後の料理が脂を強く感じるものになりますので、ビールでさっぱりしていただこうと思いました」

「なるほど。全体の流れを見て選ばれたということですかな」

ベリエスが聞いてくる。

「はい。こういったコース料理では一品ごとに料理と酒を合わせることはもちろん、最も味わっていただきたいメイン料理が引き立つように考えないといけませんから」

「エドガー殿と常に一緒にいられるドレイク殿が羨ましいですな」とベリエスが持ち上げる。

「我もゴウと出会えたことは、生を受けてから一番の幸運と思うておる」

その言葉に照れるが、深く突っ込まれると迷宮での出会いの話をしなくてはならなくなるので、話題を変える。

「それにしてもハイランドはよいところですね。南はウイスキー、西はワイン、中央に当たるこの辺りは湖の恵みと美味いビール。北や東にも特徴的なものがあるのでしょうか」

俺の問いに、国王に代わって王妃が答える。

「ございますわ。北は深い森の中に獣人族の集落《コミュニティ》が多く、彼らの作る、野生の魔物や獣を使った野《や》趣《しゅ》あふれる料理が特徴です。東だけはアレミア帝国との国境に近いということで人はあまり住んでおりませんの」

「獣人族の野趣あふれる料理ですか。それはとても興味をそそられます」

そんな話をしていると、次の料理を持った料理長が現れた。

次からメイン料理で、目の前に見える湖、小バクリー湖の鱒のムニエル風だ。

「目の前の湖で獲れましたバクリー鱒のバター焼きです。バターにレモン、少量のニンニクと香辛料を加えて焼いております」

皿が目の前に置かれると、食欲をそそるバターと魚の香ばしい匂いがテーブルを覆う。鱒は鮭《さけ》かと思うほど大きく、バターがたっぷりと使われているため、ボリュームも充分にある。

料理長の説明が終わったところで、ワインが配られていく。

「ワインもナレスフォード近くの白ワインです。鱒とバターに負けないように個性的なものを選んでいます」

最初はウエストハイランドの重めの白ワインにしようと思ったが、ジョセフス給仕長がそれよりもこちらの方が合うと薦《すす》めてきたのだ。

ブルゴーニュのシャルドネに近い感じで、蜂蜜を溶かしたような濃い黄金色だ。味は思ったより軽く、マスカットのような甘い香りも僅かにある。

こんがりと焼かれた鱒は見た目よりふんわりと柔らかく、ナイフがスッと入る。口に運ぶとバターと焼いた魚の香ばしさが口いっぱいに広がり、噛むことで鱒の持つ脂のコクと、フェンネルのようなハーブの爽やかさが加わって、得も言われぬ味に変わっていく。

「これは……」

魔王が唸り、「この料理は絶品だ。余はこれほどの料理を食したことがない」と言いながらワインを口にする。

「確かに負けぬ味であるな。これもエドガー殿が選んだのか？」

料理に感動し、素に戻ったのか、魔王は俺を〝エドガー殿〟と呼んでいた。そのことにハイランド王たちも気づいたようで、俺の方を魔王に気づかれないようにちらちらと窺っている。

「一応私が選びましたが、候補を挙げてくれたのはこのホテルの給仕長レジナルド・ジョセフス氏です。私ではこの組み合わせを見つけることはできなかったでしょう」

「うむ。そのジョセフスとやらに褒美《ほうび》をやらねばならぬな。もちろん、エドガー殿にも」

そこでハイランド王が「満足いただけたようで、安堵しました」と言い、俺の方を見た。

「エドガー殿とジョセフス、料理長のボーデンには、ハイランド連合王国として褒美を出しましょう」

ハイランド王まで〝殿〟と敬称を付けてきた。俺たちを平民として扱っていたリチャード王子はそれを聞き、少し居心地が悪そうだ。もっとも、トーレス王も同じ呼び方をしていたので今更な気はするが。

「これほどの料理をいただけるだけで、私たちには充分な褒美です」

四天王たちは話に加わらず、料理に集中している。魔王が積極的に話し始めたことで、無理やり話を合わせる必要がなくなったと思ったのだろう。

鱒を味わった後にワインを口に含むと、少し強めの酸味と青リンゴのような軽やかな甘い香りがバターと鱒の脂をきれいに流す。

ワインとの相性の良さに、皆の皿から大ぶりの鱒の切り身が瞬く間に消えてしまった。

しかし、タイミングを見計らっていた給仕により、すぐに次の料理の準備が始まる。

レモンスライスが浮かんだ水が入ったガラスの器が置かれた。

「これは何じゃ？」と器を持ち上げながら、ウィズが聞いてきた。

「フィンガーボウルだ。指で食材を掴んだ時にすすぐためのものだから、飲んでは駄目だぞ」

俺の言葉になぜか魔王が〝なるほど〟という感じで小さく頷いている。

フィンガーボウルを置き終わったところで、給仕長がワインを運んできた。

ボトルを受け取り、魔王のグラスに注ぐ。

「次の酒はトーレス王国東部のフォーテスキューの赤ワインです。十五年物のよい状態のものがありましたので、料理の前にまずはワインをお楽しみください」

説明しているうちに俺の前にもグラスが置かれ、それを手に取る。

深紅のワインが日の光を受けてやや紫色に見える。ワインの表面のふちにはきれいな透明な輪《リム》ができており、良質なワインであることが見ただけで分かった。

グラスを口に運ぶと濃厚な黒ブドウの香りに包まれ、それだけで幸せな気分になれる。

「これもよいワインよの」

ウィズがそう言う一方で、魔王が目を見開いて驚いている。

「美味い……フォーテスキューのワインは余も飲んだことがあるが、これほどのものは初めてだ」

ベリエスが迷宮都市グリーフに潜入していたため、土産として持ち帰ったことがあるのだそうだ。

「これはフォーテスキュー侯爵家所有のワイナリーの最上級品だそうです。私も試飲をした時に驚きました。これほどのワインにはなかなか出会えません」

「リチャード王子よ。いずれ貴国との交易が成った暁《あかつき》にはこのワインを融通《ゆうずう》してくれぬか」

魔王は相当気に入ったらしく、あまり話しかけていなかったリチャード王子に尋ねた。

「もちろんです、陛下。ですが、トーレス王国にはまだまだよいワインがございます。他にも気に入っていただけるものが必ずや見つかることでしょう」

王子も酒が入って気が大きくなったのか、魔王に萎縮せずに答えている。

ワインを楽しんでいると、片手鍋を持ったボーデン料理長が、骨付き肉を載せた皿を持った料理人たちを引き連れて現れた。

テーブルに肉料理が置かれていく。

「肉料理は仔羊のローストでございます。ソースはナレスフォードの南の森で採れたキノコを使っております」

料理長が説明をしながら、ロゼ色のラム肉の上にソースを掛けていく。

焼けた肉汁の香ばしい匂いと共に、キノコの芳醇な大地の香りが上がってくる。ポルチーニ茸に近いキノコが使われているためだ。

「これはよい香りじゃ」

そう言いながら、ウィズがナイフとフォークを使って肉を切り分けようとする。

「さっきも言ったが、フィンガーボウルが出てきた時は手で掴んで食べてもいいんだぞ」と教え、俺は自分の皿の仔羊肉を手に取った。

いつもならナイフとフォークで食べられるところまで食べてから、手で掴んで骨の周りの美味いところを食べるのだが、未だにナイフとフォークに慣れていない彼女のために率先して手に取ったのだ。

「なるほどの」

「ただ、こうやって指先を使うだけだぞ」

そう言って人差し指と親指で骨の端を摘まみ、肉の部分に思い切ってかぶりつく。

キノコと赤ワイン、ほのかにニンニクの香りが付いたソースと仔羊の脂の香りが口内に広がる。

肉質は繊細で絹のように滑らかだ。

汚れた指先をフィンガーボウルに浮かんでいるレモンスライスを摘まむようにして洗い、口元をナプキンで拭いてからワインを口に含む。

ワインだけを飲んだ時より濃厚なブドウの香りを感じ、ソースや肉と相まって得も言われぬ味に変わる。

「完璧ですね。仔羊肉の焼き加減、ソースの味と香り……これほど繊細な仔羊のローストは味わったことがありません」

「余もこれほどの肉を食したことはない。それ以上に感心するのはワインとの相性だ。これもエドガー殿が選んだものなのか」

魔王が俺に聞いてきた。既に最初の頃のぎこちなさは消え、純粋に料理を楽しんでいるように見える。

「はい。フォーテスキューの赤ワインは迷宮都市グリーフで飲んでおりましたので、料理の内容を聞いてこれが合うのではと考えました。もちろん、給仕長にも確認し、太鼓判を押してもらっています」

「うむ。余は魔物の肉をよく食すのだが、家畜の肉や魚もよいものだな」

そこでハイランド王が「そういうことか」と頷き、俺に向かって言葉を続ける。

「エドガー殿はこの先の交易のことを考えて、この料理を提案したのだな」

「どういうことだ？」と魔王が疑問を口にする。

「貴国には魔物肉が多くありますが、家畜や湖の魚は珍しいのではありませんか？」

「確かにそうだが」と頷くが、納得した感じはない。

「この昼食会では、貴国では手に入りにくい家畜や魚、更には我が国やトーレス王国の名産の酒が積極的に選ばれております。つまり陛下に交易品の候補をご試食いただくつもりで、このような組み合わせにしたのではないかと言いたかったのです」

さすが長年君臨している王だけのことはあり、俺の意図を正確に読み取っていた。

「陛下のお考えの通りです。料理長に明確にお願いしたわけではありませんが、できる限り地元のものを使うようお願いしました」

「そんな意図があったとは……」とリチャード王子が驚いている。

「アンブロシウス陛下や四天王の方々が気に入るようなものであれば、魔人族の他の方たちにも気に入られるでしょう。つまり貴国の迷宮産の高価な品や、野生の魔物の素材などの対価として、これらのものに充分な価値があると知っていただければと思った次第です」

「なるほど……我が国にないものとハイランドやトーレスにないものを交換することで、両者が補完し合う関係になれるということか」

魔王も意図を理解したようだ。

「その通りです。完全に公平な関係は難しいですが、一方が搾取《さくしゅ》するばかりの構図にならないことこそが、平和を保つために重要ではないかと思っております」

「エドガー殿は政治にも詳しいのだな」とハイランド王が褒める。

「いいえ。私が平和を願うのは、戦争になれば人々に余裕がなくなり、美味い酒や料理が食べられなくなるからです」

これは本心だ。

「うむ。余もこの料理を食べて、エドガー殿の言いたいことが分かった気がする」

魔王がそう言って頷く。

「どういうことですかな？」とハイランド王が僅かに探るような表情で聞いた。

「美味い酒と料理があれば心に余裕ができる。我ら魔人族は今まで、その心の余裕がなかった。それだけではない。美味い酒があれば、このように胸襟《きょうきん》を開いて語り合うこともできる」

「なるほど。では、エドガー殿に感謝せねばなりませんな」

ハイランド王も納得し、気づけば両国の間を取り持ったことにされていた。

魔王はウィズと俺に気を使い、ハイランド王はその魔王に気を使った結果なのだが、両者の思惑《おもわく》が一致してしまった。

「うむ。その通りじゃ。ゴウは我にもいろいろと教えてくれる」

ウィズの言葉にベリエスが「真に素晴らしいパートナーですな」と追従《ついしょう》を言うと、ウィズは「そなたにも分かるか」と満足げな表情になる。

あからさまな追従でも、ウィズの機嫌がよいならと何も言わずにおいた。

給仕長が俺に合図を送ってきた。頷き返し、「そろそろ締めのようです」と告げる。

白ワインのボトルを受け取り、魔王のグラスに注ぐ。蜂蜜のような濃い黄金色で、よく冷えていることからグラスがすぐに曇る。

「最後はナレスフォードの甘口ワインです。爽やかな香りと、上質な蜜のような甘みをお楽しみください」

俺の言葉で魔王がグラスに口を付ける。そして「これは！」と驚きの声を上げた。

「この甘露《かんろ》の味わいは初めてだ。確かにワインなのだが、同じものとは思えぬ」

そう言ってワイングラスを掲げて眺めている。

「陛下のおっしゃる通りですわ。妾《わらわ》も初めて味わいましたが、これはぜひとも持ち帰りたいものです」

ウルスラは相当気に入ったのか、ワインに夢中になっている。

俺も味わってみると、リースリングのような爽やかな香りの後に、貴腐ワインの上品だが濃い甘みが口に広がるのを感じた。

（デザートワインとしては完璧だな。あとは思惑通り、焼き菓子に合えばいいんだが……）

ボーデン料理長が説明しながらデザートの皿を置いていく。

「デザートはドライフルーツの入ったパウンドケーキと、ブルーチーズの蜂蜜掛けです。ブルーチーズに掛けている蜂蜜には巣蜜《コムハニー》と言って巣の部分もございますが、一緒に召し上がってください」

「巣も食べるのか？」

ウィズが驚いて聞いてきた。

「サクッとした食感と独特の風味があって美味いんだぞ。それに、ブルーチーズを合わせると面白いことになる」

「面白いこと？」

俺の言葉に首を傾げるが、魔王たちも同じ思いなのか、興味深げにウィズを見つめている。

ウィズはブルーチーズと巣蜜を一緒にフォークで口に運んだ。

「うむ。変わった香りと味じゃな……うん？　何じゃ？　なぜこれほど香ばしくなるんじゃ？」

その言葉に魔王たちも同じようにチーズを食べ始めた。

「うむ。確かに香ばしさを感じる。蜜だけでもチーズだけでも感じぬのだが……」

「私も理屈は知りませんが、ブルーチーズと蜂蜜を一緒に食べると、塩味と青カビの香り、蜂蜜の甘味が混ざってとても美味しくなるんです。そこに巣の部分の食感が加わると焼いたナッツのような香ばしい感じになって更に美味さが増します」

ブルーチーズと蜂蜜の組み合わせは、地球では定番のものだ。

「この甘さに甘口ワインが合うのか？」

ウィズが言いながらグラスに口を付ける。

「うむ。確かに美味い。甘さより爽やかさを感じるの……だが、甘くないワインの方がよいのではないか？」

「もちろん赤ワインでもいいし、チーズに火を入れれば甘くない白ワインでもありだ。しかし、デザートとしてゆっくり味わうには、冷えた甘口ワインが意外に美味いということを知ってもらいたかったんだ」

「なるほどの」とウィズが納得したところで、俺はもう一つのデザートについて触れる。

「ブルーチーズもお薦めですが、私の一押しはこの貴腐ワインとパウンドケーキの組み合わせです」

このワインを常日頃《つねひごろ》から飲んでいるハイランド王夫妻ですら、甘口の貴腐ワインに甘いパウンドケーキの組み合わせは意外だったようで、まだ手を付けていない。

「リチャード殿下はこの組み合わせをご存じではありませんか？　ブルートンでは流行っていると聞きましたが」

俺の突然の振りに王子は慌てる。

「い、いや……父上なら知っているかもしれないが、私は……」

「そうですか。ブルートンの甘口ワインでも同じことができると思いますので、一度試してみてください」

そう言いながらケーキを口に運ぶ。

二日ほど寝かせてあったらしく、しっとりとした食感の生地にレーズンやイチジクなどのドライフルーツがなじんでいる。

ドライフルーツと焼いた小麦粉の香りが口に広がったところで、ワインを含む。

甘口のワインの甘さが更に増し、高級なマスカットを食べているような錯覚に陥る。

俺の周りも一斉に食べ始めていた。

「これはよい！」

ウィズが一番に声を上げ、魔王も「同じワインとは思えぬ……」と絶句している。

「ケーキと貴腐ワインの甘さが喧嘩するのかと思ったが、引き立て合っている……いや、互いに別の味に昇華しているようだ……」

ハイランド王が魔王を忘れて呟いている。

「私もよく分かっていませんが、こういった面白い組み合わせはいろいろとあるはずです」

思っていた以上に皆の反応がよく、俺も心の中で安堵していた。

「我が国と貴国の関係も、このような引き立て合うものにしていきたいですな」

ハイランド王が言うと、「余もそう思う」と魔王が小さく頷く。

デザートを食べ終えたところで、給仕長がティーポットを持って現れた。

「スールジアのお茶でございます。香りをお楽しみください」

そう言って給仕長自ら魔王のカップに茶を入れていく。食事の様子を見て、最初の印象より危険ではないと思ったようだ。

スールジアは大陸の東にある魔導王国で、魔導具の生産地として有名だが、茶も名産品らしい。

俺のところにも給仕が茶を入れていく。

緑茶ではなく、かといって紅茶ほど赤くはない。烏龍茶《ウーロンちゃ》のような琥珀色だ。

上がってくる香りも高級な古木の烏龍茶に近く、口に含むと僅かな渋みを感じ、それが次第に独特の甘さに変わっていく。

「美味しいお茶ですね」と給仕長に言うと、ハイランド王の方を向いて説明を始めた。

「陛下のご命令で王宮より運び込まれたものです。デービス宮廷料理長より、スールジアでも最上の茶葉であると聞いております」

「では、三煎目くらいが美味しそうですね」

「そうなのですか？」と給仕長に驚かれる。

「半発酵の茶を熟成させたもののようですから二煎目、三煎目といくに従って味が変わっていくはずです。好みにもよりますが、一煎目は葉が開き切らないことが多いですから、二煎目か三煎目がよいと言われていると思うのですが」

以前、中国茶の取材をしたことがあり、その時にいろいろと教えてもらっている。ただ、中国の茶器を使った方法しか知らないので、ポットで入れても同じなのかは自信がない。

一杯目を飲み終えたところで給仕長がお代わりを入れてくれる。

口を付けると先ほどより甘みが増し、香りが抑えられていた。

「こちらの方が上品ですね」

俺の感想を聞いて、ハイランド王をはじめ全員がお代わりを頼んだ。

「確かにそうじゃな」とウィズが言い、全員が頷く。

「スールジアの茶はよく飲むが、このような飲み方は知らなかった。さすがはアヴァディーン殿が一目置く美食家だ」

ハイランド王がそう言うと、「ゴウの知識は世界一なのじゃ」とウィズが胸を張る。

「そんなことはありません。知らないことばかりです」

これは正直な思いだ。

茶を楽しんだところで会食はお開きとなった。

最初の頃のギスギスした感じは全くなくなり、友好的な空気が流れている。

「エドガー殿。余は貴殿のもてなしに感銘《かんめい》を受けた。これほどの料理と酒は、生まれてから千年経つが初めて味わった。感謝する」

「私はフレデリック陛下とリチャード殿下に命じられただけですので」

魔王は俺に小さく頷くと、ハイランド王に顔を向けた。

「此度のもてなしに感謝する。だが、刻限は変えぬ。これは国王同士の取り決めゆえな。では、夕刻にまた会おう」

それだけ言うと魔王はゆっくりと立ち上がり、四天王を引き連れてホテルの中に入っていった。

◆

昼食を終えた余アンブロシウスは、最上階のスイートルームに戻った。

ソファーに腰を下ろすと、知らず知らずのうちに安堵の息を吐き出していた。

「さすがは陛下でございます。あの二人を相手に堂々と渡り合っておられました」

ベリエスが満面の笑みで余を褒める。

「妾《わらわ》も同じ思いですわ。あの災厄竜とその主人を相手にあれほど堂々と……魔人族の誉《ほま》れにございます」

ウルスラも尊敬のまなざしでそう言ってきた。ルートヴィヒとファルコも同じように余を労《ねぎら》いながら称賛する。

無事に終わったことで、会食中に感じていた疑問が口を突く。

「しかし、エドガー殿とは何者なのだ？　災厄竜の主人というだけでも異常なのに、あの料理と酒の知識はそれ以上に不可解だ」

「災厄竜を料理と酒で手懐《てなず》けたのではありませんか」とベリエスが言ってきた。

最初は冗談を言っているのかと思ったが、表情はいたって真面目だ。

「それはあり得る話ですな。ドレイク殿はエドガー殿の選んだ美酒と美食を心から楽しんでおりましたから」

ルートヴィヒがそう言って納得するが、すぐにその考えの誤りに気づき、自ら訂正する。

「ですが、エドガー殿の実力は本物。酒と食だけで手懐けたとは申せませぬな」

「然り。ただ、ドレイク殿がエドガー殿に心酔《しんすい》していることは間違いござらん」とファルコが同意する。

「その点が気になったところだ。余としてはドレイク殿も恐ろしいが、それ以上にエドガー殿が恐ろしい。ドレイク殿が暴走してもエドガー殿が止めてくれるが、エドガー殿が暴走したら止める者はおらぬ。そうなれば世界が滅ぶことすらあり得るのだからな」

これは余の本心だ。〝豪炎の災厄竜《インフェルノディザスター》〟は神ですら持て余した存在だ。

かつてハイエルフたちがその身を犠牲にして神に祈り、ようやく迷宮に封じることができたと聞いている。

その存在を止めることができるのがエドガー殿だ。しかし、その彼が暴走した場合、止めるすべがない。

ドレイク殿はエドガー殿のやることに反対することはないだろう。それどころか、積極的に手伝う可能性が高い。そのことが心をざわつかせるのだ。

「しかし、それほど警戒する必要はないのではありませんか」

ベリエスが楽観論を出してきた。

「そうかしら？　妾《わらわ》には理解できない存在でしたわ」

「その点は某も同感です。ですが、我ら魔人族の存在価値を認めさせることができれば、恐れる必要はないと愚考いたします」

「存在価値……魔物の情報を持っているということか」

余が聞くと、ベリエスは首肯《しゅこう》することなく答える。

「それもございますが、それだけでは情報を出し切れば利用価値がなくなってしまいます」

「そうだ。その点が余の気になるところなのだ。そなたに何かよい考えがあるのか？」

するとベリエスが「ございます」と言って大きく頷いたので、早く話せと目で促す。

「エドガー殿は酒と食を愛する者に対して寛容です。グリーフの町で集めた情報では、ドワーフたちと酒を酌み交わし、楽しんでいる限りは少々無礼な行為があっても笑って見逃しているということでした。逆に酒を楽しまぬ輩《やから》には厳しいとも聞いております」

「つまりだ。ドワーフと同じように、エドガー殿たちと飲みに行けばよいと言いたいのか」

それしか答えはないと思いながらも、別の答えが出てくることを無意識に期待していた。

ドワーフたちは二人の本当の姿を知らぬから平気で飲みに行ける。だが、我らはドレイク殿が災厄竜であると知っている。その上で平然と酒を酌み交わす胆力を余は持っていない。

しかしベリエスは「某の考えは少し違います」と答える。

知恵者であるベリエスが否定したことに心の中で安堵するが、それは顔に出さない。

「ではどうすればよい？」

「我が国にドワーフを招聘《しょうへい》するのです。そして、彼らと良好な関係を築くのです」

一瞬、ベリエスの考えが分からなかった。

「つまりだ。エドガー殿たちと対等に酒を酌み交わし、友好関係にある存在がドワーフだから、彼らを我が国に取り込み盾とするということか」

「それもまた少々異なります」と否定し、「某は皆様方より、他の種族に詳しいと自負しております」と少し話題を変えてきた。

「何が言いたい！　結論を言わぬか！」

気が短いファルコが吼《ほ》える。

「ドワーフという種族は、酒のために生きているといっても過言ではありません。彼らと友好的な関係を築くということは、すなわち彼らが欲する酒や料理を我が国が提供できるということです。そして重要なことは、エドガー殿がトーレス王国やハイランド連合王国に対して好意的であるという点です」

そこでやっと、余にも彼の言いたいことが見えてきた。

「つまり、ドワーフが気に入る国をエドガー殿が攻撃することはあり得ないということか」

「御意にございます。我が国には迷宮から産出する金属類や武具がございます。それらの加工や調整を鍛冶師であるドワーフに依頼すれば、仕事好きの彼らはやりがいを感じることでしょう。また、美酒を輸入すれば酒好きのドワーフは必ず定着してくれます」

ベリエスの言っていることは理解できる。

「あとは名物料理を作ることでしょうか。これについてはエドガー殿に協力を要請してはいかがでしょうか」

「それはよい」と答えるが、ルートヴィヒらには理解できないようだ。

「つまり、自らが協力して作った名物料理がある国を、エドガー殿が攻撃することはないということだ。我が国に愛着を持ってもらうことが目的なのだ」

「なるほど……では魔人族の料理人を育てねばなりませぬな」とルートヴィヒが提案する。

「さすがはルートヴィヒ殿です。魔人族に料理人としての価値があると知れば、エドガー殿もドレイク殿も我らに価値を見出してくださるでしょう」

ベリエスがそう言って満足げに頷くが、ウルスラがそれに冷や水を浴びせ掛ける。

「ですが、我ら魔人族にエドガー殿が満足できるほどの料理を作れるのでしょうか？　妾《わらわ》の理解では、妖魔族は戦いに特化し細かい作業を苦手としております。我らサキュバス族は精神系の魔術は得意でございますが、家事はさっぱりです。もちろん料理も……ヴァンパイア族も同じようなものではありませんか？」

その問いに余が答える。

「確かにそうだな。我らの料理は塩で味を付け、焼くか煮るだけだ。今まで味に拘る者などほとんどいなかった」

元々魔人族はヒュームと異なり、純粋な魔力だけでもある程度生きていける。もちろん魔物ほど食物が不要というわけではなく、ある程度は食べる必要があるが、ヒュームやドワーフほど食物に依存していない。

そのため我が王宮でも、料理は肉を焼くか、ベリエスら密偵が持ち帰る土産を食べる程度で満足していた。

「闇森人族《ダークエルフ》に習わせてはいかがでしょうか」

ベリエスがそう提案してきた。

ダークエルフは魔人族の一種族だが、エルフと同じく魔術と弓術を得意とする。それだけではなく、木工や革細工などのもの作りが得意であり、料理人になり得るということだ。

ダークエルフのことを失念していたのは、妖魔族やサキュバス族に比べてレベルが低く、実力主義の我が国では地位が低いためだ。

「奴らなら料理を覚えることができよう」

こうしてダークエルフに料理を学ばせることが決まった。

◆

余フレデリックは昼食を終えた後、妃《きさき》とトーレス王国のリチャード王子と共にナレスフォードの王宮に戻るため、馬車に乗り込んだ。

「何とか魔王殿の機嫌を損なうことはなかったようだ。これもリチャード殿がエドガー殿を推挙《すいきょ》してくれたお陰だ。礼を言わせてもらいたい」

リチャード殿は「ありがたきお言葉」と返すが、ずいぶん酔っているように見える。

「リチャード様、大丈夫ですか」

妃であるヘンリエッタが声を掛ける。

「大丈夫です……ただ少々酔ってしまいましたが……」

それだけ言うと、辛いためかすぐに目を瞑ってしまった。

ヒュームの若者であるため、あれほどの量を飲めば酔いが回っても仕方がない。侍従の一人にリチャード殿の介抱《かいほう》を命じ、妃と先ほどの会食について話をする。

「そなたはどう思った。特にアンブロシウス陛下とエドガー殿について」

ヘンリエッタは余と共に百年以上にわたって各国の王族や重臣たちと会い、常に的確な指摘をしてくれる。

「あなたに言われてできる限り見ておりましたが、お二人の関係はとても面白いものだと思いましたわ」

「うむ。アンブロシウス陛下がエドガー殿に遠慮している、あるいは恐れているように見えた。そなたも同じように感じたか」

「はい。アンブロシウス陛下はエドガー殿とドレイク殿の動向を常に気にかけておられました。これは四天王と呼ばれる方たちも同様です。私たちの知らないところで何かがあったことは間違いないと思います」

エドガー殿たちは昨夜トーレス王国からやってきたため、それ以前に魔人族と関係していたかは分かっていない。

トーレス王国の特使ランジー伯からは、突然現れた最上級探索者《ブラックランクシーカー》であり、能力的に優れているだけでなく人柄も信用できることから、魔人族対策として派遣されたとしか聞いていない。

単なる護衛だと思い詳細までは聞かなかったが、最初に話を聞いた時、違和感を覚えたことは確かだ。慎重なトーレス王国の国王アヴァディーン殿が、数日前に現れ直前まで謁見したこともないシーカーを派遣してきたことに、疑問を感じたのだ。

しかし、先ほどの会食でアヴァディーン殿が彼を派遣した理由が何となく理解できた。

美酒と美食という小道具を使って両国の関係を改善したことからも分かるように、彼の政治的なセンスは素晴らしい。

それ以上に重要なことは、彼は魔人族を一切恐れておらず、逆に魔王たちの方が恐れを抱いていたことだ。アヴァディーン殿は彼の強さに気づいており、このような重要な場に初めて会ったエドガー殿を派遣したのだろう。

「彼らの間に何があったかは分からないが、少なくとも友好的な関係を築く素地はできた。あとは我が国が魔王国に対し、どの程度譲歩できるかだろう」

「そうですわね」と答えるものの、ヘンリエッタはそれ以上何も言わない。この先の話は政治に関することであり、王妃として口を出せないと考えているからだ。

「余としては、魔王国の要求をすべて呑んでもいいと思っている。それよりも、どれだけこちらから相手の欲するものを提供できるか、そしてそれをいかに伝えるかが重要だと思っている」

ヘンリエッタに話しながら、余は自らの考えをまとめていった。


王宮に戻るとすぐに会議室に向かう。

会議室では宰相であるグレンヴィルが文武の高官たちと協議を続けていた。

「首尾はいかがでしたか」と宰相が聞いてきたため、問題なかったと伝える。

「こちらの結論もほぼ出たところです。我々の出した結論は、魔王国の要求をすべて呑むというものです。その上で一定の歯止めを掛ける条件として、免除する税については関税のみ、交易の際の貨幣については迷宮産のものに限ること、転移による入国の際は人数、目的などを速やかに報告する義務があること、魔王国の国民が我が国で重大な犯罪行為を行った場合は、我が国の法に従って裁くことを認めることとしました」

「妥当《だとう》なところだな。だが、まだ時間はある。我が国からの提案に加えたい事項があるのだが、まず先ほどの会食での出来事を皆にも知ってもらいたい……」

会食で余が感じたことをそのまま伝える。その話を聞いた家臣たちは一様に驚いた。

「つまり魔王はエドガーなるシーカーを恐れていると……いかにトーレス王国最強とはいえ、あれほどの力を持つ魔王が……陛下のお言葉ながら、信じ難いと言わざるを得ません」

「我が目で見ても容易には信じられなかったのだ。見ておらぬそなたたちが信じられぬのも仕方がなかろう。だが、これは紛れもない事実だ。余もヘンリエッタも同じ結論に達している」

その言葉で臣下たちも事実として認めた。

「その上で、次のような条件を加えようと思う」

余の提案に対し、臣下たちは更に驚き、議論は刻限ギリギリまで続いた。

八．魔王の頼み

俺とウィズも出席した魔王アンブロシウスとハイランド王フレデリックの会食が終わった。仕切りを任せられたが、何事もなく終えることができ、安堵している。

「今回の件では大変お世話になりました。感謝いたします」

テラス席の片づけが終わったところで、ハイランドの外交官から丁寧な言葉で話しかけられた。始まる前とは別人かと思うほど対応が変わっている。

「とりあえずやることがなくなりましたから、私たちもリチャード殿下がいらっしゃるナレスフォードに戻りたいと思います」

自分自身忘れそうだが、俺たちはトーレス王国の特使、リチャード王子とランジー伯の護衛としてハイランドまで来ているのだ。その護衛対象が王都ナレスフォードにいるなら、俺たちもそこにいるべきだろう。

しかし、外交官から返ってきた言葉は意外なものだった。

「今しばらくお待ちいただきたい。アンブロシウス陛下のご意向を確認してきますゆえ」

それだけ言うと急ぎ足でホテルの中に入っていく。

魔王の意向を確認する必要があるのだろうかと思わないでもないが、現在のハイランドにとって最重要人物であることは間違いないので、何も言わずに見送った。

ただ待っているだけでは退屈だなと思っていたら、ジョセフス給仕長がグラスとボトルを載せたトレイを持って現れた。

「今回のことでは本当に助かりました。エドガー様がいらっしゃらなければ、どうなっていたか……感謝の気持ちとしまして、ささやかながら、これをお持ちしました」

そう言ってグラスを俺たちの前に置く。

「サウスハイランドにある、スタースカウマーという町の蒸留所で造られたウイスキーです。二十五年物の逸品でございますが、まだお飲みになれますよね」

俺が答える前にウィズが答える。

「無論じゃ。飲んだことがない酒を前に飲まぬという選択肢はない」

そのドワーフのような言い方に苦笑が漏れるが、俺としても二十五年物という長期熟成のウイスキーに興味がある。

「私もいただきます。これも他と同じでノンピートのものですか？」

給仕長はグラスにウイスキーを注ぎながら、「その通りです」と答え、俺たちの前にグラスを滑らす。

「それではいただきます。ウィズもお疲れ」

俺は給仕長と、それからウィズに向けて軽くグラスを掲げる。

掲げることで光を受けたグラスの中のウイスキーは濃い琥珀色で、見た目からシェリー樽で寝かせたものだと当たりを付けた。

「ゴウもよくやった」とウィズが応えたところで、グラスに口を付ける。

予想通りスモーキーさはなく、最初にトロピカルフルーツのような甘い香りが鼻をくすぐり、次にナッツのような香ばしさとドライフルーツの濃い甘さが口に広がっていく。

「シェリー樽で寝かせたものですね。割とドライなシェリーの初使用の樽《ファーストフィル》での熟成ですか？　もしかしたら甘口の一度熟成に使った樽《セカンドフィル》での熟成かもしれませんが」

「本当にシーカーなのですか！」

俺の予想に給仕長は驚きの声を上げた後、説明してくれた。

「おっしゃる通り、甘口のシェリー樽のセカンドフィルです。仕上げ《フィニッシュ》に別のシェリー樽を使っているそうですが、本当によくご存じですね」

「これはよいの！　ライナスのところのウイスキーも美味かったが、これは別格じゃ！」

ウィズも気に入ったらしい。

「気に入っていただけたようで安堵しました。では、この後もよろしくお願いします」

最後の言葉に引っかかる。

「この後……ですか？」

「ええ、聞いておられませんか？　アンブロシウス陛下は日没まで待たれるとおっしゃいましたから、当然夕食も当ホテルで召し上がるでしょう。その際の差配をエドガー様にお願いしたいと料理長が申しておりましたが」

この土地の日没が何時か知らないが、そこまで待つなら夕食もここで摂るということは充分に考えられる。だがそれも俺の担当だとは思っていなかった。

「ボーデン料理長はデービス料理長と共に、夕食に使えそうな素材を確認しているはずです。落ち着いたところで意見を聞かせていただきたいとおっしゃっていましたよ」

「私の意見なんて必要ないと思いますが」

「ご謙遜《けんそん》を。料理長たちはエドガー様の知識の豊富さに敬意を抱いておりましたよ。もちろん私もですが」

そうして給仕長は、きれいなお辞儀をしてホテルの中に戻っていった。

「まだ仕事があるみたいだが、面倒だな」とグラスを傾けながらウィズに零す。

「うむ。また美味いものが食えるということじゃな。夜も頼んだぞ」

持っているグラスに半分以上意識を向けながらそう言った。完全に他人事《ひとごと》だ。

ウイスキーを味わっていると、先ほどの外交官が戻ってきた。なぜか急ぎ足で顔には焦りの色が見える。

「アンブロシウス陛下が一度話をしたいと仰せです。急ぎ陛下の部屋に向かっていただけないでしょうか」

「今からですか！」

魔王が俺たちを呼び出すとは思っていなかったので、驚いてしまう。

「陛下は都合のよい時にとおっしゃっていましたが、我が国としましてはこの後の交渉にどのような影響があるか知る必要がございます。万が一、要求が変わるようなことがあれば、王宮に知らせなければなりませんので」

言いたいことは分かるが、それはそちらの仕事だろうと言いたくなる。

「まだ飲んでおるところじゃ。これを飲み切るまで我は動かぬぞ」

ウィズはそう言ってボトルを見せる。確かに置いていったということは飲んでもいいのだろうが、まだ半分以上入っているボトルをここで飲み切るつもりでいたのかと呆れる。

「後にしていただくわけにはまいりませんか。我が国を助けると思って、なにとぞお願いします」

そう言って頭を下げられると断りづらい。

「一度に飲み切るような酒じゃない。後でゆっくり楽しもう」

「仕方がないの。これは貸しじゃ」とウィズが役人を指差しながら言い放つ。

それから魔王の部屋に行き、取り次ぎを頼むとすぐに通される。部屋に入ると、魔王は四天王を後ろに従え、立って出迎えてくれた。

「お呼びと聞きましたが」と聞くと、魔王は深々と頭を下げる。

「わざわざ来ていただき申し訳ない。こちらから訪ねてもよかったのだが、ハイランドの目があったのでな」

「何じゃ、あのような者に気を使わず、我らに気を使えばよかろう」

ウィズが不機嫌そうな声で言った。

「ウィズ、言いすぎだ。私は気にしていませんから」

俺がそう答えるが、魔王はウィズに対し「ごもっとも」と言ってもう一度頭を下げる。そして顔を上げると俺に向き直り尋ねてきた。

「エドガー殿が気にされると思ったのだ。貴殿ほどの者がわざわざあの程度の者たちに使われているのには、理由があるのではないかと考えたのだが？」

「確かにあまり目立ちたくないので、今回のように配慮いただく方がありがたいです」

俺がそう言うと、魔王たちは戸惑うような表情を一瞬浮かべた。目立たないようにしているという言葉に引っかかっているらしい。

「話が進まないので、用件に入りましょう」と強引に話を進めることにする。

ソファーに腰を下ろしたところで、魔王が切り出した。

「エドガー殿に折り入って頼みがある」

「私にですか？　ハイランドではなく」

「その通り。これはエドガー殿でなければ難しいことなのだ」

魔王はそこで呼吸を整えるために一旦、言葉を切る。

「先ほどの会食で我が国に足りぬものが分かった」

「足りないものですか？　思いつきませんが」

「貴殿の差配した料理と酒を堪能し、我らには食を楽しむ文化がないことに気づいたのだ。だが、我が国にはまともな料理人がおらぬ。これは由々《ゆゆ》しき事態だと思ったのだ」

魔人族は基本的に戦闘民族で、料理に興味がなかったらしい。それにしても、俺に何を頼みたいのか話が見えない。

「それで私に頼みとは、どのようなことでしょう？」

「頼みたいことは、我が国の食の改善だ」

「食の改善ですか！」

唐突な提案に思わず声を上げてしまう。

「具体的なことは我らにもまだよい考えがないのだが、料理人や食材を扱う商人、酒造りの職人などを我が国に紹介してもらえたらと考えておる」

やりたいことは何となく分かったが、俺に頼む意味が分からない。

「それならばハイランドやトーレス王国に依頼すればよいと思いますが？　両国とも料理や酒の文化が発達しておりますし、国王陛下も快諾してくださるでしょう」

「無論、両国にも協力を要請するつもりなのだが、進んで我が国に行こうとは考えぬのではないかと思っている。国王の命令で嫌々来られても困るというのが正直なところなのだ」

確かに現状を考えると、魔王の国に喜んで行きたいと思う者は少ないだろう。だからと言って俺がやる必要があるのかといえば疑問だ。

「私が料理人たちに言っても同じだと思いますが？　理由は何でしょうか？」

「うむ。第一の理由は、先ほどの料理と酒に衝撃を受けたためだ。美酒を飲み慣れているはずのハイランド王ですら感銘を受けておった。エドガー殿の眼鏡《めがね》に適《かな》った者であれば、我が国でも充分力を発揮してくれるはずだ」

「よく分かっておるではないか！　ゴウに任せるのが一番なのじゃ！」

ウィズがなぜか偉そうに胸を張って同意する。

「理解いただき感謝する。他にもドワーフと懇意だと、ベリエスから聞いておる。我が国にドワーフの鍛冶師を招聘したいと考えたのだが、伝手《つて》がない。手間を掛けさせることになるが、その際にも助言してもらいたいと思っている」

「ドワーフですか？　こちらも唐突ですね」

俺がそう言うと魔王は理由を話し始めた。

「我が国にはこれまで鍛冶師は必要なかったのだが、今後は民生品の需要も伸びるだろう。迷宮産の金属を使った武具を作り、それらを売ることも考えると、どうしてもドワーフの鍛冶師は必要だ」

確かに文化的に暮らすなら金属類の加工は必須だろう。そして、ドワーフたちを呼び込むなら酒は絶対に必要だ。そのコーディネートを頼みたいということなのだろうが、俺にはこの世界の知識がなさすぎる。

「よいお考えだと思いますが、私には無理です。知り合いがいるといってもグリーフの町だけですし、紹介できる人はおりません。ですので、この件はお断りさせていただきます」

俺の言葉に魔王と四天王が前のめりになる。

「そこを何とか！　我が国に力をお貸しいただきたい！」

「ご助言だけでも構いません！　なにとぞ！」

魔王たちは次々と頭を下げて訴えてきた。

彼らに自分の以前の姿を見たのか、ウィズまで説得に回る。

「そなたとグリーフの町に行ってから、我の生活は一変した。こやつらに義理はないが、気持ちは分かる。それにゴウよ。こやつらに戦うことをやめさせたのはそなたじゃ。何とかしてやってもよいのではないか」

確かに魔人族の侵攻を止めたのは俺だが、ウィズが俺に責任があるように言ってくるのは納得がいかない。

『お前が魔人族を滅ぼすと言わなければ、ここまで関与することはなかったんだぞ』

念話でそう指摘する。それに対して、ウィズはあえて言葉で返してきた。

「こやつらが戦争を起こしたら美味い酒が飲めなくなると言っておったではないか。我《われ》が魔人族を滅ぼすと言わずとも、そなたは動いたであろう？　つまり結果は同じであったということじゃ」

〝魔人族を滅ぼす〟とウィズが言った時、魔王たちの頬がピクピクと引《ひ》き攣《つ》っていた。

「確かにそうだが……」と言ったところで、魔王たちの表情を見る。その必死に懇願する様子に、頷かざるを得なかった。

「仕方がないですね。助言だけでいいなら協力させてもらいます」

「かたじけない！」

魔王は立ち上がってから深く頭を下げる。同じように四天王たちも深々と頭を下げた。

「ですが、私にできることは大したことではないですよ。これだけは最初に言っておきますから」

「手伝うと言ってくださるだけで充分です」

ベリエスが目に涙を浮かべて喜んでいる。

そんなに喜ぶことだろうかと思わないでもない。

「これで用件は終わりでしょうか」と聞くと、魔王が頷いたのでソファーから立ち上がった。

◆

ゴウたちが立ち去った後、魔王は大きく天を仰ぎ、安堵の息を吐き出した。

「これで我らは生き延びることができる」

「そうでございますな。まさか災厄竜、否、ドレイク殿が我らの側に回ってくださるとは思いませんでした」

ルートヴィヒが感慨深げに呟く。

「ですが、この先もあの方たちと付き合わなければならないのですわね。ドレイク殿が魔人族を滅ぼすとおっしゃった時には、寿命が縮む思いでしたわ」

ウルスラがそう言うと、ファルコも「全く同感ですな」と同意する。

「今後の対応責任者を早急に決めねばなりませんな。ダークエルフの族長でしょうか」

ベリエスが魔王に確認すると、そこにいる全員が一斉に何を言っているのだという顔で彼を見る。

「当然そなたが責任者だ。ダークエルフはそなたの直属とする。励め」

「某がですか！」

「貴様以外に適任者はおるまい。私であれば機嫌を損ねて即座に灰に変えられてしまう」

ルートヴィヒが呆れたようにそう言うと、ウルスラが優しい口調で諭す。

「これはベリエス殿にしかできぬ仕事ですわ。妾《わらわ》にもう少し交渉の才があればよかったのですが」

「いやいや、サキュバス族のウルスラ殿であれば人の心を熟知しておられるはず。某よりよほど適任かと」

「確かに殿方のことは存じておりますが、エドガー殿はそもそも人族かどうかも分からぬお方。サキュバス族の妾では、あの方の心を測ることなどできません」

「しかし……」

ベリエスは必死になって反論しようとした。

しかし「これは名誉ある任務だ」とファルコが話に加わってくる。そしていつもの無口さが嘘のように話し始めた。

「陛下が直々にお命じになった崇高《すうこう》なる任務なのだ。いや、それだけではない。我ら魔人族の未来が懸かっておる、重大な仕事だ。先代の陛下がお隠れになって以来、これほど名誉ある任務を単身で任された者がいたであろうか」

そこで魔王が引導《いんどう》を渡す。

「諦めるのだ。そもそもそなたが災厄竜の消滅を報告しなければ、このような事態にはならなかったのだからな」

「それでは某は罰を与えられたということですか」とベリエスは情けない声を出す。

「いや、そのようなつもりは毛頭《もうとう》ない。此度のことがなくとも、我らが動けば災厄竜が現れた可能性は高い。そうなった場合、抵抗する間もなく我らは消滅させられていただろう。そう考えれば、そなたの報告は我ら魔人族を救ったことにもなるのだ」

「ですが……」

ベリエスが力なく反論しようとするも、魔王に遮られる。

「いずれにせよ、余もルートヴィヒらも彼らの相手はせねばならんのだ。それが少し多くなるだけだと思っておけ」

「それが大変なのですが……」

ベリエスはがっくりと肩を落とした。

◆

魔王のいるスイートルームを出て一階のロビーに下りたところで、ハイランド連合王国の外交官が待ち構えていた。

国王同士の交渉に影響が出ないか気にしていたので、魔王の要望を伝える。

「料理人や職人の派遣ですか……情報の提供、ありがとうございました」

それだけ言うと、外交官は頭を下げてから早足で立ち去った。急ぎ王宮に向かうらしい。

その直後、ボーデン料理長が現れた。

「魔王の用事が済んだのなら、こっちの手伝いを頼む。あと三時間ほどで夕食が始まるのだからな」

彼の声に焦りが感じられた。

「会談は日没以降と聞きましたが？　だとすれば、夕食は恐らく七時過ぎです。もう少し余裕があるのではありませんか」

「いや、さっき王宮から連絡が来たのだ。予定を早めて六時頃から夕食を始めたいそうだ」

「どうしてですか？　何か急ぐ必要が出てきたんでしょうか」

「今日は天気がいい。美しい夕日を見ながら食事がしたいという話だ」

「なるほど。そうなると準備には実質二時間しかありませんね。何を出されるご予定ですか」

「それが決められんのだ。昼食にハイランドの食材を使ったフルコースを出している。使えそうな食材の下処理はやっているが、今から昼より美味いものを出すことは難しい。何かいい知恵がないか聞きたいんだ」

確かに昼食のクオリティは非常に高く、この短時間で同じ系統の料理を出しても感動を得るのは難しいだろう。

「我はミッチャンやポットエイトのような、気楽に食せる料理がよいの」

ウィズが割り込んできて、鉄板焼き屋や居酒屋で出るような料理がいいと言い出した。

「分からんでもないが、お前が主役じゃないんだから……」と言いかけて、一つのアイデアが浮かぶ。

「そうか！　この手があった！」

俺はポンと手を打った。

「いい考えがあるのか！」

詰め寄ってくる料理長に、一つの提案をする。

「ガーデンバーベキューにしましょう」

「バーベキュー？　何じゃそれは」とウィズが首を傾げた。

「肉や野菜を目の前で焼きながら食べる料理のことだ。下拵えした肉や野菜をグリルで焼くだけだから、スープを取ったり下焼きしたりといった準備がいらない。まあ、本来なら肉に下味をしっかり付けた方がいいんだが、今回はいい肉がたくさんあるからそれほど気にしなくていいしな」

「バーベキューか……ブルートンで一時《いっとき》流行ったと聞いたが、ナレスフォードじゃほとんど知られていないぞ。具体的にはどんなものなんだ」

美食の都である王都ブルートンにはあったらしいが、保守的な土地であるナレスフォードでは名前しか聞いたことがないらしい。

「屋外で肉や野菜を焼いて食べる立食パーティのようなものです。調味液に漬けて下拵えした肉を串に刺し、炭火で焼いていくだけですから、調理というほどのことはありません」

「その調味液っていうのはどんなものなんだ？　それを作るのに時間が掛かるようなら難しいが」

バーベキューソースは盲点《もうてん》だった。

「少し待っていてください」と言って人気《ひとけ》のないところに行き、タブレットを取り出す。

仕事用のタブレットはほとんど電源を入れていなかったから、まだバッテリーが残っていた。これには参考資料である料理関係の本がダウンロードしてある。その中にバーベキューソースのレシピもあったはずだ。

タブレットを起動し資料を漁ると、レシピはすぐに見つかった。

「アメリカンスタイルならケチャップとウスターソース、玉葱《たまねぎ》のみじん切りに黒砂糖……和風もあった方がいいな。いや、肉自体がいいから塩ダレもありか……」

タブレットにある素材をメモ用紙に転記していく。更に作り方も書き出し、料理長たちのところに戻った。

「これが必要な素材です。揃いますか」

料理長はメモをざっと見ると、小さく頷く。

「全部あるな。こいつを作ればいいんだな」

「はい。肉は私が持っているものを提供します。厨房に向かいましょう」

厨房に行き、マジックバッグに大量に入っている肉を取り出していく。

「これがコカトリスで、こっちがグレートバイソンです。ミノタウロスはナイト以外はチャンピオンを含め全部揃っています。オーク肉もキングや上位種のものがありますから、好きなだけ使ってください」

調理台一杯に積まれていく肉を見て、料理長たちが驚いている。

「この肉はお前たちが狩ったものなのか？　凄まじい量だが」

俺が答える前にウィズが残念そうな声で答える。

「そうなのじゃが、ブラックコカトリスとサンダーバードがここにはない。グリーフに戻ればあるのじゃが、まだ回収できておらぬ……」

「ミノタウロスチャンピオンに、ブラックコカトリスとサンダーバードだと……」

宮廷料理長のデービスが、呆けているボーデン料理長を急かす。

「今は時間がありません。急いで下拵えしましょう」

「そうだな。これは好きなだけ使っていいんだな」とボーデン料理長が確認してくる。

「構いません。グリーフに戻ればいつでも手に入りますので」

「いつでも手に入る……」

ボーデン料理長が理解できないという仕草をした。それに構わず、必要なことを説明していく。

「他にはソーセージ類があるといいですね。それからガーデンパーティにするなら、参加人数を増やした方がいいかもしれません。十人くらいでは寂しいですから」

「何人くらいと考えておけばいい。それによって下拵えの量が変わる」

「これだけの肉なら百人くらいはいけますが、今から集めるのは大変でしょう。五十人くらいを目安に準備して、王宮に確認してみるといいのでは？」

「そうしよう。アラン、お前のところから誰か使いに走らせてくれ」

デービス料理長にそう指示を出すと、ボーデン料理長は俺に向かって、「他にすることはないのか？」と聞いてきた。

「酒は基本的にはビールにするつもりですから、ビールの樽を追加した方がいいでしょう」

「ビールはスッキリとしたものを所望する」とウィズがすかさず口を挟む。

俺も同意見だったので、「ラガータイプがあればお願いします」と頼み、更に思いついたことを伝えていく。

「他にもビールに合う簡単なつまみを用意していただければ、肉が焼き上がるまでの時間を持て余すことがなくなります」

「ビールに合うつまみか。分かった。何か作ってほしいものはあるか」

俺が任せると言おうとしたら、再びウィズが横から「エダマメとポテサラは外せぬ」と言ってきた。そして俺の方を向き、更に要望を口にする。

「ヤキソバやブタタマは無理かのう」

「準備する時間がない。その二つは諦めろ」

「では、カラアゲはどうじゃ。あれならできるのではないか？」

そう言って上目遣いで聞いてくる。

「さすがに揚げ物を外でやるのは難しいだろう。調理場で作るとなると、外で料理を楽しむという趣旨から外れるから却下だ」

ウィズはシュンとなる。それを見たボーデン料理長が呆れたように小さく首を横に振っている。

しかし、すぐに気を取り直し、確認してきた。

「ひとまず、エダマメとポテトサラダだな。どちらも材料は揃っているし、それほど時間はかからんから作っておく」

それだけ言うと、部下の料理人たちに向かって「肉の下拵えに掛かれ！　ソーセージの残量を確認しろ。野菜は……」と指示を出していく。

後は任せればいいと思ったところで、後ろにジョセフス給仕長が立っているのに気づいた。

「ガーデンパーティと聞きましたが、テラスの準備の指示をお願いします」

まだまだやることはあるようだ。

給仕長とテラスに行き、バーベキュー用のグリルを置く場所を確認していく。

自分で提案したが、思った以上に大変だ。ここホテル・レイクサイドでも普段からガーデンパーティは行われるそうだが、庭で調理をするようなことはないらしい。

午後五時頃に何とか準備を完了し、そのタイミングでハイランド王たちがホテルに到着した。

◆

ハイランド王は宰相と担当の文官二名を引き連れ、魔王と四天王の待つ最上階のスイートルームに入っていく。

魔王はソファーに腰を下ろし、足を組んだ状態で出迎え、「結論は出たのか」と挨拶もなしに聞いた。

「貴国の要求に対し、我がハイランド連合王国としましては、すべて受諾するという結論となりました」

「すべて受け入れるというのだな。それは重畳《ちょうじょう》」と魔王は鷹揚に答える。

「但し、いくつかの点で定義の明確化と、運用上の扱いの調整を図っておきたいと考えております」

「定義の明確化と運用上の扱いだと」

魔王は片方の眉を上げた。

ハイランド王は魔王の表情の変化にも動揺することなく、説明を始める。

「はい。まず免除する税についてですが、対象を関税と明確にいたします。運用上の扱いは転移に関してです。転移で我が国内の領事館に入られた場合、入国者の人数、目的等を我が国に報告していただきたいというものです。詳細につきましては、この文書に記載しております」

そこで文官たちが数枚の紙を取り出し、テーブルに置いた。

魔王はそれを手に取り、ぱらぱらとめくっていき、後ろに控えるベリエスに投げるように手渡す。

「そなたが確認せよ」

「御意」とベリエスは頭を下げ、すぐに内容を確認していく。

「ベリエスが確認している間にこちらからも話がある」

「エドガー殿にお話しされた、料理人や職人の派遣のことでしょうか」

「そうだ。我が国の発展のために、ぜひとも協力してもらいたい。ただ、これについては貴国のできる範囲で構わぬし、料理人や職人たちに無理強《むりじ》いするようなことは望んでおらぬ」

「我が国といたしましても積極的に協力させていただきたいと考えておりますが、時間をいただけないでしょうか」

「時間だと……なぜだ」

魔王は即座に対応してくると思っていたため、ハイランド王を睨みつけてしまう。ハイランド王はゴクリと唾を呑むが、すぐに説明を始めた。

「まず貴国での生活について説明しなくてはなりません。給与はもちろん、貴国での待遇がどのようなものになるのか、不安に思うはずです」

「うむ。もう少し具体的に言ってくれ」

「貴国が望むレベルの料理人や職人は、妻子《さいし》のいる者がほとんどです。当然、連れていくことになりますが、生活の水準はどうなのか、安全は確保できるのかなど、不安が多いことでしょう。貴国のことを正確に伝えなければ、手を挙げてくれる者は出てこないのではないかと考えております」

魔王は納得できないものの、無理強いするつもりはないと言った手前、「うむ。確かにその通りだな」と答えるしかなかった。

「では、その調整もベリエス殿でよろしいですかな」

「それでよい。どうだ、ベリエス。ハイランド連合王国の提案は」

「はい。概ね問題ないかと思いますが、今少し精査させていただきたいと」

ベリエスがそう答えると、「よかろう。そなたに一任する」と魔王は言って、ハイランド王に顔を向ける。

「話はこれで終わりだな」

「政治に関係する提案は以上でございますが、この後の食事についても少しばかり提案がございます」

魔王は「うむ」と頷き、先を促す。

「エドガー殿がガーデンパーティを企画されました」

「ガーデンパーティ？　庭で宴会をするということか？」

「その通りでございますが、エドガー殿より十名程度では人数が少ないため、それぞれの国から二、三十名参加してはどうかと提案を受けております」

魔王は「何だと！」と驚きの声を上げた。

「我が軍は既に移動し始めておる。ここには我らの他には護衛しかおらぬが」

「私もそのことを懸念しました。さすがに陛下の護衛に参加を求めるわけにもまいりませんし、既に移動している指揮官を呼び戻すのも心苦しいと思っております」

ハイランド王は魔王軍の指揮官が行軍中の部隊から離れることで、部隊の規律が乱れることを懸念しているが、そのことは口にしなかった。

そこでこのホテルにいる護衛の指揮官でもあるルートヴィヒが、話に加わってきた。

「エドガー殿の指示であれば、護衛も参加させるべきではございませんか。第一、我らに危害を加えられる可能性がある者は彼らしか……」

ベリエスが「ルートヴィヒ殿のお考えに賛成です！」と慌てた感じで声を被せる。

「ハイランド側の護衛もおりますゆえ安全です。ならば、我が方の護衛は不要でしょう」

ベリエスが早口でそう言うと、ルートヴィヒはゴウができるだけ目立たないようにしたいと言っていたことを思い出した。そして、元々青白い顔が一気に真っ青に変わり、わなわなと震え始める。

魔王も慌ててベリエスの言葉に賛意を示す。

「た、確かにその通りだな。護衛を含めれば三十人ほどになろう」

ハイランド王は魔王側の混乱を目にしたが、見て見ぬふりをして笑みを浮かべている。

「承りました。では、我が国も三十名程度となるように調整いたしましょう」

それでハイランド王たちは魔王の部屋を出ていった。

ハイランド王たちが完全に部屋から出ると、ルートヴィヒは即座に魔王の前で土下座し、床に額をこすりつけた。

「も、申し訳ございません」

それに対し、魔王は「よい」と冷静に答え、ルートヴィヒに諭すように話す。

「ハイランド王も、我らがエドガー殿たちを恐れていることは薄々気づいておろう。あの様子であれば、エドガー殿に直接そのことを告げることもあるまい」

そう言っている魔王の顔には疲れが見えた。

「それにしても、夜もエドガー殿たちと食事ですか……次は兵たちがおりますゆえ、注意しておいた方がよいかもしれません」

ベリエスがそう言うと、魔王は大きく頷く。

「ルートヴィヒよ。護衛はそなたの直属であったな。よく言い聞かせておくのだ。我らとエドガー殿たちとは友好関係にある。恐れているような態度は決して取るなと。言わずとも分かっておろうが、此度のような失態は二度と許さぬぞ」

「はっ！　命に代えましても」

それだけ言うとルートヴィヒは魔王の部屋を足早に出ていった。

九．ガーデンバーベキュー

四月二十八日の午後五時頃、ホテル・レイクサイドの庭ではガーデンバーベキューの準備が終わり、料理人や給仕に対する最終確認が行われていた。

「肉は焼きすぎるな！　注文を受けてから焼けばいいものと、事前にある程度火を通しておくものを理解しておけ！」

「ジョッキやグラスはテーブルを巡回して空いているものを回収すること。その際に次の飲み物が必要か確認してほしい。基本的には自分で欲しいものを選ぶスタイルだが、慣れない方も多い。特に魔王陛下、四天王方からお薦めを取ってきてほしいと言われたら、必ずエドガー様に確認してから運ぶこと」

ボーデン料理長やジョセフス給仕長から指示を受ける度に、料理人や給仕は「はい！」と気合の篭った声で答える。

そんな中、ウィズは空いている席に座ってビールのジョッキを傾けていた。

「うむ。このビールは美味いの」

「あくまで試飲なんだぞ。分かっているのか？」

「もちろんじゃ。まだ料理も満足に出てきておらぬからの」

そう言いながらも彼女の前にはエダマメとポテサラが入った皿が置かれている。これも試食だと言い張っているが、一人だけフライングしているようにしか見えない。

ボーデン料理長が俺に声を掛けてきた。

「俺から言うべきことはすべて言った。お前から最後にひと言頼みたい」

「了解しました」と言って料理人たちの前に立つ。

「魔人族の方々が相手ですが、緊張しすぎないようにお願いします。皆さんの腕なら、いつも通りに調理していただければ必ず満足していただけますから」

最初にそう言ったのは、若い料理人たちが過度に緊張しているように見えたからだ。確かに〝魔王〟が相手なので、もし失敗したらその場で命を奪われるのではないかと不安に思っても無理はない。

「アンブロシウス陛下や四天王の方々は、皆さんが思うほど恐ろしい方ではありません。と言っても不安でしょうから、最初のうちは私があの方々と一緒に行動するつもりです。ですので、私の指示に従っていただければ何も問題は起きません」

俺の言葉に料理人たちが安堵の表情を浮かべる。

「最初の三十分は段取り通り、順番に肉を出します。その後は自由に注文を聞いて調理してください」

今回用意した肉は鶏肉系のコカトリス、豚肉系のオークの上位種、牛肉系のグレートバイソンとミノタウロスの上位種だ。

この他に王都ナレスフォードのソーセージや、目の前の美しい湖、小バクリー湖で獲れた淡水魚があるが、インパクトのある肉からスタートすることにした。

料理人たちへの説明を終えると、次は給仕たちに説明を行う。

「ジョセフス給仕長が既にお伝えしていると思いますが、皆さんには料理や酒の説明をお願いしたいと思っています。魔人族の方たちは料理や酒にそれほど詳しいわけではありませんので、できるだけ分かりやすく、丁寧な説明をお願いします」

そこで給仕たちが一斉に頷く。

「普段の皆さんなら失敗することはないと思いますが、もし万が一、飲み物を零すような失敗をした場合もいつも通りに対応してください。相手が恐ろしくてパニックになりそうでしたら、迷わず私を呼んでください。何が起きても私の方で対処しますから」

その説明で給仕たちの表情が僅かに緩む。料理人たちは料理を渡すだけだが、給仕たちは会場内を回らなければならない。そのため、魔人族と接触する機会の多さは料理人の比ではなく、何か起きたらと不安に思っていたのだろう。

「最も重要なことは、出席される方たちに楽しんでいただくことです。料理や酒が美味しくとも、緊張した雰囲気が伝われば、楽しむことはできません。緊張するなとは言いませんが、プロとしてそれを見せない努力をお願いします」

料理人と給仕への話が終わったタイミングで、ハイランド王たちが会場に入ってきた。その後ろにはトーレス王国の特使リチャード王子と、ランジー伯もいる。

「準備はできているようだな」とハイランド王が会場にいた文官に言い、俺に近づいてきた。

「昼食とは違った趣向と聞き、楽しみにしている」

「王族の方々には庶民的すぎるかもしれませんが、料理人、給仕の皆さんのお陰で満足いただけると思っています」

「庶民的というが、我が宮廷でも滅多に出せぬ珍しい食材もあると聞いている。それを含めて楽しませてもらおう」

そう言うと、ハイランド王は給仕長に案内され、湖に近い席に向かった。

ハイランド王たちが会場に入ったすぐ後に、魔王と四天王が護衛である妖魔族の屈強な戦士たちを引き連れ現れた。戦士たちも正装に身を包んでおり、式典が始まるかのようだ。

魔王たちの顔には笑みがあるが、戦士たちは皆、無表情だった。特にウィズとは目を合わせないようにしている感じがある。

会場では既に楽士《がくし》たちが緩やかな旋律《せんりつ》を奏《かな》でており、オレンジ色に染まった空と、明かりの魔導具の淡い光とも相まって、リゾート地のホテルの夕食のような雰囲気になっていた。

「なかなかよい雰囲気だな」と魔王がハイランド王に声を掛けた。

「エドガー殿の指示に従っただけです。料理と酒も彼が厳選したと聞いておりますので、昼食同様楽しめるのではないかと」

全員が席に着いたところで給仕たちがビールの入ったジョッキを配り始める。俺はその時間を利用して今回の趣向を説明していく。

「ガーデンバーベキューというのは、屋外で行うパーティの一種です。乾杯の後はそれぞれ食器を持っていただき、料理を作っているブースに向かいます。そこで好きなものを選び、召し上がってください。と申しましても、最初は何があるか分からないかと思いますので、私の方で選んだ料理を順番に食べていただく予定です。その後はお好きなものを料理人に頼んでください」

「面白い趣向だな、エドガー殿」と魔王が言ってきた。

「取りに行くのが面倒でしたら、私に言ってくだされば酒や料理を取ってきますよ」

「いや、それには及ばぬ。自分で取りに行くのも、このバーベキューとやらの楽しみ方のようなのでな」

魔王がそう言ったことで、ルートヴィヒも「自分で選ぶというのは面白そうですな」と笑顔で頷いた。

全員に酒が配られたところで、主催者であるハイランド王に声を掛ける。

「それではフレデリック陛下、乾杯の音頭をお願いいたします」

「では僭越《せんえつ》ながら」

ハイランド王は魔王にそう言い、ジョッキを高く掲げる。

「アンブロシウス陛下及び魔人族の方々と、我らの友好を祝して、乾杯！」

その声に「「乾杯！」」と全員が唱和し、宴が始まった。

「ビールは今お持ちのラガータイプの他に、ブラウンエールと白ビールがございます。ワインもあちらに冷やしてあります。他にハイランドのウイスキーもございますので、炭酸割り《ハイボール》にすることもできます」

簡単に説明した後、魔王たちに声を掛ける。

「それでは料理を取りに行きましょう」

俺の言葉で魔王と四天王、ハイランド王と王妃、リチャード王子とランジー伯が立ち上がる。当然、俺の後ろにはウィズがおり、「早うせい」と急かしている。

「最初はコカトリスの肉です。肉の間にポロネギを挟んでおります。ご存じの方もいらっしゃるかと思いますが、いわゆる焼鳥スタイルです。串が熱くなっておりますので注意して召し上がってください」

俺がそう言っている間に、ボーデン料理長が皆に焼鳥の串を渡していく。バーベキューと言いつつ焼鳥というのも少し違和感があるが、肉を楽しむにはこの方がいいだろうと、気にしないことにした。

焼鳥は長さ二十五センチほどの金串《かなぐし》に刺してあり、説明した通り、太めのネギが間に入っている。いわゆる〝ネギマ〟で、味付けも醤油ベースの和風だ。

「妃殿下とウルスラ殿のものは串から外してください。他の方は手袋をしてから串を持ってください」

給仕に指示しつつ、魔王たちにも注意を促す。ヘンリエッタ王妃とウルスラは女性ということで豪快にかぶりつくのではなく、串から外したものをフォークで食べてもらうからだ。

本来なら串に刺したままの方がよいのだが、男と違って化粧をしているため、口の周りを拭くわけにはいかない。ただ、サキュバス族のウルスラが化粧をしているのかは不明だ。

「こ、これは美味い！」

最初に受け取った魔王が一口食べ、驚きの声を上げた。

「コカトリスと聞いたが、これほど美味いとは……」とルートヴィヒも唸っている。

「なるほど。まずはシンプルにヤキトリからですか」

ランジー伯はそう言うと、ハイランド王と王妃がそれは何かと尋ねた。

「流れ人が普及させた大衆料理です。我が国では庶民に人気だと聞いておりますが、私も詳しくは……エドガー殿、すみませんが、説明をお願いできますか」

そう言って俺に話を振ってきた。知っているが、俺に説明を譲ったようだ。

「焼鳥は鶏肉を串に刺して焼いた料理を言います。このように醤油ベースの甘ダレを付けたものと、シンプルに塩で焼いたものがあります。醤油とは東のマシア共和国やマーリア連邦で作られる、大豆などを使った調味料です」

俺の説明を魔王たちは真剣な表情で聞いている。但し、ウィズだけは「これはビールによく合うの！」と聞いていない。

「塩焼きはもう少しあっさりしていますので、後ほど味わってみてください」

そう言いながら別のブースに向かう。俺たちが移動した後に、妖魔族の戦士やハイランドの関係者が並び始めた。

「料理は一度にはできませんので、手っ取り早く食べられる小皿も楽しんでください！　給仕の皆さん！　お客様に説明をお願いします！」

しかし、給仕たちは強面《こわもて》の妖魔族に怯えており満足に説明ができない。仕方がないので俺がその場から大声で説明する。

「枝豆とポテトサラダ、ボイルソーセージはすぐに食べられます！　近くの給仕に欲しいものを伝えてください。給仕の皆さんは迷っておられる方がいらっしゃいましたら、適当に盛り合わせて渡すようにお願いします！」

「ソーセージはまだ食っておらぬの」とウィズが呑気に言っている。

「今から美味い肉を食うんだ。こっちからの方が断然いいぞ」

「うむ。そなたがそう言うのなら、まずは肉からじゃな」

俺たちのやり取りを魔王が見ていたが、特に何も言ってこなかった。

次のブースに移ると、既にオークの肉が焼かれていた。

「こちらはオークキングの串焼きです。コカトリスとは少し趣向を変え、シンプルに塩焼きにしています」

俺の説明の間に魔王たちに串が渡されていく。

「よい香りだな。これがオークの肉だというのか……」と魔王が言うと、ハイランド王がそれに同意する。

「キングとはいえ、これほどよい香りがするとは……オークとは思えませんな」

その言葉に頷いた魔王が肉にかぶりつく。

「オークがこれほど美味いだと……オークキングはよく食すが、これは全く別ものだ……」

驚きのあまり何度も串を見ていた。

「うむ。魔王の言う通りじゃ！　この肉はよいぞ！　コカトリスともグレートバイソンとも違う。ブラックコカトリスも美味かったが、これは別ものじゃな」

ウィズはそう言って肉を頬張り、ビールをゴクゴクと飲んでいく。

俺もキングの串を受け取り、かぶりつく。

肉はバラ肉で適度な脂があるため、シンプルな塩焼きにしている。塩焼きと言っても塩だけではなく、ニンニクと生姜で下味を付け、白胡椒で味を調《ととの》えてから、絶妙の焼き加減で焼いたものだ。そのため、脂が炭火で焼けた芳《かんば》しい香りに独特のニンニクの香りが加わり、得も言われぬ味になっている。

「余もオークキングの肉はよく食べるのだが、宮廷で出てくるものと全く違う。今回も我が宮廷の料理人が調理しているはずだが、これはどういうことなのだろうか」

ハイランド王が聞いてきたので、簡単に説明する。

「まず宮廷では、これほど調理場に近いところで食べることはないと思います。ですから、焼き立てといっても、火傷《やけど》するほどの熱さではないのではありませんか」

「確かにそうだ」

「他にも焼き方の違いがあります。この串焼きは木炭を使って焼いていますが、通常の厨房では調理用の魔導具で焼かれています」

「焼き方でこれほど変わるものなのか？」と、ハイランド王は不思議そうだ。

「はい。魔導具ではフライパンやオーブンで熱を加えますが、直火では肉の表面が炎によって炙られて、焼けた脂の香りが付きます。だからいつもと違うと感じられたのでしょう」

「なるほど、直火で焼いたためか……今度料理長に作らせてみよう」

「火で直接焼くという方法も趣《おもむき》があってよいと思っておりますが、このような場でなければ美味しさを引き出しにくいと思います。それに魔導具を使った調理方法も様々です。素材の良さをいかに引き出すかを忘れなければ、調理法に拘る必要はないと思います」

ハイランド王は大きく頷く。

「なるほど。ここのように目の前で食するから美味いということもあるのか」

そんな話をしていると、ウィズが空になったジョッキを振って声を掛けてきた。

「ゴウよ。我のビールがなくなったぞ。どうすればよいのじゃ」

周りを見ると、魔王たちの酒も少なくなっていた。

「皆さんもお代わりが必要ですね」と確認した後、手を挙げて給仕を呼ぶ。

「同じビールを人数分お願いします」

俺の注文を聞いて、ウィズが「別の酒でもよいのじゃが」と言ってきた。

「今はこのラガーの方が美味いと思うぞ」

「ゴウが言うならそうしよう」

結局、すぐに納得した。

給仕たちは俺たちの酒の残量を見て予め準備していた。そのため、すぐに酒が渡される。

「次は本日のメイン、ミノタウロスチャンピオンの肉です」

そう言いながら別のブースに向かう。

三品目は今回のメインであるミノタウロスチャンピオンの肉だ。一昨日回収していたものの食べる暇がなかった。迷宮では味が付いていないものを何度も食べているが、味付きは初めてなので非常に楽しみにしている。

ミノタウロスチャンピオンは牛肉系の最高峰だから、最後に回すという手もあった。しかし、こういう気取らないパーティでは好きなものから食べた方がいいと、早めに手を付けることにしたのだ。

「今回は炭火でじっくりと焼き、塩だけで味を付けたものを味わっていただきます」

目の前のグリルでは、三本の細長い金串が打たれた塊肉が、炭火の上でじっくりと焼かれている。焼いているのは宮廷料理長のデービスだ。俺たちが見ているとゆっくりと顔を上げ、小さく頷き、焼けたことを伝えてくれた。

「では、デービス料理長が切り分けた肉を受け取ってください」

料理長は肉を火から外すと、横に準備してある調理台の上で手際よく切っていく。それを助手の料理人がトングで皿の上に載せ、岩塩をひとつまみ掛けた。

肉は表面こそ焼けた焦げ茶色になっているが、中は美しいロゼ色で完璧なミディアムの焼き加減になっていた。

最初に受け取った魔王は「見事な焼き方だな」と感心すると、それをフォークで刺し、口に運ぶ。

直後は特に表情を変えなかったが、三秒ほどすると、徐々に目が見開かれていく。

「何だ、これは……余が食べていたミノタウロスチャンピオンとは全く違う……これほど美味い肉だったのか……」

誰に言うでもなく呟く。続いて食べ始めた四天王たちも同じように驚いていることから、調理法で味が変わることが信じられないようだ。

「これはよいぞ！　マシューやカールの料理が楽しみじゃ！」

ウィズが行儀悪くフォークを振り上げて叫んでいるが、ハイランド王たちも肉の味に驚きの声を上げていて、彼女のことは誰も気にしていない。

俺の分も焼けたようで、料理長が「久しぶりに扱ったから緊張したぞ」と言いながら、皿の上に肉を置いてくれた。

まずは真ん中辺りの一番いい部分にフォークを突き刺す。

色を確認すると、美しいロゼ色でさしに当たる白い脂は全く見えない。見た目だけなら質のいいフィレかランプだ。

期待に胸を膨らませながら口に入れる。

最初に思ったのは、限りなく優しいということだ。しっとりとした絹のような舌触り。しかし、その直後、肉の爆発的な旨味が口の中に広がり、噛むほどにその圧倒的な旨味が何度も襲ってくる。

それも同じ味ではない。

最初は人間の本能に訴えかける脂の旨味……。

次に、肉食の獣であったことを思い出させる肉本来のタンパク質の旨味……。

肉に含まれるグルタミン酸などの旨味成分……。

それらが混然となって脳を揺さぶるのだ。

「本当に塩だけなのか……いや、俺がそう頼んだし、確認もしている……何という美味さだ！　これは一種の芸術品と言っていいだろう……」

五感のすべてが味覚に変わったかのように、肉のことしか考えられなくなる。そのため、うわ言のように自分の感じたことを呟いていた。

ビールを飲むのが惜しいほどだった。

それでも肉が消えた口にジョッキを付ける。すると、爽やかなホップの香りと心地よい苦みが肉の美味さを思い出させた。

「これを狙っておったのじゃな。確かにこの肉はこのビールによく合うぞ」

ウィズがそう言っているが、俺は首を大きく横に振った。

「いや、これは偶然だ」

「そうなのか？　そなたは先ほど、あえてこれにすると言っておったが？」

「この肉の旨味に合わせられるワインがないと思ったんだ。ワインが負けると肉の余韻《よいん》が楽しめないから、いっそのこと余韻を切ることを考えた」

「余韻を切る？」とウィズは首を傾げる。

「そうだ。肉はまだ他にもあるし、ここで一旦リセットするつもりだったんだ」

「この味が残ると他が不味く感じるからか？」

「不味く感じるとは思っていなかったが、少なくともこの肉の余韻のまま他の肉を食べれば、他が必ず負ける。それにこれだけの肉だ。どれほどのワインでも必ず肉に負けるだろう。まあ、負けても肉の味を楽しめるからいいんだが、中途半端な感じがしたんだ」

「うむ。分からんでもないの」

「だが、この肉はそんな俺の浅はかな考えをあっさりと打ち砕いてくれた。どんな酒でも合うと言わんばかりにな」

本来ならきちんと試食し、それに合う酒を選ぶべきだったが、準備に時間を取られ試食する時間がなかった。

どれほどいい赤ワインがあったとしても、この肉に完璧に合わせることは俺には無理だ。それでも、しっかりとしたボディの赤ワインを用意しておくべきだったと後悔している。

そこで素直に魔王たちに頭を下げた。

「少し思い上がっていたようです。きちんと試食し、最高の組み合わせを考えるべきでした」

俺の言葉に魔王は首を横に振った。

「余はこのビールがよいと思うのだが……フレデリック殿、貴殿なら別の酒を選べたか？」

「無理でしょうな。仮に試食したとしても、悩んだだけで決められなかったでしょう」

ハイランド王は即答し、持っているジョッキを目の前に上げた。

「私もアンブロシウス陛下と同じで、このラガービールで正解だったと思っています。確かにこれ以上の組み合わせはあるかもしれませんが、今この時に飲むべき酒はこれだと断言できます」

「それはなぜだ？」と魔王が、俺も感じた疑問を口にした。

「上手く言えませんが、少なくとも私たちは充分に満足できましたし、我が王都のビールがこれほど上質なものだと、陛下に知っていただけましたから」

「なるほど……。そういうことだ、エドガー殿。しかしミノタウロスチャンピオンの肉がこれほど美味いとは、余も認識を新たにした。これからは積極的に狩って食したいと思う」

その言葉にハイランド王が反応する。

「できればその一部を我が国に売っていただけませんか。ミノタウロスチャンピオンの肉はあまりに希少で、王である私ですら滅多に食べられないのです」

「うむ。善処しよう」

二人の王が意気投合している。これだけでもミノタウロスチャンピオンを出した甲斐があったと思うことにした。

その後も、趣向を凝らした肉を食べた。

コカトリスの塩焼鳥、オークの上位種の生姜焼き風、ミノタウロスの上位種のアメリカンバーベキューソース味などだ。

そんな中、ミノタウロスチャンピオンの肉以外で特に人気だったのが、日本でよく見かけるような自分で焼くスタイルの、いわゆる〝焼肉〟だった。

肉はミノタウロスの上位種とグレートバイソンで、切っただけのものと味を付けたものを用意している。

味を付けた方は醤油、砂糖、みりん、酒にごま油とすりおろしたリンゴ、少量のニンニクを混ぜ込んだいわゆる〝もみダレ〟を作り、日本の焼肉屋で使われるものに近い味を再現した。

付けダレも日本のものに近い味で、味噌と醤油、みりんなどを使った甘辛いコクのあるものと、醤油ベースに蜂蜜や酢、ニンニクを入れた比較的あっさりとしたものを用意している。

味もさることながら、自分で焼いてタレに付けるスタイルを魔王やハイランド王が思いのほか気に入り、それに釣られて常に人だかりができるほど盛況《せいきょう》だった。

「これは美味いの。このニンニクの香りと、少しピリッと辛くて甘いところがよい。炭火で焦げたところもまたビールに合うしの」

そう言っているウィズの口の周りはタレでベタベタだ。箸ではなくトングで食べるため仕方がないのだが、せっかくの美人が台無しだ。

「口の周りを拭けよ」

見かねて濡《ぬ》れおしぼりを渡すが、「どうせ汚れるのじゃ。後で拭く」と言って拭こうとしない。

「仕方がないな」と言いながら、ビールを飲む合間に口の周りを拭いてやる。まるで子供のようだが、彼女は嫌がることはなく、大人しく拭かせてくれた。

その様子を見ていた魔王たちが意外そうにしていたが、特に何も言ってこなかったので無視している。

一時間もすると、ある程度落ち着いたのか、多くの参加者が座って料理と酒を楽しんでいた。

心配していたトラブルも特になかった。一度だけ、グラスを倒して妖魔族の戦士の服を濡らしてしまった給仕がいたのだが、その戦士は笑いながら「気にするな」と言ったことから、大ごとにはなっていない。

そのこともあり、給仕たちの緊張もほぐれ、その後はいつも通りの動きになった。

また、最初は緊張気味だった妖魔族の戦士やハイランドの高官たちも、酒が入るうちに打ち解け、同じテーブルを囲んで飲んでいるところもあった。

「このような食べ方もよいものだな」

ハイランド王が俺に言ってきた。

「一緒に美味い酒と料理を楽しめば、身分や種族、文化に違いがあっても案外仲良くなれるものなのですよ」

「なるほど。これもエドガー殿が意図したことなのだな」と魔王が話に加わる。

「エドガー殿のお陰で我が国と貴国の友好関係が強くなった気がします。感謝しかありません」

よく考えると、昨日の夜までは、ハイランド側は魔王に脅されて死の恐怖と戦っていたのだ。この状況の変化に感慨深くなるのも当然だろう。

「ゴウよ。しゃべっておらず、我に新たな料理を食わせるのじゃ」

空気を読まないウィズが話に割り込んでくる。

「焼肉が気に入ったんじゃないのか?」

「あれもよいが、まだ全種類食っておらぬ気がする。我には選べぬからそなたも一緒に来るのじゃ」

そう言って俺の手を取り、バーベキューグリルの方に引っ張っていく。

「分かった、分かった。両陛下、申し訳ありませんが、この後はご自由にお楽しみください」

俺はウィズに引かれるまま、料理人たちがいるグリルの方に歩いていった。

◆

ゴウたちが立ち去ると、魔王はハイランド王とリチャード王子に小声で話しかけた。

「あの二人について何か知っておるか？」

「私はリチャード殿の護衛としか……リチャード殿はアヴァディーン殿より何か聞いておられるかな」

話を振られたリチャード王子もほとんど知らず、困惑の表情を浮かべている。

「私も凄腕のシーカーとしか……ただ、父は彼らのことを非常に高く評価しております。ランジーよ、卿は何か聞いているか？」

「私も迷宮管理局より、僅か一日で七体ものミノタウロスチャンピオンを倒し、ブラックコカトリスやサンダーバードを何羽も狩った猛者としか聞いておりません」

ランジー伯は事情を知っているものの、彼らの情報を勝手に明かすわけにはいかないと余計なことは一切話さなかった。

ハイランド王はランジー伯が何か知っていると気づいたが、あえてそのことには触れず、二人のことを褒める。

「この夕食の肉はすべてエドガー殿とドレイク殿が狩ったものだと聞いたが、凄まじいものだ。アンブロシウス陛下と四天王方であれば可能であろうが、我が国の最高の戦士といえどもミノタウロスチャンピオンを狩るのは至難の業《わざ》と聞く。アヴァディーン殿もよい者と友誼《ゆうぎ》を得られたものだな」

魔王は自分にも無理だと思ったが、ゴウに配慮し、肯定も否定もしなかった。

ハイランド王はそのことには気づかず、話を続ける。

「いずれにせよ、戦士としての優秀さもさることながら、あの料理と酒の知識も素晴らしい。トーレス王国が相手でなければ、我が国に勧誘したいほどだ」

「我が国の至宝でございますゆえ、ご遠慮いただければ」とランジー伯は真面目な表情で答えるが、魔王は別のことを考えていた。

（この者たちは呑気でよい。あまりに力の差があるから、彼らの恐ろしさが分からぬのだろう。豪炎の災厄竜《インフェルノディザスター》とその主であると知ったら、自分の国に招きたいなどと言えるはずがない……）

そんなことを思いながら、昨夜痛めた頭皮に手を当ててさすった。

その様子を見たリチャード王子が「どうかなさいましたか？」と聞いた。

「いや、少し風が吹いた気がしたのでな。気にするな」

そう言って頭から手を離す。

頭皮から意識を離し、誤魔化すようにゴウたちの方を見た。二人は魚料理のところで新たな料理を受け取っている。

「何か新しい料理があるようだ。余も新しい味を楽しむとするか」

そう言って魔王は立ち上がった。ハイランド王も続いて立ち上がる。

「そうですな。今日ほど新たな料理に驚いたことはございませぬが、まだ新たな発見があるならぜひとも楽しまねばなりません」

二人の王は自ら皿を持ってゴウたちのところに向かった。

◆

ガーデンバーベキューは無事に終了した。魔王アンブロシウスもハイランド王フレデリックも、格式ばらない宴会だったため思った以上に打ち解けていた。

宴会が終了する前、翌日の朝食後にはトーレス王国の王都ブルートンに向けて出発するという話が出た。今回の件を早急に報告する必要があるとのことで、特使であるリチャード王子とランジー伯が帰国するためだ。

俺たちは特使の護衛だ。つまり、リチャード王子らと共にブルートンに帰る必要がある。

初めて訪れたハイランドの王都ナレスフォードの観光をしたかったのだが残念だ。

諦めきれないウィズは、「我はまだこの街を見ておらぬ」とランジー伯に文句を言った。伯爵がウィズに反論できず困惑していたので、助け舟を出している。

「俺たちはお二人の護衛として雇《やと》われているんだ。契約に基づいて、きっちり護衛をしなくちゃいけない」

「魔王は手を出してこぬし、ヘストンベックまでは転移魔法陣を使うのじゃ。護衛がおろうが関係ないのではないか。それにヘストンベックからは騎士どもがおる。第一、魔導飛空船なのじゃ、我らがおる必要はなかろう」

彼女の言う通り、現実問題として護衛の必要性は低いだろう。それでも人間社会で生きていくなら、こういった約束はきちんと守らなければならない。そのことを理解させておく必要がある。

「危険のあるなしは関係ない。護衛として雇われたんだから、契約に従って任務を全《まっと》うすべきだ」

「無駄な気がするのじゃが……ゴウが言うなら仕方がないの。だが、土産くらいは欲しいものじゃ」

「そうだな。給仕長に譲ってもらえるウイスキーがないか聞いてみるか」

そんな話をしていたら、ハイランド王が聞きつけたらしく、話に加わってきた。

「二人には、此度の褒美を渡していなかった。ウイスキーがよいのであれば、我が王宮にある名酒を見繕《みつくろ》って渡そう」

「それはありがたい！」とウィズが満足げな表情で答えてしまう。

褒美をもらうほどのことをしたとは思っていなかったので、辞退するつもりでいたが、魔王まで

「それがよい」と言って話の輪に入ってきた。

「エドガー殿が唸るような酒を渡してやってくれ」

「それは難しい注文ですな。エドガー殿が唸るほどの名酒となるとすぐには思いつきません」

そう言ってハイランド王が笑うが、すぐに真剣な表情になる。

「ですが、世界一のウイスキー大国であるハイランドの王として、必ずやエドガー殿を唸らせてみせましょう」

「うむ。頼んだぞ、フレデリック殿」

そんな感じで話が進み、断るに断れなくなってしまった。

結局、翌日の朝食後にハイランドのウイスキーが届けられることになった。

翌日の午前七時頃。

俺たちは王宮の大ホールでハイランド王と王妃、リチャード王子とランジー伯と朝食を摂っている。

昨夜飲みすぎたリチャード王子が二日酔いで辛そうにしていたので、ハイヒールを掛けてやった。

「助かる……だが、二日酔いにハイヒールを使うのはいかがなものか……」

時間が経てば治る二日酔いに治癒魔術を使うことは、魔力の無駄遣いと言われるらしい。

「ハイヒール程度ならいくらでも使えますから、気にしないでください」

俺がそう言うと王子は微妙そうな顔をしていた。

一般常識とかけ離れたことを言ってしまったらしいが、今更なのでそのままにしておいた。

俺たちの朝食は他の者よりしっかりとしたメニューで、ワインまで付いている。

メニューはハイランドの名物料理でもある、たっぷりとチーズを使ったグラタンに、白ソーセージとベーコンを焼いたもの、薄くスライスして焼いたジャガイモだ。

ワインはよく冷えた軽めの赤ワインで、ウィズは朝からご機嫌だった。

「さすがはアランじゃな。ロナルドの料理も美味かったが、これもよい。何といってもワインが付いているところが、我らのことをよく理解しておる」

勝手に俺も一緒にされているが、俺が頼んだわけじゃない。ただ、ありがたく飲んでいるので何も言うつもりはなかった。

日本にいる頃なら、リチャード王子と同じように昨日の酒で食欲すらなかっただろうが、この身体になってから二日酔い知らずだし、朝飲んでも全く支障がないので朝酒がやめられない。

俺たちとは別のところで、ハイランド王とリチャード王子が話をしていた。

「アヴァディーン殿に感謝を伝えていただきたい。エドガー殿たちを派遣してくれなければ、これほどスムーズにことが運んだとは思えぬのでな」

「陛下のお言葉、必ず父に伝えます。それにしましても、最初に魔王軍が現れたと聞いてからまだ二日も経っていないのですね。信じられません」

「それは余も同じだよ。あの強力な軍勢を見て死を覚悟したのだが、まさか二日後の朝にこれほど穏やかに朝食を摂っているとは思わなかった。ハハハ！」

ハイランド王は笑いながらチラリと俺の方を見る。俺たちがどこまで関与したのかは分かっていないだろうが、ある程度は察しているようだ。

朝食を終えたところで出発となる。既に準備は整っており、大ホールからそのまま転移魔法陣の部屋に向かうことになっていた。

朝食の時とは打って変わって、真剣な表情のハイランド王が挨拶を行った。

「此度のトーレス王国のご助力、感謝に堪《た》えない。同盟国として貴国に何かあれば、此度の貴国同様、我が国は必ず馳《は》せ参《さん》じる。アヴァディーン陛下にはそのように伝えてもらいたい」

そう言いながらリチャード王子に親書を渡す。

「王アヴァディーンに代わりまして、陛下のお言葉を謹《つつし》んでお受けいたします」

恐怖と不安でいっぱいだった一昨日の夜とは違い、リチャード王子は背筋を真っ直ぐに伸ばして挨拶を返した。

「そしてエドガー殿、ドレイク殿。貴殿らの働きがなければ、アンブロシウス陛下とあれほど打ち解けることはできなかったと断言できる。その功績に対し、我がハイランド連合王国より、感謝の品を贈りたいと思う」

ハイランド王は、侍従らしき人物が捧げる盆から目録《もくろく》を手に取った。

「ハイランドの名酒を百本。加えて、料理長が厳選した食材を貴殿らに贈呈《ぞうてい》する」

そう言って目録を自然な感じで俺に差し出した。

百本ももらえると思っていなかったので慌ててしまい、思わず「ありがとうございます」と言ってしまった。本来なら遠慮すべきなのだが、今更仕方がないので頭を下げて受け取ることにした。

「中身はこのマジックバッグに入っておる。この場で貴殿が唸る姿を見ることは時間的に難しいが、また我が国を訪れた際にでも、感想を聞かせてもらいたい」

そう言って侍従から受け取ったマジックバッグを手渡してきた。

「これほどのものをいただくような働きはしていないので、申し訳ない気持ちになります」

正直な気持ちを伝えると、ハイランド王は笑った。

「いや、こちらの方こそ申し訳ないと思っているのだ。貴殿らの働きで我が国のみならず、大陸の各国が難を逃れたと思っているのだから。いずれ正式に褒賞を授けたいと思っているが、何か希望はあるだろうか」

やはり、俺たちが魔王に戦いをやめさせたことには気づいていたようだ。

「では一つだけ。トーレスの国王陛下にもお願いしておりますが、貴国の料理を楽しめる店の情報をいただきたいと思います。いずれここを訪問した際、参考にさせていただきますので」

ハイランド王は俺の申し出に驚いた表情を浮かべる。

「ランジー伯より聞いていたが、真にそれだけでよいのか？　貴殿らの働きであれば、爵位の授与も可能だが」

「今のところ、どの国にも仕《つか》える気はございませんので」とだけ答えておく。

正直なところ爵位など面倒なだけで欲しくないし、万が一ウィズの正体がばれた時に大ごとになる。今ならフリーのシーカーということで、問題が起きても遠くの国に行けばいいから気楽なのだ。

「そうか……では、貴殿らが満足するような情報を集めて渡そう」

それで俺たちへの話は終わり、ハイランド王はリチャード王子、ランジー伯、そして俺たちの手を取っていく。

「近いうちに貴国を訪問することになるだろう。その時まで暫しの別れだ。貴公らも息災《そくさい》でな」

別れの挨拶を交わした後、転移魔法陣の部屋に向かう。

歩きながら、ウィズとこれからのことを話した。

「やりたいことが多すぎて困るな」

俺が言うと、ウィズも大きく頷く。

「そうなのじゃ。せっかくブルートンに戻るのじゃから、そこで美味いものを食いたい。じゃが、マシューとカールが料理したミノタウロスの上位種の肉も捨てがたい。他にもハイランド料理の店にも行っておらぬし、エディとリアが行く店にもまだ興味がある。ほんに困ったことじゃ」

「いただいたウイスキーも飲みたいし、どうするかな」

そんな話をしていると、ランジー伯が加わってきた。

「王都に戻りましたら、陛下から晩餐《ばんさん》のお誘いがあるはずです。既にお二人が寄贈してくださったミノタウロスの肉も王宮に届いておるでしょうし、他にも料理長が最高の料理を用意するはずですから」

その話にウィズが「それもあったの！」と叫ぶ。

そこでリチャード王子まで入ってきた。

「此度のことを父に話せば、最高のワインとブランデーを用意されるはずだ。ハイランドが最高のウイスキーなら、我が国にはワインとブランデーがあるとおっしゃってな」

「最高のワインとブランデーじゃと！　まだ飲んでおらぬウイスキーもある。どうすればよいのじゃ！」

ウィズはこの世の終わりとでもいうように眉をハの字にして頭を抱えている。その姿に俺たちは笑いを堪えるのに必死だった。

（それにしても、迷宮から出てまだ十日も経っていないんだな。あのラスボスの竜がこんな風になるとは思わなかったよ……）

そんなことを考えながら、ウィズの肩を軽く抱く。

「酒も肉も逃げない。タイミングの合うものから楽しんでいけばいい。時間はいくらでもあるんだからな」

「そうじゃな。あの頃のことを思えば、今は何と楽しいことか。焦ることはないの」

彼女の顔には、封じられていた頃には決して見られなかった、未来への期待に満ちた笑みがあった。

俺たちはこの先に待つ新たな美酒と美食を楽しみに、王都ブルートンに向かった。

月が導く異世界道中
Tsukiga Michibiku Isekai Dochu
あずみ圭
Azumi Kei
1~17
8.5
シリーズ累計200万部の超人気作！（電子含む）
TVアニメも大好評!!
CV 深澄 真：花江夏樹
巴：佐倉綾音 澪：鬼頭明里
監督：石平信司 アニメーション制作：C2C
レシート応募プレゼント
キャンペーン実施中!!
2021年6月4日～2021年9月30日まで
詳しくはこちら
月が導く異世界道中
あずみ圭
なんでだろう
親の都合で異世界へ
成り上がりファンタジー、開幕！
第5回アルファポリスファンタジー小説大賞
読者賞受賞作！
待望の書籍化！
●各定価：1320円（10%税込）
●illustration：マツモトミツアキ
1～17巻好評発売中!!
月が導く異世界道中
1
あずみ圭
木野コトラ
シリーズ累計29万部
とことん不運、されどチート!!
漫画：木野コトラ
●各定価：748円（10%税込）●B6判
コミックス1～9巻好評発売中!!

平凡な会社員の男は、気付くと幽霊と化していた。どうやら異世界に転移しただけでなく、最底辺の魔物・ゴーストになってしまったらしい。自らをシグムンドと名付けた男は悲観することなく、周囲のモンスターを倒して成長し、やがて死霊系の最強種・バンパイアへと成り上がる。強大な力を手に入れたシグムンドは辺境の森に拠点を構え、人化した魔物や保護したエルフの母子と一緒に、従魔を生み出したり農場を整備したり、自給自足のスローライフを実現していく——!

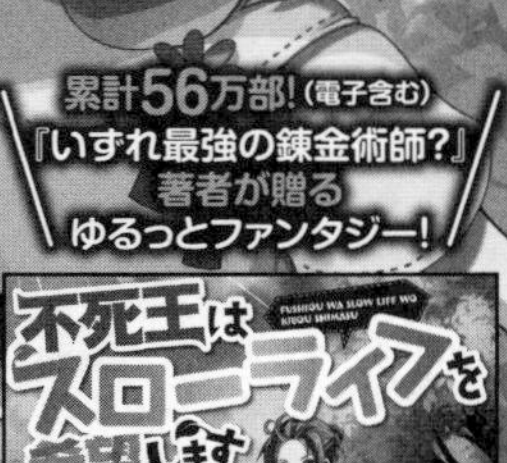

●定価:1320円(10%税込)　●ISBN 978-4-434-29115-9　●Illustration:高瀬コウ

この作品に対する皆様のご意見・ご感想をお待ちしております。

おハガキ・お手紙は以下の宛先にお送りください。

【宛先】

〒150-6008 東京都渋谷区恵比寿 4-20-3 恵比寿ｶﾞｰﾃﾞﾝﾌﾟﾚｲｽﾀﾜｰ 8F
（株）アルファポリス　書籍感想係

メールフォームでのご意見・ご感想は右のＱＲコードから、
あるいは以下のワードで検索をかけてください。

アルファポリス　書籍の感想　検索

ご感想はこちらから

本書はWebサイト「アルファポリス」（https://www.alphapolis.co.jp/）に投稿されたものを、改題・加筆・改稿のうえ、書籍化したものです。

迷宮最深部《ラスボス》から始《はじ》まるグルメ探訪記《たんぼうき》2

愛山雄町（あいやま　おまち）

2021年9月30日初版発行

編集－本永大輝・矢澤達也・宮田可南子
編集長－太田鉄平
発行者－梶本雄介
発行所－株式会社アルファポリス
　〒150-6008 東京都渋谷区恵比寿4-20-3 恵比寿ｶﾞｰﾃﾞﾝﾌﾟﾚｲｽﾀﾜｰ8F
　TEL 03-6277-1601（営業）　03-6277-1602（編集）
　URL https://www.alphapolis.co.jp/
発売元－株式会社星雲社（共同出版社・流通責任出版社）
　〒112-0005 東京都文京区水道1-3-30
　TEL 03-3868-3275
装丁・本文イラスト－匈歌ハトリ（https://www.pixiv.net/users/9200）
装丁デザイン－AFTERGLOW
印刷－図書印刷株式会社

価格はカバーに表示されてあります。

落丁乱丁の場合はアルファポリスまでご連絡ください。

送料は小社負担でお取り替えします。


ISBN978-4-434-29405-1 C0093